W0407332

WOLF BIERMANN · ALLE LIEDER

W O L F

Alle Lieder

B I E R

M A N N

Kiepenheuer & Witsch

© 1991 by Verlag Kiepenheuer & Witsch, Köln
Alle Rechte vorbehalten. Kein Teil des Werkes darf in irgendeiner Form (durch Fotografie, Mikrofilm oder ein anderes Verfahren) ohne schriftliche Genehmigung des Verlages reproduziert oder unter Verwendung elektronischer Systeme verarbeitet, vervielfältigt oder verbreitet werden.
In Zusammenarbeit mit Pamela Biermann
Umschlag Lothar Reher, Berlin
Satz: Fotosatz Froitzheim, Bonn
ISBN 3-462-02136-2

INHALTSVERZEICHNIS

VORWORT

Liebe Leserin, lieber Leser, der Titel dieses Buches sagt fast die Wahrheit. Ja, es sind alle meine Lieder. Aber es sind nicht ganz und gar alle. Es sind nur alle, die mir heute noch gut genug sind. Und manche unter diesen nicht mal das, sondern nur: interessant. Ein paar Beispiele für meine ersten Versuche, halb zum Lachen, halb zum Wundern, habe ich mit ins Buch getan.

Auch ein paar Agitprop-Songs nach Eislerschem Vorbild hatte ich schon vorher verbrochen, die lasse ich lieber ganz im Schrank. Aber aus sentimentalen Gründen, die ja erlaubt sind, beginnt dieses Buch mit meinem wirklich allerersten Lied, das eine Art »Chanson« sein sollte. Es ist ein unbedarftes Studentenlied, mit dem ich niemand anderem als meiner Schönen gefallen wollte. Immerhin, Mann sieht, und Frau soll es auch: Auch ich konnte am Anfang nur mit Wasser kochen, und zwar mit dem Wasser, wie es eben damals aus der Deutschen Demokratischen Leitung kam.

Ich war zudem nicht im höheren kulturellen Milieu des schöngeistigen Mittelstandes aufgewachsen. In Hamburg fraß ich mir keinen bildungsbürgerlichen Speck auf die Rippen. Meine Mutter Emma, eine Arbeiterin und Kommunistin, hatte mich nicht gefüttert mit Schiller und Goethe und Rilke, nicht mit Horst

Wessel und Bibel und Heil Hitler. Und dann auch meine Lehrer, sie hatten mich nicht mit Hermann Hesse oder Kafka und Heidegger und Joyce vollgestopft. Mit 16 Jahren haute ich ja »nach drüben« ab, das war kurz nach Stalins Tod und kurz vor dem Volksaufstand am 17. Juni.

Mein gemischter lyrisch-liederlicher Familiensalat hieß: »Bomben auf Engellant, bumm! bumm!« und »Ich weiß nicht, was soll es bedeuten...«, »Unsterbliche Opfer, Ihr sanket dahin...«, »Roter Wedding, grüß Euch, Genossen!«, »Mein Kaugummi, mein Kaugummi...«, »Schubidubiduu«, »Wacht auf, Verdammte dieser Erde!«, »Geschichte der KPdSU – kurzer Lehrgang«, »Auferstanden aus Ruinen« und »Vorwärts, du Junger Pionier!«

In einer Zeit, als manche meiner Freunde sich mit ihren Pubertätspickeln weltschmerzliche Gedichte ausquetschten, schrieb ich nicht eine Zeile, und ich las auch keine Liebeslyrik. Und wenn mir damals jemand gesagt hätte, ich würde jemals Verse schreiben, dann hätte ich blöde gelächelt.

Inzwischen weiß ich, was es bedeutet: Meine Barbarei hatte zumindest einen Vorteil. Als ich 1957 ans Brecht-Theater geriet, lernte ich mit einer Gier, die man bei besser vorgebildeten und womöglich auch verbildeten Kindern der Mittelklasse selten findet. Brecht und Brecht und Brecht hießen die ersten Samen, die in den Sand meines Gehirns gesät wurden. Sand, schlechter Boden, aber gut begossen mit barbarischer Begeisterung.

Ja Brecht! Dieses Jahrhundertgenie, zu dem hatten die Musen eine Liebe auf den ersten Blick. Schon seine frühesten Versuche riechen nach Genie. Alles, was heute in Deutschland einigermaßen schreiben kann, lebt von den Brosamen, die von dieses Meisters Tisch fallen. Die Angeber verleugnen ihn, aber die größten von uns kleineren Talenten haben Brechts Sprache wie brave Schüler abgelernt und schreiben sie so, als wäre sie schon Volkssprache geworden.
Anfang der 60er Jahre suchte ich nach einem Wort, mit dem ich meine Arbeit benennen könnte. Im Deutschen gibts ja nicht sowas wie »poète-chanteur« oder »song-writer«. Also setzte ich, in Anlehnung an Brechts »Stückeschreiber«, für mich das Wort »Liedermacher« in die Welt. Es ging in die Alltagssprache ein, und – es ging ein dabei.
Inzwischen nennt man in Deutschland Liedermacher einen Menschen, der zwar nicht singen kann, aber dafür auch nicht gut Gitarre spielt. Liedermacher nennt sich, wer zwar schwache Verse schreibt, aber auch weder sich noch der Welt, die er retten will, helfen kann. Im übrigen ist es egal, wie man sich nennt oder genannt wird. Wir wollen vom Schaf nicht wissen, ob es sich Wolf nennt. Wir wollen auch nicht wissen, was es fraß und schiß – wir wollen die Wolle und das Fleisch.
Gewiß, die Dichter messen sich an Dichtern immer auch so wie Händler, die auf dem Markt beobachten, ob der andere vielleicht bessere Ware hat. Man beobachtet von der Seite und im Vorübergehen, wie der

Konkurrent die Ware an die Käufer bringt, welche Preise er macht, welche Literaturpreise er kriegt, welche ideologischen Rabatte er gibt und wie er mit der Kundschaft umspringt. Bewunderung, Neid, Geschäftssinn, Wettbewerb auf dem Jahrmarkt der Eitelkeiten. Ein junger Dichter in der DDR reimte mal den drolligen Zweizeiler:

Die Tinte stockt mir in dem Füller
Hör ich den Namen Heiner Müller…

Es gibt keinen Kompaß in der Literatur. Und so sucht man sich auf hoher See eben seine Vorbilder, genau wie in der Antike der Seemann seine Fixsterne und Sternbilder. Und neue politische Inseln, poetische Länder und philosophische Kontinente entdeckt man nur, wenn man sich irrte oder in Stürme geriet und so vom Wege abkam. Auch der autonome Dichter hält den angeleckten Finger in den Wind der Moden.

Für mich, das mag die wenigen Fachleute interessieren, war, nachdem ich ihn endlich für mich entdeckt hatte, nicht der Riese Brecht, sondern der normalwüchsige Pierre-Jean de Béranger das große Vorbild. Béranger war der bedeutendste poète-chanteur, den es je gab, und er ist heute in Frankreich so gut wie vergessen. Er lebte in der Zeit nach der Großen Revolution. Neun Jahre war er alt, als die Bastille gestürmt wurde. Der kleine Béranger sah diese tolle Szene des Welttheaters am 14. Juli 1789 mit eigenen Augen! zusammen mit anderen »Enfants du Paradis« vom Dach seines Pensionats in der Pariser Vorstadt Saint-Antoine.

Ja, Béranger ist vergessen – und mit Recht. Er war eben kein ganz großer Dichter, der Jahrhunderte überdauert, wie François Villon, wie Rimbaud. Aber er brachte durch (ja, lacht nur!) moralische Anstrengung nicht große Kunst, aber doch ein Kunststück zustande: Er übertraf sich.
Das wechselhafte Leben des Béranger zeigt eine Konstante: den rigorosen Verzicht auf Privilegien und Bestechungen, wie die wechselnden Machthaber sie ihm immer auch androhten. Er war zu seiner Zeit populär wie keiner und eine moralische Autorität. Immer auf seiten der Unteren, der Unterdrückten, der Gedemütigten. Das hört sich so triefend moralsauer an. Aber Quatsch! Das niedere Volk war trotz aller Unterdrückung und aller Armut und in all seiner Unwissenheit immer auch lebenskräftig und lebensklug und fröhlich aggressiv. Diese Schönheit haben die Lieder.
Immer wieder wurde von verschiedensten Seiten versucht, den populären Sänger zu korrumpieren, zu instrumentalisieren, gleichzuschalten, einzuspannen oder ruhig zu halten. Immer wieder mal gehörte Béranger in wild bewegten Zeiten auch zu den sogenannten Siegern der Geschichte. Aber wenn immer seine politischen Freunde ihm ein Stück vom Kuchen der Macht abgeben wollten, dann bedankte er sich höflich, ging seiner Wege und fraß lieber das gute trockene Brot der Wahrhaftigkeit und trank den kratzigen Rotwein der Freiheit.
Diese sympathische Schrulle, seine gute Sturheit muß die Musen gerührt haben. Obwohl sie, wie gesagt,

nicht so scharf auf ihn waren, küßten sie ihn manchmal doch auf seine Stirnglatze. So gelang ihm sogar gelegentlich ein genialer Wurf, wie das berühmte Lied »Der König von Yvetot«. Dies Lied kostete den Dichter Knast, und jedermann kannte es. Heute kennt es kaum einer in Frankreich. Ich brachte mir auch dieses Lied ins DDR-Deutsche. Im Osten hatte es wieder einen Hauch seiner ursprünglichen Sprengkraft. Und selbst den westlichen Alternaiven gefällt die Geschichte von diesem alternativen Volkspapa.

Der König von Yvetot herrschte genauso, wie Laotse es fordert: Er herrschte eben nicht. Ein kleiner Menschenfreund, den das Volk liebt, weil er ohne Pomp lebt, liebt und leben läßt, weil er ein fröhlicher Fresser und Säufer ist und auch keine Soldaten für irgendwelche Kriege braucht. Die Bonzen der DDR fanden's nicht komisch.

Seit 25 Jahren habe ich nebenbei allerschönste Lieder aus verschiedenen Ländern in eine singbare deutsche Form gebracht. Wir werden nach diesem Buch mit all meinen Liedern eins mit »Allen Gedichten« auf den großdeutschen Markt werfen und dann... endlich und zum ersten Mal die vielen Lieder bündeln, die ich mir ans deutsche Sprachland zog: Alle Übersetzungen, Lieder aus Frankreich, herzzerreißende Zigeunerromanzen und Balladen aus dem Russischen, Lieder von Okudshava und Wyssodskij, paar spanische und griechische auch, alte Lieder aus dem Englischen, ach und eine Handvoll lebenslustiger Lieder vom halbverhungerten Nils Ferlin aus Schweden.

In diesen grauenhaften Tagen des Golfkrieges krallte ich mich fest an einigen verzweifeltfröhlichen Liedern aus einer Sprache, die fast ausgerottet wurde: Jiddisch. Die meisten stammen von dem Möbeltischler Mordechaj Gebirtig, der 1942 im Ghetto Krakau erschossen wurde.

Aber zurück zu meinem Vorbild Pierre-Jean de Béranger. Darum liebe ich ihn: Er hat mit seinem vergleichsweise kleinen Pfund besser gewuchert als andere mit ihrem großen.

Einige meiner älteren Lieder konnte ich in diesem Buch nur abdrucken, weil ich sie in verschollenen Tagebüchern grad rechtzeitig wiederfand. Zwei Koffer voll mit Aufzeichnungen hatte mein Freund Reimar Gilsenbach für mich schon vor meiner Ausbürgerung in der DDR im Dörfchen Brodowin versteckt gehalten. Die vielen Kladden riechen ein bißchen nach Stroh und Hühnermist. Na und? Immer noch besser als der Ratten-Gestank eines Stasi-Archivs!

Jetzt kam alles wieder in meine Hände. Ich bin glücklich darüber und bin diesem Mann dankbar für seinen Mut in einer Zeit, die aus vielen wasserdichten Helden Feiglinge machte. Es ist schön, wenn eine Freundschaft hält, auch unter Druck und über lange Jahre erzwungener Entfremdung. Dieser halbe Zentner Manuskripte ist, nebenbei gesagt, das einzige, was mir persönlich die Wiedervereinigung der Deutschen – genau 200 Jahre nach dem Sturm auf die Bastille – einbrachte. Immerhin was! Und ich freu mich, daß ich hier, in diesem Buch, was davon abgeben kann.

Ich bin noch lange nicht fertig, weder mit mir noch mit der Welt. Es wachsen noch frische Früchte am alten Baum. Die neuen Lieder und Gedichte gehörten eigentlich in einen Extraband, und der hätte dann auch einen schönen Titel, nämlich die Refrainzeile eines neuen Liedes: »Nur wer sich ändert bleibt sich treu«.

Aber nun nehme ich die jüngsten Lieder lieber mit in das dicke Alle-Lieder-Buch. Es erscheint in einer Zeit, in der sich mal wieder die Geister scheiden. Der Krieg am Golf provoziert diesen Bruch. Es ist kompliziert wie im richtigen Leben, und das heißt: Nur in der Idylle des Salons kann man mit rigoristischen Moralphrasen zwischen Gut und Böse entscheiden. Das kostet nur ein paar Worte und nicht mal ein Stück Zucker im Tee. In der geschichtlichen Wirklichkeit haben die Menschen leider nur die Wahl zwischen dem Schlimmen und dem viel Schlimmeren. Jeder Krieg ist schlimm und ein Verbrechen. Deswegen war und bleibe ich ein Teil der Friedensbewegung. Trotzalledem bin ich für diesen furchtbaren Krieg gegen das Regime des Saddam Hussein, der den Iran und Kuweit überfallen hat und die Juden in Israel mit der Ausrottung bedroht. Schon während des Giftgaskrieges gegen den Iran tönte der Tyrann aus Bagdad: Ich vernichte die Perser, die Juden und die Fliegen. Arme Fliegen! Arme Juden! Arme Kurden! Arme Perser! Arme verarmte armierte Iraker!

Ich war immer gegen den Krieg und nie ein Pazifist. Dazu bedarf es nicht der komplizierten Gedichte.

Auch an den Liedern werden Frau und Mann sehn, daß es immer wieder verzweifelte Gelegenheiten gab, wo Menschen sich auch mit Waffen wehren mußten. Dieselben Pazifisten, die mich jetzt in Deutschland beschimpfen, klatschten wie besoffen, wenn ich gegen den Faschisten Pinochet sang: »Mit Knarre und Gitarre...« und über Che Guevarra:

»Den Roten Stern an der Jacke
Im schwarzen Bart die Zigarre
Jesus Christus mit der Knarre
So führt dein Bild uns zur Attacke...«

Selbst im deutschen Lieblingslied der Pazifisten »Soldat Soldat« heißt es nicht: »Soldaten sind...«, sondern:

Soldaten sehn sich alle gleich
Lebendig und als Leich

Zweimal in den letzten 30 Jahren gerieten diese Lieder in den Schnittpunkt einer geschichtsschweren Situation, die bedeutender war, als es Lieder je sein können. Das war mein Konzert in Köln am 13. November '76. Mit meiner daraufhin exekutierten Ausbürgerung begann der Exodus etlicher Schriftsteller und Künstler. Nach Meinung der Fachleute, zu denen ich nicht gehöre, läutete dieses Konzert den Anfang vom Ende des DDR-Regimes ein. Millionen in Ost und West, die sich normalerweise nicht ausgerechnet für meine Lieder interessieren, wurden damals meine Zuhörer. Diese übertriebene Aufmerksamkeit eines breiten Publikums wiederholte sich 13 Jahre später, mitten im Zusammenbruch der SED-Herrschaft. Das

war am 1. Dezember 1989. Honeckers Kreatur Krenz war noch an der Macht. Damals lieferte ich in einer Messehalle in Leipzig ein Konzert, das sowohl vom damaligen DDR-Fernsehn als auch vom bundesdeutschen TV dem aufgewachten Fernsehvolk in die Stuben geliefert wurde.
Ansonsten sollen die jüngeren Leute wissen, daß diese Lieder sich in der DDR im Sinne des Samisdat als Handabschriften und Tonbandkopien massenhaft verbreiteten und daß viele Menschen wegen solcher Verbreitung verfolgt wurden.
Seit dem November '76 machte ich große und kleine Konzerte in der Bundesrepublik und in fast allen europäischen Ländern mit diesen Liedern. Mit laxer Regelmäßigkeit brachte ich meine Lieder im Lauf der Jahre auf über 20 Platten. Dabei legte ich nicht einfach immer das Neueste auf den Ladentisch, sondern faßte die Lieder nach Themen auf einer LP zusammen: Streit- und Hetzlieder, Liebeslieder, Kinderlieder, politische Pasquille, sogenannte Kunstlieder, eine Spanien-Platte, und wieder Liebeslieder und wieder Streitlieder über Gott und die Welt, über die Grünen und die Schwarzen, über den Terrorismus der RAF und über den Terrorismus des Staates. Lebenslieder, Überlebenslieder. Ach! und der Kommunismus! Sein Sterben, sein Tod, sein Begräbnis, unsere Verzagtheiten. Und auch immer wieder sang ich die Auferstehung des niedergeschlagenen Menschen, meine verwüstliche Hoffnung auf eine gerechtere Gesellschaft: Trotzalledem!

Wie sollten wir dermaßen verschiedene Lieder im Buch strukturieren? Wir entschieden uns für die zeitliche Aufeinanderfolge. Immerhin eine grobe Aufteilung ergibt sich aus den groben politischen Einschnitten in meinem Leben: Zuerst Lieder aus der Zeit, als ich noch in der DDR erlaubt war. Dann Lieder während der Jahre des Verbots im Osten. Und der dritte Teil: Lieder aus meiner Zeit im Westen. Das absolute Auftritts- und Publikationsverbot in der DDR war mir auf dem berüchtigten 11. Plenum des ZK der SED im November 1965 verordnet worden. Es dauerte bis zur Ausbürgerung im November 1976.
Die wirklich aufregenden Wendepunkte meines Lebens waren ganz andere. Aber das ergäbe nicht das Inhaltsverzeichnis für ein Liederbuch, sondern – keine Sorge, er wird nie geschrieben! – einen langweiligen Roman.

Altona, Februar 1991 **Wolf Biermann**

I. LIEDER VON 1959 BIS ZUM VERBOT 1965

BALLADE VON DEM MÄDCHEN MIT DEM SEHR ROTEN KLEID

Das Mädchen hatte ein sehr rotes Kleid
Halb hoch bis zu den kleinen Bällchen
Und weiche Schultern und einen Ausweis
Darin stand: Verkäuferin und ledig
  Und schon immer wollt sie einen
  von der Universität – wenn's geht
  der sehr fein ist
  und sehr klug ist
  und nicht grob ist
  und lala

Vor meinem Bett wacht meine Wirtin
Wir haben uns geliebt fast so
bis zum Ende auf der Straße
Das hat mein Mädchen nicht gestört
  Denn schon immer wollt sie einen
  von der Universität – wenn's geht
  der sehr fein ist

und sehr klug ist
und nicht grob ist
und lala

Bis dahin war alles gut mit uns
bis sie Motorrad fahren wollt
Doch ich hab leider nur ein Auto
nach dem Examen in sechs Jahren
Und sie wollt doch immer einen
von der Universität – wenn's geht
der sehr fein ist (bin ich)
und sehr klug ist (bin ich)
und nicht grob ist (bin ich)
und lala

Sie lachte und ging weg von mir
Sechs Jahre sind zu lang für sie
Mein Auto ist zu jung für sie
Ich sollt zu meiner Wirtin gehn
Deshalb nimmt sie sich jetzt keinen
von der Universität – wenn's geht
(jetzt nimmt sie sich einen)
der nicht fein ist
und ganz klug ist
und mal grob ist
und La La

Bald fuhr ein sehr rotes Kleid vorbei
auf einer roten Jawa

Die Farben beißen sich – ich bin allein
Und meine Wirtin kocht für mich.
  Auch die wollt immer einen
  von der Universität – wenn's geht
  der Sehr fein ist
  und Sehr klug ist
  und Sehr Sauber
  oh la la...

BALLADE VOM FERNLASTFAHRER BRUNO

Mein Lastzug hing am Baum
Es war sonst nix passiert
Ich nahm mein Zeug und wurde
Im Gasthaus einquartiert
(war mir doch egal, Bruno,
ob ich da wart oder fahr...)
Sie saß mir gegenüber
An einem andern Tisch
Ihre Lippen waren traurig
Aber sonst war sie noch frisch
der Nebel steht
  die Straße ist glatt
    streu mal Sand vor die Räder, Bruno!
      während der Fahrt

Ich hab mich breitgemacht
Und schimpfte auf das Bier
Das Mädchen saß vorm Teeglas
Anstatt am Tisch bei mir
(die hat überhaupt kein' gesehn
so hoch der Schnee!)
Am nächsten Morgen brachte
Die Wirtin frisches Brot
Und sagte, als sie die Tassen abwusch
Das Mädchen von gestern ist tot
der Nebel steht...

Die Wirtin hat gejammert
Weil sie das ruiniert
Kein Gast geht in ein Gasthaus
Wo einer drin krepiert
(Mensch, die hätte doch wenigstens
vorher bezahln könn', Bruno)
Ich zahlte ihre Rechnung
Und aß auch noch das Brot
Die Wirtin hat nicht begriffen
Daß einer so was tut
der Nebel steht...

Ich hab ja gleich gesagt
Es war sonst nix passiert
Am Mittag ging es weiter
War alles repariert
Bei Rostock dacht ich einmal
Sie lebte und wär froh

Hätt sie mit mir ... gesessen
Aber den Abend wars nicht so
der Nebel steht
  die Straße ist glatt
    streu mal Sand vor die Räder, Bruno!
      während der Fahrt?

DIE GRÜNE SCHWEMME

Jetzt wird mir leicht
Das Dunkel weicht
  aus unsrer warmen Scheune
Der Regen geht
Der Wind verweht
  die schwarzen Regenträume

Ich sing in Moll
Mein Herz ist voll
  von Spatzen und von Tauben
Der Tag wird schön
Du wirst schon sehn
  und meine Lieder glauben

Komm, faß mich an
Wir gehen dann
  in eine grüne Schwemme

Wir naschen Dill
Und du hältst still
   wenn ich dich zärtlich kämme

DIE BALLADE VON DER SEHNSUCHT, DIE MÜDE MACHT

1
Wir trafen uns in der fremden Stadt
nach langer Zeit, nach langem Weg.
Die Sehnsucht war ein Riesenrad.
Wir trafen uns etwas zu spät.
   Die Sehnsucht ist ein Riesenrad
   Das dreht sich sanft im Lärm.
   Bist du oben, bin ich unten,
   Bist du unten, bin ich oben.
   Und uns wird schlecht
   Vom vielen Dreh'n.

2
Sie saß auf der Kommode müd'
und ich auf dem Koffer davor.
Das Zimmer war kalt – zwei Betten getrennt –
mein Kopf lag in ihrem Schoß.
Ich dachte an früher – ich dachte an nichts
und ihre Hand war rauh.

Sie suchte den Weg durch meinen Schal.
Ich weiß nicht mehr genau.
  Die Sehnsucht ist ein Riesenrad
  Das dreht sich sanft im Lärm.
  Bist du oben, bin ich unten,
  Bist du unten, bin ich oben.
  Und uns wird schlecht
  Vom vielen Dreh'n.

3
Der Regen ging in der fremden Stadt
ich lag auf meiner Seit'
und zwischen den Betten floß ein Fluß
von großer Müdigkeit.
  Die Sehnsucht ist ein Riesenrad
  Das dreht sich sanft im Lärm.
  Bist du oben, bin ich unten,
  Bist du unten, bin ich oben.
  Und uns wird schlecht
  Vom vielen Dreh'n.

EIN TAG IN BERLIN

An einem Morgen,
der war frisch,
da trafen sie sich – irgendwie.

An einem Mittag,
der war heiß,
da klang der Stadtlärm nur noch leis.

An einem Abend,
der war kühl,
hat er geweint, doch nicht zuviel.

Das war ein Tag
da in Berlin,
da gehen viele Tage hin.

SOLDATENLIED

Mein Junge, du fragst mich,
ob du zu den Soldaten gehen sollst.
Selbst die dich darum baten,
würden dir's nicht raten.

Mein Junge, du fragst mich,
ob's Gewehr beim Marsch die Schulter drückt.
Viel leichter ist dein Spaten,
das kann ich dir nur raten.

Mein Junge, du fragst mich,
ob Panzerfahren schwer ist.

Du rollst durch Menschen und Saaten
– dazu ist schwer zu raten.

Mein Junge, es gibt Herrn,
die rüsten für den Krieg
gegen die Arbeiterstaaten
drum kann ich dir nur raten:
Geh zu unseren Soldaten!

DIE SONNENPFERDE

Deine Hand ist ein Zirkuszelt
über meinen Augen
mit großen Fetzen, da scheint die Sonne durch
auf die große Nachmittagsvorstellung
auf meiner Nase
trinken die Sonnenpferde
die weißen, die braunen
all meine Tränen
und trinken und trinken
die Bäuche sich voll
bis alles leer ist
trinken und trinken.

Du nimmst deine Hand weg
von meinen Augen

aus –
die große Nachmittagsvorstellung.

Du schaust in den Himmel
und hast die satten Sonnenpferde
nicht gesehen.

BALLADE VOM TRAKTORISTEN KALLE MITM STEIFN BEIN

In Prenzlau gibts ein Lied
Von einem Traktorist
Und weil der nur mit Vollgas fuhr
Mit durchgedrücktem Knie
Hatte er ein steifes Bein
Das war so steif, das war enorm
Er schaffte damit spielend leicht
Am Vormittag die Tagesnorm
  Mensch, der zog 'ne Furche
  einen halben Meter tief
  so grade wie sein steifes Bein
  er blieb nie länger als ein Jahr
  die Sorte gibt es nur ein paar
  – in Prenzlau gibts nur ein'

Er war auch Aktivist, wie oft
Das weiß ich nich genau

Noch öfter als er Aktivist war
War er furchtbar blau
Kalle nannten ihn die Bauern
Und er hatte rotes Haar
Doch gesehn hats nur die Schwarze
Weil er bei ihr drinnen war
   Mensch, der zog 'ne Furche...

Er trug stets eine Mütze
Es hieß, sein Haar sei rot
Wer's genauer wissen wollte
Dem hat er was gedroht
Nur die Schwarze konnt er leiden
Und die hatte schon ein Kind
Und die Leute fanden's komisch
Daß er an dem Kind nix findt
   Mensch, der zog 'ne Furche...

Am Sonnamt Abend hatte
Er seinen Anzug an
Und pflügte durch den Tanzsaal
Von Kunos *Weißen Schwan*
Da saß die Schwarze Arm in Arm
Und küßte den Student
Der aus Berlin kommt und nur für
Drei Wochn hier im Dorf rumrennt
   Mensch, der zog 'ne Furche...

Kalle stürzte aus dem Saal
Und soff sich einen an

Dann sprang er auf den Traktor
Und fuhr fast einen an
Und sagte: *Ich will Acker baun*
Jetzt brauch ich bißchen Sprit
Und weiße Mäuse gibts hier nicht
Hier gibt es nur die grauen
   Mensch, der zog 'ne Furche...

Dann pflügte er mit Vollgas
Und mit dem Dreischaarpflug
Den Hang am *Schwarzen Raben*
Das war noch nicht genug
Und seine Wut verrauchte
Die Müdigkeit kam schwer
Da schlief er ein, der Traktor fuhr
Und hatte keine Lenker mehr
   Mensch, der zog 'ne Furche...

Kalle schlief fest ein
Der Traktor fuhr allein
Durch Wiesn und durch Sand
So ging es durch das Land
Durch Rübn, Raps und Weg und Steg
Eine lange Furche
Und diese Furche war enorm
Für so was gabs noch keine Norm
   Mensch, der zog 'ne Furche...

Kalle wurd nie mehr gesehn
Er pflügt jetzt wohl woanders

Auch die Schwarze ist allein
Keiner mag ihr Kindelein...
Und die Bauern sind ihr böse
Alles nur um den Student!
– und dabei war der Traktorist
So einer wie sonst keiner ist
  Mensch, der zog 'ne Furche
  tief, wie seine Liebe war
  so grade wie sein steifes Bein
  er blieb nie länger als ein Jahr
  die Sorte gibt es nur ein paar
  – in Prenzlau gabs nur ein'

4 Lieder
Wir loben die guten Sozialisten

1.
DIE VERKÄUFERIN

Die Verkäuferin im Konsum
Ist des Hauses guter Stern
Sie ist freundlich auch am Samstag
Alle kaufen bei ihr gern
Wenn mal Butter knapp ist, dann
Führt sie sauber ihre Listen
Damit dann auch jedermann
Seine Butter kriegen kann

Von den Kunden in der Straße
Kennt die Namen sie genau
Und sie sagt nicht nur: Mein Herr ...
Und sie sagt nicht: Gnädge Frau ...
Ausweis zeigen braucht man nicht
– das ist nur für solche Pflicht
Die noch fremd sind und die
Sie noch nicht so lange kennt

Wenn mal Schinkenspeck nicht da ist
Den ein Kunde haben muß
Dann sagt sie nicht voller Freude:
Ham wa nich! – und damit Schluß
Sondern preist ihm an die Wurst
Und ein Fläschchen für den Durst
Fehlt mal Wurst, gibt es Speck
Und kein Mensch geht wütend weg

Gegen Schieber, Spekulanten
Ist sie wachsam jeden Tag
Sie entlarvt die Schmuggeltanten
Die kein Mensch im Osten mag
Keine Wurst ist da so lang
Ist so lang, daß sie vielleicht
Über manche krummen Wege
Bis nach Westberlin hin reicht

Wenn die kleinen Kinder kommen
Von der Straße zu ihr rein
Schenkt sie jedem einen Bonbon

Leider ist sie noch allein
Unser Hauswart hat gesagt:
Jetzt fehlt ihr nur noch ein Kind
Und'n Mann, und'n Mann
Findet sich denn ooch noch an
das sind die guten Leut
gut für eine neue Zeit, dideldumm!

2.
DER HAUSARZT

Unser Hausarzt hat 'ne Praxis
Hier im ersten Stock im Haus
Die berühmt ist in der Gegend
Er kuriert die Leute aus
Er macht manche lange Schicht
Freie Zeit kennt er fast nicht
Aber doch, aber doch
Säuft er abends wie ein Loch

Doch der Schnaps kann ihm nicht schaden
Denn er lebt sonst sehr gesund
Jeden Morgen geht er baden
So kommt er nicht auf den Hund
Und obwohl er viel Geld hat
Fährt er immer mit dem Rad

Dann wird er, dann wird er
Immer wieder nüchterner

Unser Arzt ist für den Friedn
Für den Sozialismus auch
Und er geht nicht nachm Westen
Wie's bei vielen Ärzten Brauch
Kommt zu ihm ein Funktionär
Diskutiert er mit ihm sehr
Ihm mißfällt dies und das
Diskutieren macht ihm Spaß
das sind die guten Leut
gut für eine neue Zeit, dideldumm!

3.
DER VERKEHRSPOLIZIST

An der Kreuzung in dem kleinen
Glashaus sitzt ein Polizist
Alle mögen ihn gut leiden
Weil er meistens freundlich ist
Ist die Straße frei bei ROT
Geh ich rüber und er droht
Mit dem Finger nur stark
Schröpft mich nicht um eine Mark

Wenn ein Autofahrer falsch fährt
Schreit er ihn nicht wütend an
Er erklärt ihm die Gesetze
Die gut sind für jedermann
Wenn der Autofahrer das
Einsieht, macht ihm das mehr Spaß
Als den Mann zu befrein
Vom Besitz des Führerscheins

Kommt ein alter Mann vom Dorf weit
Und sucht eine Straße hier
Die inzwischen schon ganz anders
Heißt, dann weiß er doch Bescheid
Und er schickt ihm mit ein Kind
Daß der Mann die Straße findt
– solch ein Rat, solch ein Rat
Ist schon eine gute Tat

Seine Flöte hat er immer
An den Lippen gleich bereit
Einen Fehler anzupfeifen
Für die Verkehrssicherheit
Von der Flöte kriegt er dann
Vorne einen schiefen Zahn
– aber sonst, aber sonst
Ist an ihm kein Fehler dran
– das sind die guten Leut
gut für eine neue Zeit, dideldumm!

4.
DER FUNKTIONÄR

Unser Sekretär is gut
Hält nie lange Reden
Was er sagt, hat Hand und Fuß
Ohne Phrasen, ohne Schmus
Überzeugt er jeden
  Läuft der Laden wie geschmiert
  Funktionär funktioniert
  Keine Frage? – Keine Frage!
  Darauf noch 'ne Lage!

Abends kauft er selber ein
In überfüllten Läden
Weiß den Preis und was es gibt
Wen das Volk haßt oder liebt
Ohne große Reden
  Läuft der Laden wie geschmiert...

Wenns mal keine Zwiebeln gibt
Dann lügt er nicht im Ganzen
Zwiebeln wären ungesund
Sondern sagt: *Wir können nur*
Essen, was wir pflanzen
  Läuft der Laden wie geschmiert...

Schwieln am Hintern hat er nicht
Vom zu langen Sitzen

Redezeit für jedermann
Fünf Minuten! – besser ist
Bei der Arbeit schwitzen
  Läuft der Laden wie geschmiert...

Letzten Sommer ließ er sich
Einen Schnurrbart wachsen
Meckern welche, sagt er schlau:
Marx und Ulbricht ließen auch
Sich die Bärte wachsen
  Läuft der Laden wie geschmiert...

Und ein Mädchen liebt ihn auch
Sah erst achzehn Winter
Hat von ihm ein Kind im Bauch
– wunderschön, und Hoch! die Braut
Und die nächsten Kinder
  Läuft der Laden wie geschmiert...

ERSTER STADT-MAI

Himmelblauer Vogelhimmel
Straßengraue Straßen
Rot und blaues Volksgewimmel
Über alle Maßen
Braune Bockwurstschwaden ziehn

Durch den Panzerlärm
– Reden ziehn durch mein Gemüt
Und ich mag dich gern

ERSTER DORF-MAI

Der Erste Mai ist schön
Da kann man Leute sehn
Der Konsum bestellt Bockwurst
Und hundert Kasten Bier
Studenten sind auch hier
Die kommen aus der Stadt
Wo man sowas hat

Der Erste Mai ist neu
Da gibt es noch kein Heu
Die Kühe fressen Haferstroh
Am Kuhstall ist die Losung rot
Mit weißer Schrift geschrieben:
Im Kuhstall wird die Milch gemacht
Die Butter und der Frieden!

HERR BRECHT

Drei Jahre nach seinem Tode ging Herr Brecht
vom Hugenottenfriedhof
die Friedrichstraße entlang
zu seinem Theater

Auf dem Wege traf er
zwei dicke Fraun
einen dicken Mann
einen Jungen

Was, dachte er, das sind doch die
Fleißigen vom Brecht-Archiv
Was, dachte er, seid ihr immer
noch nicht fertig mit dem Ramsch?

Und er lachte sich eins
Daß er denen so viel Arbeit
gemacht hatte
(langweilig, solche Arbeit)

Und er lächelte unverschämt
bescheiden
und war zufrieden

BERLINER BRAUTGANG

Bei Treptow auf der trägen Spree
da fahrn zwei weiße Schiffe.
Das eine kommt mit müde Leut
das andre fährt hinaus
das andre fährt hinaus mit Leuten, die sind frische.
Und auf dem Schiff, das westwärts fährt
steht vorn ein Süßwasserleichtmatrose.
Er trägt wohl einen Myrthenkranz und eine dreckige
Hose.
Und auf dem Schiff, das ostwärts fährt,
steht vorn die süße Köchin vom Schiff
mit einem großen Kochlöffel.
Da geht übers Wasser ein Pfiff.

Und als die Schiff aneinander warn
und fuhren eng vorbei
da sprang der Süßwasserleichtmatros
mit Myrthenkranz in dreckiger Hos
zur Köchin, die hielt ihm den Löffel zum Halt.
Doch er sprang vorbei, doch er griff vorbei.

Das Wasser war kalt,
es war im November.
Er wurde nicht alt.

BALLADE VOM POSTBOTEN KUTTE

1

Kutte hatte eine blaue Uniform der Deutschen Post
Er trug Briefe in die Häuser, lief bei Hitze und bei Frost
Wenn sein Kofferradio immerzu die heißen Sachen spielte
Schaffte Kutte seine Tour
Bis halb zehn Uhr.

Dann setzte er sich still
mit dem lauten Radio
auf die Bank im nächsten Park
Und die alten Opas schimpften: Geh
lieber deine Post austragen.
  Aber das hat ihn ganz kaltgelassen
  schließlich teilt sich jeder seine Zeit ein
  und er ließ sich da nicht reinreden
  und bei ihm ging alles schnell.
  Und er hatte schon alles hinter sich.

2

Kutte hatte eine kleine Freundin, die hieß Monika
Wenn er mit ihr Liebe machte, lief der Kasten, das war klar
Wenn dabei das Radio immerzu die heißen Sachen spielte

Schaffte Kutte seine Tour
Bis halb zehn Uhr.

Und Monika war still
war nicht glücklich so und so
dachte, wenn er das nur will
immerzu das Kofferradio
da war sie sehr allein danach.
   Aber das hat ihn ganz kaltgelassen
   schließlich teilt sich jeder seine Zeit ein
   und er ließ sich da nicht reinreden
   und bei ihm ging alles schnell
   und bei ihm ging alles schnell.
   Und er hatte schon alles hinter sich.

Kutte wurde Eilbriefbote, weil er doch der Schnellste war
Mit dem gelben Motorroller ging's noch schneller (das war klar)
Um den Hals das Radio. Heiß war die Musik. Die Kreuzung nahte
Kutte übersah das Rot
und war tot.

Da war die Stadt sehr still
als er auf den Schienen lag
Monika weint, ob sie will oder nicht
den ganzen Tag
da war sie ganz allein danach.
   Aber da ist er schnell kalt geworden

seine Zeit war hin, 'ne Handvoll Schnee.
Und da konnte keiner mehr reinreden
und bei ihm ging alles schnell
und bei ihm ging alles schnell.
Und er hatte schon alles hinter sich.

BALLADE VOM BAUERN, VOM BULLEN UND VOM RUCKSACKBULLEN

Ein Bauer hatte einen Bullen.
LPG? – Nee, nee!
Der mußte mit den Kühen buhlen.
LPG? – Nee, nee!
Die Küh' war'n alle LPG
aber der Bauer sagte: Nee,
ich geh nicht in die LPG,
wenn ich den Laden seh.

Der Bullenbauer sagte sich:
LPG? – Nee, nee!
Ich hab den Bullen, die brauchen mich.
LPG! – Nee, nee!
Doch eines Tages kam ein Mann
mit einem großen Rucksack dran
auf einem Motorrad heran.
Was tat der Bauer dann?

Der starke Bulle stand im Stall.
LPG? – Nee, nee!
Die Kälbchen sprangen überall
LPG? – Nee, nee!
Doch hatt' er keinen Anteil dran,
die waren alle von dem Mann
mit dem großen Rucksack dran.
Was tat der Bulle dann?

Im Kuhstall von der LPG
LPG? – Nee, nee!
Stand eine Kuh und fraß den Klee.
LPG? – Nee, nee!
Sie ließ den Rucksackmann nicht ran,
sie schreit, daß man's laut hören kann:
Die Kuh will nur den Bullen han.
Und was kommt dann?

Der Bulle hört ihr Liebesflehn.
LPG? – Nee, nee!
Und will zu seiner Kuh hingehn,
LPG? – Nee, nee!
Der Bauer sperrt die Stalltür zu,
da gibt der Bulle keine Ruh:
Es kracht das Holz, es bebt das Haus
und mit dem Stolz war's aus.

Da hat der Bauer eingesehn:
LPGaaa – Ja, ja!
Mein Bulle find's bei mir nicht schön.

LPGaaa – Ja, ja!
Jetzt kommt kein Rucksackbulle mehr
und alle Kühe freun sich sehr.
Der Bulle springt, der Bauer singt:
LPG – OK!

DIE ZEIT DER TRAUBEN

Als die ersten Trauben kamen
traf ich sie beim Traubenkauf
in dem Laden und wir aßen
gleich zwei Pfund gemeinsam auf.

Als die langen Nächte kamen
ging die Zeit uns schnell dahin.
Oft danach aßen wir Trauben
die so gelb und süße sind.

Heute morgen stand ich wieder
in dem Laden in der Reih'.
Vor mir ging das letzte Pfund weg.
Die Zeit der Trauben ist vorbei.

DAS KARIN-LIED

Du gehst heute abend zur Sitzung
und morgen hab ich keine Zeit.
Wir löffeln die kalte Suppe des Wartens,
gekocht aus Kohl und Bitterkeit.
  Karin, das kennst Du doch selbst,
  nach jeder Sitzung brechen
  die zugesessenen Wunden auf.
  Gib mir keinen Kuss mein Kind.
  Gib mir 'ne Zigarette!

Wir küßten uns lange schon nicht mehr,
wir sehen uns kaum noch am Tag.
Wir haben uns nur noch müde im Schlaf,
da wird die Liebe kalt und fad.
  Karin, das kennst Du doch selbst,
  nach jeder Sitzung brechen
  die zugesessenen Wunden auf.
  Gib mir keinen Kuss mein Kind,
  Gib mir 'ne Zigarette!

Es schwimmt in dem Meer unserer Pläne
ein kleiner Apfelkahn.
Es ist an unserer Liebe nicht
ein einziger trockner Faden dran.
  Karin, das kennst Du doch selbst,
  nach jeder Sitzung brechen
  die zugesessenen Wunden auf.

Gib mir keinen Kuss mein Kind.
Gib mir 'ne Zigarette!

Wir sind ausgelaufen und leer.
Durch uns geht naßkalter Wind.
Ich sag Dir: Wir sind fix und fertig,
bevor wir angefangen sind.
Karin, das kennst Du doch selbst,
nach jeder Sitzung brechen
die zugesessenen Wunden auf.
Gib mir keinen Kuss mein Kind.
Gib mir Feuer!

LIED AUF DAS EHEMALIGE GRENZGÄNGER-FREUDENMÄDCHEN GARANCE

1
Eine Henne ist zäh
Eine Katze ist zäher
Eine Frau ist noch zäher
sagt man mir.

2
Aber du, Garance, bist die Schönste!
Die Unzucht hat deinen Leib nicht gefressen
Die Unzucht nahm nicht deine Lieblichkeit

Du hast in Kaschemmen herumgesessen und
Dein Gang ist doch voller Herrlichkeit.

3
Komm zu mir aus dem Rinnstein
Du schöne große Frau.
Acht Jahre hast du alles gemacht
Jetzt komm zu mir – ich bin dein Mann –
Jetzt will ich dich, denn
morgen schon, denn
morgen schon ist
nichts mehr an dir dran.

4
Sie ging mit mir
Wir liebten uns
Die schöne große Frau
Die Leuchtreklame
schien so rot
das weiß ich noch genau.

KLEINSTADTSONNTAG

Gehn wir mal hin?
Ja, wir gehn mal hin.
Ist hier was los?

Nein, es ist nichts los.
Herr Ober, ein Bier!
Leer ist es hier.
Der Sommer ist kalt.
Man wird auch alt.
Bei Rose gabs Kalb.
Jetzt isses schon halb.
Jetzt gehn wir mal hin.
Ja, wir gehn mal hin.
Ist er schon drin?
Er ist schon drin.
Gehn wir mal rein?
Na gehn wir mal rein.
Siehst du heut fern?
Ja, ich sehe heut fern.
Spielen sie was?
Ja, sie spielen was.
Hast du noch Geld?
Ja, ich habe noch Geld.
Trinken wir ein'?
Ja, einen klein'.
Gehn wir mal hin?
Ja, gehn wir mal hin.
Siehst du heut fern?
Ja ich sehe heut fern.

OSTERLIED

Für meine weiche Schleuse
für meine enge Reuse
wo sich der Fisch verfängt
und sich zu Tode hängt

Für Tränen auf den Wangen
für Küsse und Goldspangen
auch für die Sonnenstrahlen
die deine Schöne maln

Für eine warme Sonnen
für unsre zarten Wonnen
für eure groben Späße
aufs Knie und aufs Gesäß

Für uns, die ohne Zeit sind
für unser ungeboren Kind
für den Soldat im letzten Glied
sing ich, noch vor der Morgen kommt
ein schönes und ein andres Lied

FRAU BRECHT

Herr Brecht aus Augsburg schrieb
Theaterstücke viel
Darin manch guter Hieb
Und manches Possenspiel
Im Brechtmuseum sitzt
Am Schiffebauerdamm
Brechts alte böse Frau
Läßt keinen an Brecht ran
　Die Glucke sitzt über den Eiern
　zu lang, zu lang, viel zu lang
　die Eier werden faul, Paul!

Frau Brecht hat schon zu oft
Mutter Courage gespielt
Und sich zu tief in ihre
Rolle eingefühlt
Bekämpfe diese kalte
Händlergeldesgier
– das wünscht von Herzen dir
Dein Liedermacher Bier-
　mann sitzt doch nicht auf den Eiern!
　zu lang, zu lang, viel zu lang
　die Eier werden faul, Kaul!

BALLADE VON DEM DRAINAGE-LEGER FREDI ROHSMEISL AUS BUCKOW

1
Das ist die Ballade von Fredi Rohsmeisl
Drainage-Leger auf den Äckern um Buckow
Gummistiefel hoch bis zum Bauch
Sein Häuschen links am Fischerkietz.
Bei Lene Kutschinsky war Tanz
Er hat auseinander getanzt
Mit seiner Verlobten – das war verboten
Na schön...

    Junge, ich hab Leute schon tanzen sehn
    Junge, das war manchmal schon nicht mehr schön.
    Aber schadet uns das?
    Nein.

2
Und als er so wild auseinander tanzt
Die Musik war heiß und das Bier war warm
Da hatten ihn plötzlich zwei Kerle am Arm
Und schmissen ihn auf die Taubengasse.
Und schmissen ihn über den Lattenzaun
Und haben ihn in die Fresse gehaun
Und er hatte noch nichts getan
Und hatte den hellblauen Anzug an.

Junge, ich hab Leute schon schlagen sehn
Junge, das war manchmal schon nicht mehr schön.
Aber nützt uns das?
Nein.

3
Da hat Fredi Rohsmeisl beide verrammt
Zwei links zwei rechts er traf genau
Und waren zwei große Kerle die zwei
Halb Buckow sah ihm zu dabei.
Das Überfallauto kam antelefoniert
Hat Fredi halb tot gehaun
Das haben die Buckower Männer gesehn
Und auch die Buckower Fraun.

Junge, ich hab Leute schon zusehn sehn
Junge, das war manchmal schon nicht mehr schön.
Aber nützt uns das?
Nein.

4
Dann kriegte er einen Prozeß an Hals
Als Konterrevolutionär
Wo nahm der Staatsanwalt nur das Recht
Für zwölf Wochen Knast her?!
Seitdem frißt ihn ein stiller Zorn
Und nach dem zehnten Bier
Erzählt er Dir seine große Geschichte
Von hinten und auch von vorn.

Junge, ich hab Leute schon weinen sehn
Junge, das war manchmal schon nicht mehr schön.
Aber nützt uns das?
Nein.

5
Und er findet noch kein Ende
Und er ist voll Bitterkeit
Und er glaubt nicht einen Faden
Mehr an Gerechtigkeit.
Er ist für den Sozialismus
Und für den neuen Staat
Aber den Staat in Buckow
Den hat er gründlich satt.

Junge, ich hab Leute schon fluchen sehn
Junge, das war manchmal schon nicht mehr schön.
Aber nützt uns das?
Nein.

6
Da gingen einige Jahre ins Land
Da gingen einige Reden ins Land
Da änderte sich allerhand
Daß mancher sich nicht wiederfand.
Und als der zehnte Sputnik flog
Da wurde heiß auseinander getanzt
Der Staatsanwalt war selbst so frei.
Und Fredi sah ihm zu dabei.

Junge, ich hab Leute sich ändern sehn
Junge, das war manchmal schon nicht mehr schön.
Aber nützt uns das? (Ja.)

BALLADE VON DER BUCKOWER SÜSSKIRSCHENZEIT

Die kleine Kammer unterm Dach
hat Bett und Stuhl und Tisch.
Die Dielen rot und blau die Wand,
das Laken weiß und frisch.

Das war in Buckow zur Süßkirschenzeit.
Die Bäume stehn an der Chaussee.
Das war in Buckow zur Süßkirschenzeit.
Die Bäume gehörn der LPG.
Die hat an jeden ein Zettel gemacht:
DAS VOLKSEIGENTUM WIRD STRENG BEWACHT!
In der Nacht, in der Nacht
und besonders: in der Nacht.

Die Wirtin alt und schrumpelig.
Der Gast ist jung und schön.
Und wenn er aus dem Fenster lehnt,
kann er die Gasse sehn.

Die Gasse in Buckow zur Süßkirschenzeit.
Die Bäume stehn an der Chaussee.
Das war in Buckow zur Süßkirschenzeit.
Die Bäume gehörn der LPG.
Die hat an jeden ein Zettel gemacht:
DAS VOLKSEIGENTUM WIRD STRENG BEWACHT!
In der Nacht, in der Nacht
und besonders: in der Nacht.

Die Gasse ist so sommerstill,
ein alter Mann holt Bier.
Die Mädchen von der LPG
pflücken bis dreiviertelvier...

Die süßen Kirschen zur Süßkirschenzeit.
Die Bäume stehn an der Chaussee.
Das war in Buckow zur Süßkirschenzeit.
Die Bäume gehörn der LPG.
Die hat an jeden ein Zettel gemacht:
DAS VOLKSEIGENTUM WIRD STRENG BEWACHT!
In der Nacht, in der Nacht
und besonders: in der Nacht.

Als ich so früh nach Hause kam,
schrie mich ein Bauer an:
»Wir treten unsere Hühner selbst!«
Und bot mir Dresche an.

Das war in Buckow zur Süßkirschenzeit.
Die Bäume stehn an der Chaussee.

Das war in Buckow zur Süßkirschenzeit.
Die Mädchen gehörn der LPG.
Die hat an jedes ein Zettel gemacht:
Das Volkseigentum wird streng bewacht!
In der Nacht, in der Nacht
und besonders: in der Nacht.

DIE ALTEN WEIBER VON BUCKOW

Die alten Weiber von Buckow
Stehn stundenlang nach Fisch
Die PGH der Fischer
Die liefert die Fische frischer
Als die **HO** oho!
Drum stehn die Weiber von Buckow
Seit fünf Uhr an nach Fisch

Die alten Weiber von Buckow
Erzähln im Regen sich was
Von Ratten, Mäusen und Katzen
Tun die Weiber schwatzen
Und schimpfen auf die **HO**
Drum stehn die Weiber von Buckow
Seit fünf Uhr an nach Fisch

Die alten Weiber von Buckow
Die schimpfen auf den Staat
Weil er nur am Sonna'mt
Frische Fische hat
Der Staat heißt Fiete Kohn
Ein Fischer jung und stark
– ein junges Weib von Buckow
Verschläft mit ihm bis acht
Das hat die Weiber von Buckow
So bös und nass gemacht

ICH HAB DIE GANZE NACHT VERTAN

Ich hab die ganze Nacht vertan
Mit den alten Weibern am Küchenherd
Ihre schönen Geschichten bis in die früh
– die waren nicht verkehrt

Wir aßen schwarzes Brot mit Schmalz
Und in die Nase ein Wein
Und einen krebsrotfröhlichen Hals
Beim Küchenfeuerschein

So saß ich bis in den Morgen hin
Und hörte so viel, so viel
Zu Haus lag meine junge Frau
– allein und winterkühl

HIMMELFAHRT IN BERLIN

Die Kinder spielen im Hof so schön
Prinzessin, Mörder und Volkspolizist.
Sie müssen nicht zur Schule gehn,
weil heute Himmelfahrt ist.

Die Kinder spielen im Hof so laut,
behängt mit alten Lappen.
Sie spielen Braut und Kosmonaut
im Himmelsschiff aus Pappen.

Die Kinder spielen so laut und schön,
der Hof wird ein ganzes Theater.
Die dicken Frau'n aus den Fenstern sehen
und warten auf den Vater.

MEINE MIETSKASERNENBRAUT

Meine Mietskasernenbraut
wohnt im sechsten Stock.
Wenn's unten in der Stadt noch graut,
steht oben schon die Sonne.

Meine Mietskasernenbraut
schläft bei offenem Fenster.

Tauben fressen auf dem Sims
mein Brot von gestern abend.

Meine Mietskasernenbraut
hat ein großes Herz.
Bin ich einsam, macht sie gern
mit mir einen Scherz.

Zu der Mietskasernenbraut
führen hundert Stiegen.
Wenn Dich das nicht müde macht,
darfst Du bei ihr liegen.

Meine Mietskasernenbraut
braucht ein' Ehemann.
Doch kommt wieder nur ein Mann,
dann kommt's ihr nicht
dann kommt's ihr nicht
dann kommt's ihr nicht darauf an.

BERLIN, DU DEUTSCHE DEUTSCHE FRAU

Berlin, du deutsche deutsche Frau
Ich bin dein Hochzeitsfreier
Ach, deine Hände sind so rauh

Von Kälte und von Feuer
Ach, deine Hüften sind so schmal
Wie deine breiten Straßen
Ach, deine Küsse sind so schal
Ich kann dich nimmer lassen

Ich kann nicht weg mehr von dir gehn
Im Westen steht die Mauer
Im Osten meine Freunde stehn
Der Nordwind ist ein rauher
Berlin, du blonde blonde Frau
Ich bin dein kühler Freier
Dein Himmel ist so hundeblau
Darin hängt meine Leier

DAS FAMILIENBAD

Jeden Samstag geht der nette fette Vater
einen Eimer Kohlen holen
aus dem Keller für das Bad
daß er sau
 daß er sau
daß er saubre Kinder hat.

In die weißlackierte Eisen-
badewanne mit den Flecken

tut der Vater jeden Sonna'mt
seine Kinder stecken.
Nach den Kindern seine Frau
und er selber ist für Sau-
berkeit, setzt sich auch mit rein
fein fein fein
   Jeden Samstag geht der nette fette Vater
   einen Eimer Kohlen holen
   aus dem Keller für das Bad
   daß er sau
      daß er sau
   daß er saubre Kinder hat.

Und er spielt mit seiner Frau,
blaues blaues Mittelmeer.
Er war in den vierzigeeer
Jahren ein paar Wochen da
als Major von Adolf Hitleeer
und jetzt spielt er Militär
mit der Frau im Mittelmeer
Mittel- Mittel- Meer.
   Jeden Samstag geht der nette fette Vater
   einen Eimer Kohlen holen
   aus dem Keller für das Bad
   daß er sau
      daß er sau
   daß er saubre Kinder hat.

Plötzlich kommt ein Hai daher,
plötzlich ist die Frau nicht mehr.

Und das Badewasser rötet
sich, wenn Vater tötet.
Und am nächsten Morgen wachen
seine Kinder auf und machen
leis die Tür zum Bade auf:
Da liegt ein satter Hai
Mutter ist nicht mehr dabei.
   ist nicht mehr
      nicht.

Fünf Lieder aus »Deutschland. Ein Wintermärchen«

1
MEIN VATERLAND, MEIN VATERLAND

Mein Vaterland, mein Vaterland
Hat eine Hand aus Feuer
Hat eine Hand aus Schnee
Und wenn wir uns umarmen
Dann tut das Herz mir weh

Ich hab gesehn, zwei Menschen stehn
Die hielten sich umfangen
Am Brandenburger Tor
Es waren zwei Königskinder
– das Lied geht durch mein Ohr

2
BALLADE VON LEIPZIG NACH KÖLN

Zur Messe in Leipzig ein Kaufmann aus Köln
War jung und war reich und war schön
Du Blonde, du Weiche, ich heirate dich
Kannst mit mir nach Westen gehn
Im Opel Rekord ging es leicht nach Berlin
Nach Köln mit dem Flugzeug so schnell
Du junger, du reicher, du schöner Mann
Jetzt heiraten wir auf der Stell!
Ach, mit dem Strom fahrn die Schiffe so schnell
auf dem Rhein dahin dahin
Ach, gegen den Strom geht es langsam zurück
ich weiß nicht, wie traurig ich bin

Du Blonde, du Weiche, wir heiraten nicht
Ich erbe doch Vaters Fabrik
Ich kauf dir ein Häuschen in Düsseldorf
Damit meine Frau uns nicht sieht
Der Rhein fließt unter die Brücken hin
Das Wasser voll Öl und voll Ruß
Die Loreley stürzt in den Rhein
Damit sie nicht singen muß
Ach, mit dem Strom fahrn die Schiffe so schnell
auf dem Rhein dahin dahin
Ach, gegen den Strom geht es langsam zurück
ich weiß nicht, wie traurig ich bin

3
EIN DEUTSCHER KOMMUNIST

Es floh ein Genosse aus Buchenwald
Im Februar Neununddreißig
Verhungert, zerschlagen und hundekalt
Ein guter Genosse, das weiß ich
Die Nazis jagten ihn, fingen ihn fast
Im Februar Neununddreißig
Im Lager war für ihn ein dicker Ast
Zum Hängen dran, das weiß ich

Er hatte Glück, die Flucht gelang
Im Februar Neununddreißig
Der Genosse über die Grenze sprang
Ins Sowjetland, das weiß ich
Es hat keine Kugel ihn fangen gekonnt
Im Februar Neununddreißig
Die Nazis schickten ein' Brief nach Moskau
Was darin stand, das weiß ich:

Da stand: ›Genossen, ein Nazi kommt zu euch
Im Februar Neununddreißig
Verkleidet als Häftling aus Buchenwald‹
– und sie glaubten dem Brief, das weiß ich
Im Februar Neununddreißig, da wars
In Moskau hallten die Schüsse
Der Genosse starb als Naziagent

Und es ist, als ob mein Hirn ausbrennt
Und mein Herz zerspringen müsse
Im Februar Neununddreißig!

4
DAS THÄLMANN-LIED

Ich träumte von Teddy Thälmann
Die Nacht einen schönen Traum
Er war entflohn aus dem Kerker
Die Nazis schrien wild
An allen Anschlagsäulen
Hing Teddys Steckbrief und Bild
  An allen Anschlagsäulen
  Hing Teddys schönes Bild

Ich träumte von Teddy Thälmann
Die Nacht einen schönen Traum
Er zog nach Kriegsende
Mit Fahnen und Schalmei'n
Durch lange Trümmerstraßen
In das rote Hamburg ein
  Durch lange Trümmerstraßen
  In das rote Hamburg ein

Ich träumte von Teddy Thälmann
Die Nacht einen schönen Traum
Wir konnten mit Ernst Thälmann
Im ganzen Deutschen Land
Den Sozialismus besser baun
Als du ihn je gekannt
   Den Sozialismus besser baun
   Als du ihn je gekannt

Ich träumte von Teddy Thälmann
Die Nacht einen schönen Traum
Wir konnten in ganz Deutschland
Den großen Worten traun
Die Freiheit ohne Grenzen
Und schön wie nie die Fraun
   Die Freiheit ohne Grenzen
   Und schön wie nie die Fraun

5
GESANG FÜR MEINE GENOSSEN

Jetzt singe ich für meine Genossen alle
Das Lied von der verratenen Revolution
für meine verratenen Genossen singe ich
und ich singe für meine Genossen Verräter
Das große Lied vom Verrat singe ich
und das größere Lied von der Revolution

Und meine Gitarre stöhnt vor Scham
und meine Gitarre jauchzt vor Glück
und meine ungläubigen Lippen beten voller Inbrunst
zu MENSCH, dem Gott all meiner Gläubigkeit

Ich singe für meinen Genossen Dagobert Biermann
der ein Rauch ward aus den Schornsteinen
der von Auschwitz stinkend auferstand
in die viel wechselnden Himmel dieser Erde
und dessen Asche ewig verstreut ist
über alle Meere und unter alle Völker
und der jeglichen Tag neu gemordet wird
und der jeglichen Tag neu aufersteht im Kampf
und der auferstanden ist mit seinen Genossen
in meinem rauchigen Gesang

Und ich singe für Eldridge Cleaver
Genosse im Beton-Dschungel von San Francisco
wie er den Schwarzen schwarz auf weiß macht
daß der Feind nicht schwarz ist oder weiß, sondern
schwarz *und* weiß, das singe ich euch
wenn Eldridge seinen monumentalen Niggerarsch
über Washington auf das Weiße Haus pflanzt
Und wie die BLACK PANTHERS ausbrachen aus der Manege,
aus dem bürgerlichen Zirkus, Panik im Publikum
ich singe die Schweine, wie sie aus den Logen fliehn

Und ein Abgesang auf den Genossen Dubček
der jetzt auf dem türkischen Hund ist

und der lieber hätte gehen sollen
den krummen Weg unter das Hackbeil
oder den geraden Weg unter die Panzer
oder hätte schwimmen sollen in seinem Volk
wie der berühmte Fisch des Genossen Mao
Und darum singe ich den heilsamen Hochmut
Des Niedergeworfenen gegen alle Reaktion
gegen die Konterrevolution am 21. August

Ich schreie und schrei die Prosa von Vietnam
ich singe die Heuchelei, das exotische Mitleid
den politischen Schwulst von Frieden und Freiheit
Ich singe den schütteren Bart von Onkel Ho,
dem erspart blieb, diesen Krieg zu überleben
den er längst gewonnen hatte, diesen Krieg
der weitertobt in der Zelle von Muhamed Ali
und der täglich verhöhnt wird im Spenden-Rummel
in der behördlich verordneten Solidarität
im Ablaßhandel mit den revolutionären Sünden

Und ich singe noch immer auch meine Liebe
zu meiner nacht-nächtlichen Jungfrau
zu meiner heiligen Genossin
die mich in die Schlacht führt und rettet
in der höheren Gerechtigkeit ihres Lächelns
die mir noch immer auch alle Wunden sanft
aus der Stirn küßte, die ich ihr schlug
Ja, ich singe den Klassenkampf auch der Geschlechter
die Befreiung aus dem patriarchalischen Clinch
aus der Leibeigenschaft unserer Leiber

Und ich singe all meine Verwirrung
und alle Bitternis zwischen den Schlachten
und ich verschweige dir nicht mein Schweigen
– ach, in wortreichen Nächten, wie oft verschwieg ich
meine jüdische Angst, von der ich behaupte
daß ich sie habe – und von der ich fürchte
daß einst sie mich haben wird, diese Angst
Und ich singe laut in den dunklen Menschenwald
und schlag mir den Takt mit meinen Knochen
auf dem singenden Bauch der Gitarre

Ich singe den Frieden mitten im Krieg
Aber ich singe auch Krieg in diesem
dreimal verfluchten mörderischen Frieden
der ein Frieden ist vom Friedhoffrieden
der ein Frieden ist hinter Drahtverhau
der ein Frieden ist unter dem Knüppel
Und darum singe ich den revolutionären Krieg
für meine dreimal verratenen Genossen
und noch auch für meine Genossen Verräter:
In ungebrochener Demut singe ich den *Aufruhr*

DIE WEISSE SOPHIE

1
In einer Nacht nach Weihnacht
In der Sylvesternacht
Da ist ein Mädchen, jung und weich,
An weißer Schöne sonderbleich,
Mit Mama und Papa
Nach Westberlin gemacht
(Na dann Gute Nacht!)
Die Mauer steht
Wind drüber weht
Nach Süden und nach Norden
Ein Bild von dir
Ein Blatt Papier
Ist Wind, ist Wind
Ist Wind geworden.

2
Das Mädchen hieß Sophie
Und hatte weiße Knie.
Hätt ich sie eh'r genommen,
Wär sie nicht mitgekommen
Mit Mama und Papa.
Ach, hätt sie diese Nacht
Bei mir verbracht!
Die Mauer steht
Wind drüber weht
Nach Süden und nach Norden

Ein Bild von Dir
Ein Blatt Papier
Ist Wind, ist Wind
Ist Wind geworden.

3

Die Flucht hat – fast geklappt:
Papa wurde geschnappt.
Ach, hätten die Genossen doch
Auch meine weiße Sophie noch
Mit ihrem Herrn Papa
Am weißen Knie erwischt –
Ich hätte ihr den Arsch versohlt
Und sie ganz weich
Und sie ganz weich
Ganz windelweich
Geküßt.
Die Mauer steht
Wind drüber weht
Nach Süden und nach Norden
Ein Bild von dir
Ein Blatt Papier
Ist Wind, ist Wind
Ist Wind geworden.

KEINE PARTY OHNE BIERMANN

Keine Party ohne Biermann
Ist bei manchen die Parole.
Und sie rufen bei mir an:
Komm, wir haben eine Bowle.
Guter Biermann, bester Biermann
Komm mit deinen beiden Geigen!
Ach, ich kenn die Leier schon
Und ich sag ins Telephon:
  Na ja – Sie könn' das gern haben.
  Sie könn' mich gern haben.
  Sie könn' mich
  Sie könn' mich
  Sie könn' mich mal – gern haben.

Ein gewisser Chef vom Fernsehn
Drückt mir neulich feucht die Hand:
Guter Biermann, bester Biermann
Wolln Sie nicht bei uns was singen?
Sie könn' bringen, was Sie wolln
Auch die schlimmen, auch die dolln
Lieder – sagt er voller Gier.
Was, im Fernsehn?! – Nein, bei mir...
  Na ja – Sie könn' das gern haben.
  Sie könn' mich gern haben.
  Sie könn' mich
  Sie könn' mich
  Sie könn' mich mal – gern haben.

Der Kantinen-Kellner Flipp
Sagt mir neulich klar und klipp
Sauf dich voll und freß dich dick
Halt dein Maul von Politik!
Sing für Schnäpse, sing für Bier
Zur Gitarre, zum Klavier!
Besser noch, Mensch, sei nicht dumm:
Singe gar nicht, sondern: summ!
  Hmmmm – Sie könn' das gern haben.
  Sie könn' mich gern haben.
  Sie könn' mich
  Sie könn' mich
  Sie könn' mich mal – gern haben.

Als ich aus meiner Partei flog
Weil sich gegen mich ereifern
Stalinisten, die mir pißten
An das Bein und wütend geifern
Kamen Spießer, Spinnen, Affen,
Alte Nazis angekrochen –
Wolln auf meinen roten Flammen
Sich ihr braunes Süppchen kochen
  Also die ganz besonders und in erster Linie:
  Die könn' mich gern haben
  Die könn' mich gern haben
  Die könn' mich
  Die könn' mich
  Die könn' mich mal

FRÜHJAHRSLIED DER EISENBAHNERIN

Schreit der Bauch der Stadt nach mehr
Holz und Brot und Kohle –
Eisenbahn fährt durch das Land
Daß sie alles hole
Weht ein weicher Wind ins Land
Wird sich nicht mehr legen –
Wartet wohl das trockne Land
Auf den kleinen Regen.

Wie du an der Schranke stehst
Großer schöner Mann –
Seh dich kurz und dann nie mehr,
Denk noch lange dran.
Bricht der Frühlingssturm ins Land
Wird sich nicht mehr legen –
Wartet wohl das ganze Land
Auf den großen Regen.

Polen, Ungarn, Sowjetland
Bricht sie durch die Grenzen
Liegt da noch auf Schienen Rost
Schienen sollen glänzen
Weht ein weicher Wind ins Land...

BALLADE VON DEN MÄNNERN VONNER MÜLLABFUHR

Die Nacht, als es große Schneeflocken trieb
– im Schnee, im Schnee, im Schnee
Da gingen zwei Menschen, die hatten sich lieb
– im Schnee, im Schnee, im Schnee

Sie blieben stehn und küßten sich heiß
– im Schnee, im Schnee, im Schnee
Und froren dann fest zu Schnee und Eis
– im Schnee, im Schnee, im Schnee

Die Kinder spielen den nächsten Tag
– im Schnee, im Schnee, im Schnee
Und keines die Schneemänner umstürzen mag
– in' Schnee, in' Schnee, in' Schnee

Am Mittag holte die Müllabfuhr
– den Schnee, den Schnee, den Schnee
Die beiden Schneemänner waren ja nur
– ein Schnee, ein Schnee, ein Schnee

Die Männer von der Müllabfuhr
Die kippen den Schnee, den Schnee
Mit Kippern in die schwarze Spree
– es tut ja nur mir noch was weh

PRÜGEL KRIEGEN, MEINE HERRN

In den letzten vier fünf Jahren
Hab ich Prügel eingesteckt
Mehr als all die jungen Spunde
– sprach Jan Koplowitz beim Tee
Und das tat mir ehrlich weh
Denn er hat stark übertrieben
– außerdem: Seit wann mißt man den
Ruhm des Dichters an den Hieben?
  Prügel kriegen, meine Herrn
  ist doch kein Verdienst noch nicht!
  Ach, ich glaub, ihr habts schon gern
  wenn man euch das Rückgrat bricht
  Macht doch endlich eine große
  Lügenfett-Entfettungskur
  Leben steht nicht auf dem Spiele
    – euer Wohlleben ja nur

Paule Wiens sang von den Sternen
Und er meinte unsre Erde
Und er meinte unsern Staat
Unsre Kühnheit, unsre Merde
Und er war so superschlau
Und er war so wenig kühn
Und er mußte doch mit blauem
Hintern von der Bühne ziehn
  Prügel kriegen, meine Herrn ...

Kahlau hat den Katzenjammer
Einen Kater, wie so viele
Hockt in seiner Dichterkammer
Und er öffnet die Ventile
Nur in kleinsten Tropfen gibt er
Seinem Volk den Bittersaft
Großer Wahrheit. Katzenjammer
Ist noch keine Leidenschaft
   Prügel kriegen, meine Herrn...

Selbst der Große Deutsche Dichter
Stephan Hermelin ist sauer
Er verbeißt sich in die Pfeife
Er verbeißt sich in die Trauer
All die Tritte in den Hintern
Haben ihn nur stumm gemacht
Doch das schönste Schweigen bricht
Nicht der Pharisäer Macht
   Prügel kriegen, meine Herrn...

Zum Märtyrer stempeln manche
Mich und Robert Havemann
Doch ich bin nicht Jesus Christus
Weil ich mehr als beten kann
Unsre harte Stirne haben
Wir nicht für die Dornenkrone
– bitte sehr, daß man in Zukunft
Uns mit diesem Kohl verschone

Dornenkrone, meine Herrn
ist doch noch kein Lorbeer nicht
Ach ich glaub, ihr hättet's gern
wenn man uns das Rückgrat bricht
Macht doch endlich eine große
Lügenfett-Entfettungskur
Leben steht nicht auf dem Spiele
   – unser Wohlleben ja nur

GENOSSE JULIAN GRIMAU

Ach, Schwester!
In Madrids Morgengrau
Wenn bei uns die Männer noch schlafen
Stirbt Julian Grimau.

Ach, Bruder!
In Madrids Morgengrau
Wenn bei uns die Sonne aus Blut auftaucht
Stirbt Julian Grimau.

Ach, Mama!
In Madrids Morgengrau
Vor jemand bei uns noch die Zeitung liest
Stirbt Julian Grimau.

Genossen!
In Madrids Morgenrot
Lebt Julian Grimau bei uns!
Er lebt und ist doch tot.

BALLADE VOM BRIEFTRÄGER WILLIAM L. MOORE, DER IM JAHRE '63 ALLEIN IN DIE SÜDSTAATEN WANDERTE. ER PROTESTIERTE GEGEN DIE VERFOLGUNG DER NEGER. ER WURDE ERSCHOSSEN NACH EINER WOCHE. DREI KUGELN TRAFEN IHN IN DIE STIRN

Sonntag, da ruhte William L. Moore
Von seiner Arbeit aus
Er war ein ein armer Briefträger nur
In Baltimore stand sein Haus
Montag, ein Tag in Baltimore
Sprach er zu seiner Frau
Ich will nicht länger Briefträger sein
Ich geh nach Südn auf Tour, that's shure!
Black And White, Unite! Unite!
schrieb er auf ein Schild
White and Black – die Schranken weg!
und er ging ganz allein

Dienstag, ein Tag im Eisenbahnzug
Fragte William L. Moore
Manch einer nach dem Schild, das er trug
Und wünscht ihm Glück auf die Tour
Black And White, Unite! Unite!
stand auf seinem Schild ...

Mittwoch, in Alabama ein Tag
Ging er auf der Chaussee
Weit war der Weg nach Birmingham
Taten die Füße ihm weh
Black And White, Unite! Unite!
stand auf seinem Schild ...

Donnerstag hielt der Sheriff ihn an
Sagte: *Du bist doch weiß!*
Sagte: *Was gehn die Nigger dich an*
Junge, bedenke den Preis
Black And White, Unite! Unite!
stand auf seinem Schild ...

Freitag lief ihm ein Hund hinterher
Wurde sein guter Freund
Abends schon trafen Steine sie schwer
Sie gingen weiter zu zweit ...
Black And White, Unite! Unite!
stand auf seinem Schild ...

Sonnabend, ein Tag, war furchtbar heiß
Kam eine weiße Frau

Gab ihm ein' Drink, und heimlich sprach sie:
Ich denk' wie Sie ganz genau
Black And White, Unite! Unite!
stand auf seinem Schild . . .

Last day
Sonntag, ein blauer Sommertag
Lag er im grünen Gras
Blühten drei rote Nelken blutrot
Auf seiner Stirne so blaß
Black And White, Unite! Unite!
steht auf seinem Schild
White and Black – die Schranken weg!
und er starb ganz allein
und er bleibt nicht allein

DAS BARLACH-LIED

Ach Mutter mach die Fenster zu
Ich glaub es kommt ein Regen
Da drüben steht die Wolkenwand
Die will sich auf uns legen

Was soll aus uns noch werden
Uns droht so große Not

Vom Himmel auf die Erden
Falln sich die Engel tot

Ach Mutter mach die Türe zu
Da kommen tausend Ratten
Die hungrigen sind vorneweg
Dahinter sind die satten

Was soll aus uns noch werden
Uns droht so große Not
Vom Himmel auf die Erden
Falln sich die Engel tot

Ach Mutter mach die Augen zu
Der Regen und die Ratten
Jetzt dringt es durch die Ritzen ein
Die wir vergessen hatten

Was soll aus uns noch werden
Uns droht so große Not
Vom Himmel auf die Erden
Falln sich die Engel tot

BALLADE VON DER BEISSWÜTIGEN BARBARA

Sie hat mich beim Küssen gebissen aufs Blut
Sie biß mir nicht nur den Mund.
Und wie ich auch schrie – da lachte sie nur.
So kam ich
   auf den Hund.

Ich briet ihr ein Beefsteak mit Pfeffer und Salz
Für ihren beißgierigen Zahn.
Sie lachte und schmiß es zum Fenster raus
Und küßte
   und biß mich dann.

Ich war auf ihr Rad geflochten wie
Ein armer Küsseklau.
Sie lachte ja nur und sie brach mir so wild
Die Glieder
   die schlimme Frau.

Es hatte mein armer geschundener Leib
Kein heiles Stück Haut und kein Fett.
Doch als ich ihr sagte: bye bye, mein Kind,
Da biß sie
   in ihr Bett.

Die Wunden sind lange ausgeheilt.
Mich liebt jetzt die sanfte Marie.

Doch wenn ich Marie im Arme halt,
Dann denk ich
DANN DENK ICH
Dann denk ich
nicht an Marie

DIE KRÄHEN

Erhob sich der Krähen Geschwader schwarzes Tuch
in den blassen Abendhimmel sodann, ach!
hackten die tausend verzauberten Hexen
Dem Himmel sein rotes Auge aus.

Krähe, wohin fliegst du?
– Wo alle hinfliegen, ins Feld, ins Feld.

Krähe, wo ruhest du aus?
– Wo alle ruhen, im Baum, im Baum.

Krähe, wann schreist du so laut?
– Wenn alle schreien, schrei ich.

Krähe, wann frißt du die Saat?
– Wenn sie gesäet ist.

Krähe, wann stirbst du allein?
– Wenn alles stirbt, im Schnee, im Schnee.

Erhob sich also der Krähen Geschwader schwarzes
  Tuch
in den blassen Abendhimmel sodann, ach!
hackten die tausend verzauberten Hexen
Dem Himmel sein blutrotes Auge aus.

Derlei sah ich oft, Genossen, in diesen Tagen.

WARTE NICHT AUF BESSRE ZEITEN

Manchen hör ich bitter sagen
›Sozialismus – schön und gut
Aber was man uns hier aufsetzt
Das ist der falsche Hut!‹
Manchen seh ich Fäuste ballen
In der tiefen Manteltasche
Kalte Kippen auf den Lippen
Und in den Herzen Asche

  Wartest du auf beßre Zeiten
  Wartest du mit deinem Mut
  Gleich dem Tor, der Tag für Tag
  An des Flusses Ufer wartet
  Bis die Wasser abgeflossen
  Die doch ewig fließen

Manche raufen sich die Haare
Manche seh ich haßerfüllt
Manche seh ich in das Wolltuch
des Schweigens eingehüllt
Manche hör ich abends jammern
›Was bringt uns der nächste Tag
An was solln wir uns noch klammern
An was? An was? An was?‹

Wartest du auf beßre Zeiten...

Manche hoffen, daß des Flusses
Wasser nicht mehr fließen kann
Doch im Frühjahr, wenn das Eis taut
fängt es erst richtig an
Manche wollen diese Zeiten
wie den Winter überstehn
Doch wir müssen Schwierigkeiten
Bestehn! Bestehn! Bestehn –

Warte nicht auf beßre Zeiten
Warte nicht mit deinem Mut...

Viele werden dafür sorgen
daß der Sozialismus siegt
Heute! Heute, nicht erst morgen!
Freiheit kommt nie verfrüht
Und das beste Mittel gegen
Sozialismus (sag ich laut)
ist, daß ihr den Sozialismus

AUFBAUT!!! Aufbaut! (aufbaut)

Wartet nicht auf beßre Zeiten
Wartet nicht mit eurem Mut
Gleich dem Tor, der Tag für Tag
An des Flusses Ufer wartet
Bis die Wasser abgeflossen
Die doch ewig fließen
die doch ewig fließen

BALLADE VOM MANN
der sich eigenhändig beide Füße abhackte

Es war einmal ein Mann
der trat mit seinem Fuß
mit seinem nackten Fuß
in einen Scheißhaufen.

Er ekelte sich sehr
vor seinem einen Fuß
er wollt mit diesem Fuß
kein Stück mehr weitergehn.

Und Wasser war nicht da
zu waschen seinen Fuß
für seinen einen Fuß
war auch kein Wasser da.

Da nahm der Mann sein Beil
und hackte ab den Fuß
den Fuß hackte er ab
in Eil mit seinem Beil.

Die Eile war zu groß
er hat den saubern Fuß
er hat den falschen Fuß
in Eile abgehackt.

Da kriegte er die Wut
und faßte den Entschluß
auch noch den andern Fuß
zu hacken mit dem Beil.

Die Füße lagen da
die Füße wurden kalt
davor saß kreideweiß
der Mann auf seinem Steiß

Es hackte die Partei
sich ab so manchen Fuß
so manchen guten Fuß
abhackte die Partei.

Jedoch im Unterschied
zu jenem obigen Mann
wächst der Partei manchmal
der Fuß auch wieder an.

LEGENDE VOM SOLDATEN IM DRITTEN WELTKRIEG

Vom Morden am Morgen begehrlich gemacht
Schlief der Soldat so schön.
Sie lag auf ihm, er konnte dabei
Die Sterne der Heimat sehn.
Atomraketenhagel fiel
Vom Himmel blau und klar
Die meisten Bomben kamen zu spät
War nichts mehr zu sterben da.
  Bald ist es Winterzeit
  Abende lang und weit
  trauern im Schnee.
  Wenn wir nur lebend sind
  Karin, im Kältewind,
  ist es schon gut

Da wurde die Erde ein Totenschiff
Ein rundes rotes Geschwür
Die Sterne am Himmel waren gar nicht mehr schön
Denn es sah sie keiner mehr.
Den Engeln brannten die Flügel ab
Und dem lieben Gott der Bart.
Das jüngste Gericht wurde abgesagt
Warn keine Seelen mehr da.
  Bald ist es Winterzeit
  Abende lang und weit
  trauern im Schnee.

Wenn wir nur lebend sind
Karin, im Kältewind,
ist es schon gut.

Und ein Molekül vom Soldatengehirn
Und eins von ihrem Gesäß
Die hielten sich lange noch beieinand
Bis Hitze auch sie zerriß.
Und hätt der Soldat der Frau zu Haus
Statt Krieg – ein Kind gemacht
Dann schlüge das Herz der Erde noch
Der Krieg würd ausgelacht.
Kommt uns die Sommerzeit
Karin, nicht nur zu zweit
im Blütenschnee.
Nieder mit Krieg und Tod
reifen die Kirschen rot
dann ist es gut.

BALLADE VOM PANZERSOLDAT UND VOM MÄDCHEN

Da war einmal ein Panzersoldat
Der ging mal auf den Weihnachtsmarkt
Auf Urlaub in Berlin
Und der Soldat, der kam ja grad
Der kam grad vom Manöver

Da stand im hellen Lichterglanz
Die Schießbude von Schießbuden-Franz
Da kam man gar nicht ran
Wer trifft hier, wer trifft hier
Wer ist ein Held und ein Mann!

O Tannebaum und *Christ ist geborn*
Da keilte der Panzersoldat sich nach vorn
Mit einem großen Schein
Hier ich! schrie er *Ich kauf!* schrie er
Ich kauf alle Bleikugeln ein

Der Schießbuden-Franz erstaunte sehr
Gab alle seine Bleikugeln her
Für dem Soldat sein Geld
Na bitte sehr, mein Herr, sprach er
Wenns Ihnen so gefällt

Dann schmiß der gute Panzersoldat
Die ganze blöde Bleikugelsaat
Den Tannen ins Geäst
Da nehmt, sprach er, *das Blei,* sprach er
Da nehmt den Dreck und freßt!

Da kam ein junges Mädchen gerannt
Und gab ihm Papierblumen in die Hand
Und küßte ihn ganz offen
Du hast, sprach sie – *Du hast,* sprach sie
Du hast am besten getroffen

SOLDAT SOLDAT

1
Soldat Soldat in grauer Norm
Soldat Soldat in Uniform
Soldat Soldat, ihr seid so viel
Soldat Soldat, das ist kein Spiel
Soldat Soldat, ich finde nicht
Soldat Soldat, dein Angesicht
Soldaten sehn sich alle gleich
Lebendig und als Leich

2
Soldat Soldat, wo geht das hin
Soldat Soldat, wo ist der Sinn
Soldat Soldat, im nächsten Krieg
Soldat Soldat, gibt es kein Sieg
Soldat, Soldat, die Welt ist jung
Soldat Soldat, so jung wie du
Die Welt hat einen tiefen Sprung
Soldat, am Rand stehst *du*

3
Soldat Soldat in grauer Norm
Soldat Soldat in Uniform
Soldat Soldat, ihr seid so viel
Soldat Soldat, das ist kein Spiel
Soldat Soldat, ich finde nicht
Soldat Soldat, dein Angesicht

Soldaten sehn sich alle gleich
Lebendig und als Leich

KLEINE ERMUTIGUNG

Ach verzagt nicht, Freunde,
  Hattet ihr wahrlich geglaubt,
    Jahrtausende langer Kämpfe Macht
      Löse lieblich sich in diesen Tagen?

Jammert doch der Tränen wegen
  Länger nicht, ihr Lieben,
    Sind sie der Regen doch auch
      Für die zartesten Blumen

Müßte der Strauch nicht des Glücks
  Verdorren, ja verdorren
    Ohne des Leidens
      Wolkenbrüche?

AUF DEN DÄCHERN VON BERLIN

Laß mich deinen Rauchfang fegen
auf den Dächern von Berlin, Marie.
Laß mich deinen Rauchfang fegen
auf den Dächern von Berlin.

Auf den flachen Dächern, Schöne
wollen wir der Liebe pflegen.

Komm, wir wollen uns die Straßen
jetzt von oben aus besehn, Marie.
Komm wir wollen uns die Straßen
jetzt von oben aus besehn.

Und ich zeig dir kleine Menschen,
die nach Milch und Brötchen gehn.

Komm, wir wolln uns was erzählen
von der guten neuen Zeit, Marie.
Komm wir wollen uns erzählen
von der guten neuen Zeit.

Und dann gehn wir auf die Straßen
und verbreiten Heiterkeit.

VORFRÜHLING

Nach diesem langen Winter
Hat sich die Sonne aufgetan.
Das Licht fällt in die Häuser
Die Nebel steigen an.

Wir kriechen aus dem Winter
Wie aus dem letzten Krieg.
Die ersten warmen Tage
Sind noch kein Sieg.

Die ersten warmen Tage
Die haben Nächte noch
Die sind so kalt und dunkel
Da sterben noch und noch

Die allzu frühen Blumen.

UNTERM HAAR NUR HIMMEL

Einsam war ich lange Jahre
In dem Menschenwimmel
Hatte überm Kopf nur Haare
Unterm Haar nur Himmel.

DE ZEVEN PROVINCIEN (1666)

De Zeven Provincien sticht in See
Am Mastkorb leckt sich weicher Wind
Die Lippen, weit, weit flieht das Kai
Bis sie im Offenen sind.

Die Schiffsladung ist für Afrika
Glasperlen viel und eiserner Tand
den hat Mynherr so billig gekauft
auf der Insel Engeland.

Die See ist glatt wie das glatte Kinn
Von Mynherr van der Velde
Das Flaggschiff gleitet so sachte hin
Und weit schon ist die Schelde.

Zehn Wochen schon hält die Flaute an
Das Schiff steht wie festgenagelt
Die Männer rudern sich unnütz matt
Von Flüchen es nur so hagelt.

Die Flaute bleibt, der Fraß wird knapp
Und den Männern knurrt nicht nur der Magen
Die Männer fressen die Nägel sich ab
Und wagen noch nichts zu sagen.

Mynherr van der Velde steht auf der Brück
Wie ein Fels und glotzt in das Meer

Die Männer werden ihn haun in Stück
Schafft er nicht bald Wind und Fressen her.

Die Flaute treibt, das Schiff aber bleibt
Eine achtel Meile pro Tag
Das Wasser wird knapp den Angstschweiß
Noch keiner trinken mag.

Mynherr van der Velde in welches Loch
Habt Ihr uns hingeführet?
Die Frage wird laut und scharf und noch
Man keinen Windhauch spüret.

Seid still, ihr Lumpen, knurrt der Mynherr
Sonst stopf ich euch eure Fressen
Und geb euch zu trinken Euer Blut
Und eure Zungen zu essen!

Mynherr van der Velde sitzt auf dem Geldsack
Kauf bißchen Wind du geiziger Hund!
Mynherr van der Velde sitzt auf dem Wind – Sack
Drum kommen wir nicht weiter, du Hund!

Freßt meinetwegen die Glasperlen auf
Und freßt die Blechamuletten
Ich hab noch zwanzig Schuß im Lauf
Und für jeden von euch eine Kette.

Und der Steuer-Maat kreischt neben Mynherr
So ängstlich über die Köpfe

Ich laß euch rudern bis Ultimo
Und putzen die Messing-Knöpfe.

Und der Segelflicker Jan brüllt auf:
Die See will den Geldsack da fassen
Schmeißt doch den fetten Kloß über Bord
Dann haben wir Wind in Massen!

Und schon ist Mynherr über Bord in der See
Und rudert mit schwachen Armen
Die Männer auf den Zeven Provincien
haben mit ihm kein Erbarmen.

Und richtig! Das Opfer war wohlgetan
Gegen Morgen kam Wind aus Nordosten
Du siehst man muß sich die Brise Wind
Nur was Gutes lassen kosten.

Das Schiff kam in Fahrt, der Wind ging hart
In die knochentrockenen Segel
Und Kurs auf Land nach Wasser und Brot
nach Frau und Kind und Kegel!

Doch gegen Mittag wurd schwarz die Sonn
Von Sturmes-Wolken fürchterlich
Die Zeven Provincien flog davon
Der Vordersteven schon bricht.

Die Segel schwinden wie Vögel im Wind
Das Ruder zerschmettert wie Nichts

Im bauchigen Schiffsrumpf schon Risse sind
Und überall schwankt es und bricht's.

Zehn Mann über Bord, das Wrack treibt wild
Und schaurig schlagen die Wellen
Und wilde Blitze den schwarzen Tag
So fürchterlich erhellen.

Fünf Tage schlingert das Schiff so hin
Wie ein gerupftes Gerippe
Der Tod peitscht wild die Wasser auf
Mit seiner großen Hippe.

In der sechsten Nacht ziehn die Sterne hoch
Und die See wird spiegelglatt
De Zeven Provincien endet den Lauf
Und mildes Mondlicht blüht auf.

Der Segelmachet Jan hängt im Tau
Mit gebrochenen Augen und Armen
Der Morgen kommt sonnig und flau und blau
Und Flaute ist ohne Erbarmen.

Und aus dem fauligen Glasperlenbauch
Da fragen noch schwache Stimmen:
Du Jan, siehst du die Küste auch
Wenn wir so weiter schwimmen?

Ich glaube, de Zeven Provincien ist
Vor Engeland still versunken

Der riesige Holzbauch hatte sich
An der Nordsee satt getrunken.

Im zweiten Weltkrieg im großen Kanal
Da sank ein U-Boot nieder
Da fanden zwei schlimme Schiffe sich
Am Meeresgrunde wieder.

DAS IST DAS KLEINE RHEUMA

Das ist das kleine Rheuma
Das ist das weiche Knie
Wer brüllt denn wie ein Löwe
Und leckt wie's Hundevieh
Und leckt wie's Hundevieh?!!

1. Paul Wiens, ein arrivierter
   Parteiloser Poet
   Kriecht dem ZK ins Armloch
   Damit er weiß wie's steht.

Das ist das kleine Rheuma
Das ist sein weiches Knie
Erst brüllt er wie ein Löwe
Und leckt wie's Hundevieh
Und dann wie's Hundevieh!

2. Wolf Langhoff mußte gehen
Er wollt es machen recht
Der Wahrheit und der Lüge
Er machte beides schlecht.

3. Professor Ley, der Schwätzer,
Der Zahnarzt-Philosoph
Wollt brennen alle Ketzer
Und war dafür zu doof.

4. Cruschtschow warf den Chinesen
Die Künstler vor zum Fraß
Die Künstler sind gefressen
Aber was nützt ihm das?

5. Und Willi Bredel streute
Sich Asche auf das Haupt
Da log er wie ein Pfaffe
Kein Gott hat ihm geglaubt.

6. Moderne – Mordernismus
Sandberg hats nie gewußt
Es wohnen ach! Zwei Seelen
In seiner schwachen Brust.

7. Die allerdünnsten Verse
Schreibt unser dickster Mann
Die schweren Honorare
Ziehn Kahlau hoch hinan.

8. Womacka malt am Strande
Den Flak-Helfer mit Braut
IHN lobt die ganze Bande
Er schämt sich! (nur nicht laut)

9. Wolf Biermann schrieb ein Drama
Und färbte darin schön
Doch färbte er zu wenig
Jetzt muß er singen gehn.

Das ist mein schlimmes Rheuma
Das war mein weiches Knie
Erst brüllt ich wie ein Löwe
Und dann wie's Hundevieh
Und wie ein Hundevieh!

10. Manch einer mußte leiden
Trotz Klugheit und trotz List
Das läßt sich nur vermeiden
Wenn du ein Kommunist bist!

Dann hast du auch kein Rheuma
Und keine weiche Knie
Wer brüllt denn wie ein Löwe
Und leckt wie's Hundevieh
Und leckt wie's Hundevieh?!!

Wir?
NIE!!

BALLADE VOM ERNÄHRER

Hinter der Mauer in Berlin
Lebten Mann und Frau.
Er wollte gern nach Westen hin
Sie wußte nicht genau.
In einer Nacht sagte er ihr:
»Komm, Else, komm, wir fliehn.«
Trank er mit ihr drei Schnaps drei Bier
Und dann zur Mauer hin.

  Die Mauer ist ein Eisenkamm
  Damit frisiert der alte Mann
  Dem Volk das wirre Haar.
  Er macht es gut
  Bis auf das Blut
  Frisiert er ganz und gar.

Jammerte sie: »Ach nein und ach,
Ich bleibe lieber hier.«
»Willst du ohne Ernährer sein?«
Fragte der Mann dann ihr.
»Und willstu mein Ernährer sein,
Dann spring ich mit dir rüber!«
Sie sprang. Doch er war viel zu klein
Und schaffte es nicht rüber.

  Die Mauer ist ein Eisenkamm
  Damit frisiert der alte Mann

Dem Volk das wirre Haar.
Er macht es gut
Bis auf das Blut
Frisiert er ganz und gar.

Da nahm der Grenzer sein Gewehr
Und schoß auf einen Schatten.
Jetzt hat sie kein' Ernährer mehr.
In diesem Land gibts viele Leut,
Die einstmals einen hatten.

Die Mauer ist ein Eisenkamm
Es kämmt damit der alte Mann
Dem deutschen Volk das Haar
Er macht es gut
Bis auf das Blut
Kämmt er es ganz und gar.

FALLEN DIE BLÄTTER DER ROSE

Fallen die Blätter der Rose
müde in das Gras
fallen des Sommers Lose
bunt und ohne Maß

Fallen die Vögel vom Himmel
Steine in dein' Schoß
fegt der harte Hagel
uns die Stirnen bloß

Fallen auch deine Tränen
Regen geht mit Macht
Ruhe wird sich legen
über diese Nacht

WAS VERBOTEN IST, DAS MACHT UNS GRADE SCHARF

Keiner tut gern tun, was er tun darf
– was verboten ist, das macht uns grade scharf!

Männer, wenn ihr eifersüchtig
Eure schönen Frauen liebt
Die euch doch zwei Hörner setzen
Statt das eine aufzurichten
Rat ich: Laß die Eifersucht
Lös des Eh'rings harte Fessel
Laß die Schöne frei, und dann
Wenn Vertrag sie nicht mehr zwingt
Will sie nur noch dich als Mann

weil:
Keiner tut gern tun, was er tun darf
– was verboten ist, das macht uns grade scharf!

Witze riß das Volk schon immer
Ohne Demut und Respekt
Witze sind wie selbstgebrannter
Starker süßer Apfelschnaps
Aber in des Zwanges sauren Apfel
Mag das Volk nicht beißen
O Gericht, vergälle nicht
Uns mit schweren Strafen unsre
Große Lust am Witzereißen
weil:
Keiner tut gern tun, was er tun darf
– was verboten ist, das macht uns grade scharf!

Die ihr oben sitzt mit meiner
Billigung ich rat euch jetzt
Wenn zum Wohl des Sozialismus
Ihr nur schuftet, strebt und hetzt
Plant und sitzt und redet viel
Stellt man unter strengste Strafe:
Jedes Loblied auf den Staat
Jede kühne Aufbautat
Wetten, daß das Vorteil hat?
weil:
Keiner tut gern tun, was er tun darf
– was verboten ist, das macht uns grade scharf!

FÄLLT MIR DER HIMMEL AUF DEN KOPF

Fällt mir der Himmel auf den Kopf
Fall ich in einen Sumpf
Schlägt mich die Mietskaserne tot
Häng ich mich auf am Strumpf
Flieg ich mit einem Sputnik hoch
Und man vergißt mich da
– daß ich in tausend Jahren noch
Tot um die Erde fahr...
  Alles das, du Schöne ist
  wahrlich nicht vonnöten
  denn mit deiner Liebe könntest
  du mich schöner töten
  Und im Regen deiner Küsse
  möcht ich ohne Schirm dastehn
  und ertrinken in den Tränen
  wenn wir auseinandergehn

Muß ich in die Versammlung gehn
Hör ich ein Referat
Sterb ich im Sitzen auf dem Stuhl
Weil es kein Ende hat
Fress' ich vom Lügenfraß so viel
Daß mir der Mund verfault
Bin ich ein Leichnam ohne Mund
Vor dem jedes Kind sich grault

Alles das, du Schöne ist
wahrlich nicht vonnöten . . .

Kommt noch ein letztes Mal zur Erd
Der Kriegsgott Mister Mars
Und zerfetzt unsre Erde so
Wie einen runden Arsch
Dann bleibt an uns kein Härchen mehr
Keiner auch nicht, der weint
Und wir sind dann, was nützt uns das:
Im Tode erst vereint
Alles das, du Schöne ist
wahrlich nicht vonnöten . . .

BALLADE AUF DEN DICHTER FRANÇOIS VILLON

1
Mein großer Bruder Franz Villon
Wohnt bei mir mit auf Zimmer
Wenn Leute bei mir schnüffeln gehn
Versteckt Villon sich immer
Dann drückt er sich in' Kleiderschrank
Mit einer Flasche Wein
Und wartet bis die Luft rein ist
Die Luft ist nie ganz rein

Er stinkt, der Dichter, blumensüß
Muß er gerochen haben

Bevor sie ihn vor Jahr und Tag
Wie'n Hund begraben haben
Wenn mal ein guter Freund da ist
Vielleicht drei schöne Fraun
Dann steigt er aus dem Kleiderschrank
Und trinkt bis Morgengraun

Und singt vielleicht auch mal ein Lied
Balladen und Geschichten
Vergißt er seinen Text, soufflier
Ich ihm aus Brechts Gedichten

2
Mein großer Bruder Franz Villon
War oftmals in den Fängen
Der Kirche und der Polizei
Die wollten ihn aufhängen
Und er erzählt, er lacht und weint
Die dicke Margot dann
Bringt jedesmal zum Fluchen
Den alten alten Mann

Ich wüßte gern was die ihm tat
Doch will ich nicht drauf drängen
Ist auch schon lange her
Er hat mit seinen Bittgesängen
Mit seinen Bittgesängen hat
Villon sich oft verdrückt
Aus Schuldturm und aus Kerkerhaft
Das ist ihm gut geglückt

Mit seinen Bittgesängen zog
Er sich oft aus der Schlinge
Er wollt nicht, daß sein Hinterteil
Ihm schwer am Halse hinge

3
Die Eitelkeit der höchsten Herrn
Konnt meilenweit er riechen
Verewigt hat er manchen Arsch
In den er mußte kriechen
Doch scheißfrech war François Villon
Mein großer Zimmergast
Hat er nur freie Luft und roten
Wein geschluckt, gepraßt

Dann sang er unverschämt und schön
Wie Vögel frei im Wald
Beim Lieben und beim Klauengehn
Nun sitzt er da und lallt
Der Wodkaschnaps aus Adlershof
Der drückt ihm aufs Gehirn
Mühselig liest er das »ND«
(Das Deutsch tut ihn verwirrn)

Zwar hat man ihn als Kind gelehrt
Das hohe Schul-Latein
Als Mann jedoch ließ er sich mehr
Mit niederm Volke ein

4
Besucht mich abends mal Marie
Dann geht Villon so lang
Spazieren auf der Mauer und
Macht dort die Posten bang
Die Kugeln gehen durch ihn durch
Doch aus den Löchern fließt
Bei Franz Villon nicht Blut heraus
Nur Rotwein sich ergießt

Dann spielt er auf dem Stacheldraht
Aus Jux die große Harfe
Die Grenzer schießen Rhythmus zu
Verschieden nach Bedarfe
Erst wenn Marie mich gegen früh
Fast ausgetrunken hat
Und steht Marie ganz leise auf
Zur Arbeit in die Stadt

Dann kommt Villon und hustet wild
Drei Pfund Patronenblei
Und flucht und spuckt und ist doch voll
Verständnis für uns zwei

5
Natürlich kam die Sache raus
Es läßt sich nichts verbergen
In unserm Land ist Ordnung groß
Wie bei den sieben Zwergen
Es schlugen gegen meine Tür

Am Morgen früh um 3
Drei Herren aus dem großen Heer
Der Volkespolizei

»Herr Biermann« – sagten sie zu mir –
»Sie sind uns wohl bekannt
Als treuer Sohn der DDR
Es ruft das Vaterland
Gestehen Sie uns ohne Scheu
Wohnt nicht seit einem Jahr
Bei Ihnen ein gewisser
Franz Fillonk mit rotem Haar?

Ein Hetzer, der uns Nacht für Nacht
In provokanter Weise
Die Grenzsoldaten bange macht«
– ich antwortete leise:

6
»Jawohl, er hat mich fast verhetzt
Mit seinen frechen Liedern
Doch sag ich Ihnen im Vertraun:
Der Schuft tut mich anwidern!
Hätt ich in diesen Tagen nicht
Kurellas Schrift gelesen
Von Kafka und der Fledermaus
Ich wär verlorn gewesen

Er sitzt im Schrank, der Hund
Ein Glück, daß Sie ihn endlich holn

Ich lief mir seine Frechheit längst
ab von den Kindersohln
Ich bin ein frommer Kirchensohn
Ein Lämmerschwänzchen bin ich
Ein stiller Bürger. Blumen nur
In Liedern sanft besing ich.«

Die Herren von der Polizei
Erbrachen dann den Schrank
Sie fanden nur Erbrochenes
Das mählich niedersank

KUNSTSTÜCK

Wenn ich mal heiß bin
Wenn ich mal heiß bin
  lang ich mir ne Wolke runter
  und wring sie über mir aus.
Kalte Dusche.
  Kunststück.

Wenn ich mal kalt bin
Wenn ich mal kalt bin
  lang ich mir die Sonne runter
  und steck sie mir ins Jackett.
Kleiner Ofen.
  Kunststück.

Wenn ich bei ihr bin
Wenn ich bei ihr bin
  schwimmen Wolken mit uns runter
  rollt die Sonne gleich mit.
Das ist Liebe.
  Kunststück.

Wenn ich mal müd bin
Wenn ich mal müd bin
  lang ich mir den lieben Gott runter
  und er singt mir was vor.
Engel weinen.
  Kunststück.

Wenn ich mal voll bin
Wenn ich mal voll bin
  geh ich kurz zum Teufel runter
  und spendier Stalin ein Bier.
Armer Alter.
  Nebbich.

Wenn ich mal tot bin
Wenn ich mal tot bin
  werd ich Grenzer und bewache
  die Grenz zwischen Himmel und Höll.
Ausweis bitte!
  Kunststück.

ALL UNSRE GROSSEN REISEN

All unsre großen Reisen
Enden schon auf den Kissen da
Im großen Fenster zur Straße raus
Ja ja, ja ja.

Die alte Martha im alten Berlin
Sie träumt von großen Reisen
Die Reisen enden beim Milchmann schon
Beim Bäcker, HO an der Ecke, Konsum
Dahin gehen all die Reisen.

All unsre großen Reisen ...

Die Martha weiß, wer welche Wohnung bewohnt
Sie kennt an tausend Geschichten
Sie weiß, wer mit wem und wann
Und die Schwarze hat wieder 'n neuen Mann
Die tut sich auch nicht schonen.

All unsre großen Reisen ...

Die Martha vermietet an ein' Student
Sie macht sich wichtig dabei
Sie hat erzählt im ganzen Haus
Aus dem wird mal ganz was Großes draus
Er ist auch schon in der Partei.

All unsre großen Reisen …

Da unten läuft Marthas Emil lang
Der wollte im Suff übern Zaun
Jetzt ist er wieder raus mit Bewährung
Und blau wie immer – von wegen Bekehrung –
Aus dem wird keiner schlau.

All unsre großen Reisen …

An einem sonnigen Frühlingstag
Die Luft ist so leicht und so lau
schläft Martha auf dem Kissen ein
Und auch des Mondes milder Schein
Weckt sie nicht wieder auf.

All unsre großen Reisen
Enden schon auf dem Kissen da
Im großen Fenster zur Straße raus
Ja ja, ja ja

Lieder aus dem Stück »Der Dra-Dra«

GROSSE BALLADE

I.
Ein Drache lag auf unsrer Stadt
Furchtbar seit Jahr und Tag
So furchtbar war das Vieh, das ich
Nicht weitersingen mag
Sein Bauch war uns das Himmelszelt
Sein Atem uns der Wind
Und seine Augen uns wie Mond
Und Sonn gewesen sind

Wer mit ihm kämpfte, war verlorn
Vor ihm wurd alles schwach
Zweihundert Helden und noch mehr
Erschlug er nach und nach
Wir hatten uns gewöhnt daran
Und litten ihn in Frieden
Wir schrieen uns die Hälse wund
Daß wir den Drachen lieben

Hier seht ihr mit geübtem Blick
Direkt ins Drachenland
Es ist euch fremd und dabei doch
Ganz sonderbar bekannt

II.
An einem stillen Morgen kam
Ein junger Mann vorbei:
Hans Folk, er hatte keine Furcht
Und auch kein Schwert dabei
Ein Drachentöter von Beruf
Auf Leben und auf Tod
War eine schicke Jungfrau auch
Vom Drachentod bedroht

Grad als er auf den Marktplatz kam
Da sah er einen Herrn
Der tat ein wunderschönes Weib
An schweren Ketten zerrn
Hans Folk sprang vor des Menschen Pferd
Und schrie: Was soll das, Mann?!
– daß du dies zarte Mädchen schleifst
Was hat sie dir getan?

Da nahm der Gouverneur sein' Hut
Vom Kopf und stieg vom Pferd
Sprach: Freundschaft, Fremdling, dieser Fall
Ist schnellstens aufgeklärt

III.
Der Gouverneur, ihm stieg der Schiß
Vom Arsch hoch ins Gehirn
Dem Drachen sein Befehl, verflucht,
Tat ihn total verwirrn:
Was heißt »Schön stark«?

was heißt »Schön schwach«?
Das ist ’ne harte Nuß
Der Dumme bin am Ende ich
Wenn ich dann bluten muß

Der Gouverneur nahm sich ein Herz
Er sprach: Na, sein wir fair!
Und gab Hans Folk ein’ Besenstiel
Und sprach: Das ist dein Speer!
Als Schwert gab er dem Helden glatt
Ein altes Nudelbrett
Als Schild gab er Hans Folk – na was? –
Ein morsches Holztablett!

Ach, mußt du sterben frühe schon
Befreier ohne Schwert?
Und doch, das Gute triumphiert
Ihr guten Leute hört:

IV.
Die Bürger in der Drachenstadt
Zum Kämpfen hatten die
Auch nicht die Bohne Lust im Leib
Gegen das Drachenvieh
Da traf Hans Folk ein rosa Schwein
Ein’ grauen Esel und
Ne schwarze Katz, ’ne weiße Gans
Und einen bunten Hund

Der Hund gab ihm ein' Morgenstern
Das Schwein gab ihm ein Beil
Die Katze brachte einen Dolch
Der Vogel einen Pfeil
Der Esel schleppte an ein Schwert
So lang von hier bis hier
Pfeffer zum In-die-Augen-Streun
Brachte ein andres Tier

Der Esel schrie Hirrraaah! Hirrraaaah
Jetzt führ uns in die Schlacht!
Das Schwein, es kreischte Drauf und Dran!!
– da hat Hans Folk gelacht

V.
Punkt siebzehn Uhr, bei Kampfbeginn
In Schweiß- und Pulverrauch
Stand sich der Drache auf dem Markt
Die Beine in den Bauch
Doch von Hans Folk war nix zu sehn
Der Gouverneur wurd alt
In Reih und Glied dem Publikum
Wurden die Füsse kalt

Hans Folk war nicht von gestern, er
Gebrauchte eine List
Wir müssen d o r t sein, sagte er
Wo Dra-Dra grad nicht ist
Grad, wenn er auf dem Marktplatz steht
Wo wer'n wir dann wohl sein?

Wir gehn direkt in seine Burg
Dort nisten wir uns ein

Dann lass den Drachen kommen mit
Gebrüll und blinder Wut:
Was ihn vor uns sonst schützt, schützt uns
Vor ihm genau so gut

VI.
Hans Folk und die Genossen warn
Vom Kampf kaputt und matt
Von Kuchen Sahne Bier und Schnaps
Betrunken müd und satt
Der Gouverneur, da kriegt er
Vor Freude einen Schreck
Und stahl das Schwert und schlug Hans Folk
Wie nix die Rübe weg.

Und mit dem Schwert voll Heldenblut
Ging er zurück zur Stadt
Und schrie: Ihr lieben Leute seht
Seht, was ich für euch tat
Ich schlug den Drachen, dieses Vieh
Dem ich ja nur zum Schein
Gedienet hab so lange Jahr
Jetzt will ich Herrscher sein

Mir fällt die schöne Jungfrau zu
Die ich errettet, schaut:
Ich bin ihr süßer Bräutigam
Und sie ist meine Braut.

VII.
Der tote Held im Drachenspiel
Er wurde noch gebraucht
Da haben die Genossen ihm
Leben eingehaucht
Wie das geschah verrat ich nicht
Ihr werdet es gleich sehn
In dieser Nacht ist überhaupt
Was Komisches geschehn

Auch im Palast in dieser Nacht
Hatte der Gouverneur
Mit seinem kleinsten Körperteil
Ein riesiges Malheur
Ich sage nichts. Ich sag nur das:
Virginia war klug
Als sie im richtigen Moment
Dem Kerl die Tür zuschlug

So sang der Dichter immer schon:
Nach einer langen Nacht
Hat Sonnenlicht die Wahrheit doch
Ans Tageslicht gebracht.

VIII.
Im Grunde haben wir genug
Getan für unser Geld:
Der Drache ist im Eimer, und
Gerettet ist der Held
Jetzt kommt die letzte Schau, und zwar

Nur als Theater-Schluß
Jetzt kommt, was noch gelegentlich
Von euch getan sein muß

Den Drachen sind wir los, jedoch
(Ihr kennt das Wort doch gut:)
Es heißt: »Der Schoß ist fruchtbar noch...«
Noch lebt die Drachenbrut

VIRGINIAS LIED VON DEN JUNGFRAUN, DIE SICH ZU TODE EKELN

1
Jedes Jahr im Frühjahr holt sich
Unser Drache eine Frau
Eine süße sanfte Seele
Eine Jungfrau, ganz genau
Diese Jungfrau frißt der Drache
Keinesweg, wie ihr wohl meint
– Nein! Die Jungfrau trifft es schlimmer
Daß sie sich zu Tode
weint!

Denn sie muß das Ungeheuer
Täglich schlimme Stunden lang
Mit den weißen Lilienfingern
Kratzen auf dem Bauche lang
Kopf und Hals bis hin zum Schwanz

Und an andern Stellen noch
Kratzen muß sie jede Ritze
Jede Kerbe, jedes
  Loch
Wo sich Würmer, Käfer, Läuse
Milben, Maden, kleine Mäuse
Nisten auf dem Drachenvieh

2
Hohen Herrn den Bauch zu kitzeln
Greisen um den Bart zu gehn
Auf das Lauseungeziefer
Andrer Leute fleißig sehn
Einem großen Un-Tier täglich
In ein jedes Loch zu kriechen
Schlaflose Nacht für Nacht den Atem
Eines großen Pestmauls
  riechen
Ihr, die selbst gekrochen seid
Und dabei Hurrah geschrien
Ihr, die dreimal Danke sagtet
Wenn euch einer angespien
Ihr, die folgsam jeden Dreck
Fraßt, wenn man es nur befahl
Ihr, die täglich tausend Tode
Sterbt – und merkt es nicht einmal:

Seid ihr nicht darüber platt
Daß es jemals jemand gab
Der sich tot-geekelt hat?!

LIED DES GOUVERNEURS

Grüß Gott, ich bin der Gouverneur
Ich schaffe grade dieses Gör
Virginia, die Jungfrau ist,
Zu unsrem Dra-Dra, der sie frißt
Beziehungsweise oder daß
Der Drü-Drü mit ihr andern Spaß
Wer weiß was mit dem Mädchen tut
Die Hauptsache: es tut ihm gut
Denn wenn er schlechte Laune hat
Wer leidet es? Die ganze Stadt!
  Das Leben wär kein Leben mehr
  Wär ich hier nicht
    der GouGou
      der Gouverneur!

Doch sie, die ich mit sichrem Blick
Erwählet hab für dies Geschick
Statt daß sie froh, mit Seelenkraft
Sich opfert für die Bürgerschaft
Statt daß sie stolz ist und gescheit
Dem Wohl der Stadt ihr Leben weiht
Kratzt mich das Miststück, schreit und flennt
Fehlt noch, daß sie noch mal wegrennt
Virginia, du dummes Aas;
Kriegt unser Dri-Dri nicht sein' Fraß
  Das Leben wär kein Leben mehr
  Nicht mal für mich

als GouGou
als Gouverneur!

Du siehst es selber: Dieses Weib
Hat nichts als keine Scham im Leib
Drum bitte ich dich, junger Mann
Sei Kumpel, lege Hand mit an
Wenn jeder eine Seite faßt
Dann schaffen wir sie zum Palast
Zum Lohn kriegst du von mir dafür
'ne Audienz beim Dra-Dra. Hier
Mein Wort! – Du hast wohl Angst?
Kein Haar wird hier gekrümmt dem Gast

Das Leben wär kein Leben mehr
Das garantiert dir
der GouGou
der Gouverneur!

LIEBET EURE FEINDE!
(DIE HEUL-ARIE DES DRA-DRA)

Nach einem solchen Helden, ach
Nach einem wahren Feind
Hab ich mir all die Jahre, ach
Die Augen ausgeweint

Nach einem solchen Gegner, ach
Gewaltig und gewitzt
Hab ich mir oft im Traume, ach
Die Schuppen naßgeschwitzt

Wie soll ich dem Volk denn nützen
Das mich so furchtbar liebt
Wie soll ich euch denn beschützen
Wenns nie kein' Feind nicht gibt?!
Die Stadt braucht ihre Feinde
So gut wie täglich Brot
Und braucht dazu den Dra-Dra
Den Retter aus der Not

Ein Dra-Dra, der kein' Feind hat
  wird matt und satt
    zerfällt
      zerspellt
        geht ein
          wird klein
            wird krumm
              und dumm
                kommt um
                  drum!

Ein Leben ohne Feinde iss
  wie Frühstück ohne Jungfernpiss
    wie Schlachtefeste ohne Schwein
      wie Saufgelage ohne Wein
        wie Krone ohne Edelstein

wie Zippe ohne Zipperlein
wie Opfer ohne Opferstein
wie Liebe ohne Liebespein
wie Galle ohne Gallenstein
wie Leiche ohne Leichenstein

ein Leben ohne Feinde iss
wie Frühstück
wie Frühstück
ohne Jungfernpiss

LIED DES ZYNIKERS

Wer etwa von dem Pöbel hier
Hat Mumm wie unser Dra-Dra-Tier
Wer hat die Burg hier hingestellt
Die einzig dasteht in der Welt?

Der Mob hätte das Geld verprasst
Die Zeit versoffen und verpisst
Nun aber steht hier ein Palast
Der ewig eine feste Festung ist

Wenn wir schon längst verfallen sind
Ragt hier noch steif der Turm im Wind

In Pracht und Macht und Herrlichkeit
Als Zeugnis einer großen Zeit

Wer alles das nicht sieht, liegt schief
Unser sauberer Drck-Drck ist doch objektiv
Historisch das, was uns geziemt:
Der führt das Volk, den es verdient

LIED DES REALISTEN

Die Weltverbesserer allesamt
Mit ihrem Kopf voll Ruhmesgier
Sah ich sie rennen durch die Wand
Und dann krepieren wie ein Tier
Ich kenn die Welt, ich weiß Bescheid
Voran kommst du in dieser Zeit
Nur rückwärts! Kriechend auf dem Bauch
Sieh doch: die andern kriechen auch!
Doch ich?
  Sieh mich!
    Ich bin nun mal
Kein Kriecher! Nur:
  total real!
    total real!
      real!

Der Wirklichkeit ins Auge schaun!
Auf Hoffnung keine Häuser baun!
Der Realist ist Realist
Er sieht die Welt, so, wie sie ist
Und Geld ist Geld und Fakt ist Fakt
Nur Dumme sind im Winter nackt
Die Tatsachen – die sprechen so:
Und stopfen sie dich in ein Klo
Und scheißen drauf und ziehn noch auf
Dann lerne schwimmen auch im Kot
Und wenn dir schwarz wird: Sieh nicht Rot!
Sei so wie ich
  Mensch
    sei normal:
Kein Kacker! Nur:
  total real
    total real
      real!

DAS LIED VOM SCHLIMMSTEN

1
Weißt du, was das Schlimmste
Dir im Leben ist?
Was macht dich zum Sklaven
Was macht dich zum Knecht?

Ach, das Schlimmste ist ja
Ach, daß es so ist!
Daß ihr Unrecht leidet
So, als ob es so sein müßt.

2
Und was ist das Schlimmste
An der Heuchelei
Was hält euch in Ketten
Spottet noch dabei?
Ach das Schlimmste ist ja
Ach, das es so ist!
Daß ihr falschen Sinn
Redet einfach hin
Und ihr doch die Wahrheit wißt.

3
Ich weiß, was das Schlimmste
Dir im Leben ist:
Wenn du deinen Herren
Treu ergeben bist
Ach, das Schlimmste ist ja
– ach, daß es so ist! –
Daß, wer alles duldet
Daß, wer alles duldet
Lebt – und schon gestorben ist.

GUT GEHTS DEN GUTEN

Gut gehts den Guten
Weil es nur gut geht
Denen, die gut sind
Denen, die schlecht sind
Geht es nicht gut!

LIED DES VERZAGTEN DICHTERS

Ich find nur Grau und Gräuliches
Kein bißchen Echt-Erfreuliches
Und seit ich keinen Sinn mehr fand
Falln mir die Worte aus der Hand
Die Bilder fallen von den Wänden
Und vom Regal aus tausend Bänden
Glotzt mich gelebtes Leben an . . .

LIED DES BLINDEN & DES LAHMEN IN SKLAVENSPRACHE

Wir sind glücklich und zufrieden
Unser Dra-Dra ist ein Held
Den wir wie ein' Vater lieben
Er beschirmt uns vor der Welt
Liefern wir ihm Jahr für Jahr
Hundefleisch ein festes Soll
Kalbsfilet und Schweinespeck
Tausend große Fässer voll
Jungfernwasser Bier und Branntwein
Er verbraucht an Weib pro Jahr
Nur ein einziges Jüngferlein
Andre brauchen gleich ein paar!

Uns gehts gut
  verdammt
    wir können lachen;
Eigner
  Dra-Dra
    schützt vor
      fremden Drachen!

Stellt euch vor: Es käme jeden
Tag ein neues Drachenvieh
Gestern eins, das Feuerregen
Auf die Dächer niederspie
Heute eins, das einen Wächter

Stellt vor jede Haustür, und
Morgen ein ganz andrer Drache
Der uns einsperrt ohne Grund
Über-übermorgen einer
Der vielleicht die halbe Stadt
Einfach plattwalzt mit dem Bauche
Nur, weils ihn wo jucken tat
Uns gehts gut
  verdammt
    wir können lachen:
Eigner
  Dra-Dra
    schützt vor
      fremden Drachen!

Unser Dra-Dra ist der beste
Er liebt Blumen und Musik
Er geht gern auf Sportlerfeste
Bilder malt er mit Geschick
Er ist klug, denn er ist alt
Fünf mal tausend Jahre schon
Er berechnet alles kalt
Jeder Feind kriegt seinen Lohn
Unser Dra-Dra ist uns teuer
Ganz egal, was er uns kost
Es gibt schlimmre Ungeheuer
Das ist uns ein guter Trost
Uns gehts gut
  verdammt
    wir können lachen:

Eigner
  Dra-Dra
    schützt vor
      fremden Drachen!

WERBESLOGAN FÜR DIE PO.PI.

Aus Katzenschwanz
Beim Mondenglanz
Und Rattenschwanz
Beim Hexentanz
Wer diese Pille nimmt
Der kanns!

MISERERE ÜBER DIE DAUER DER MISERE

HANS FOLK: Das Elend
  den Elenden
  solange es dauert
  dauert es ewig

  Den Elenden
  in solcher Nacht

hat die Nacht
kein Ende

GRUPPE 1: Geh weiter
mit deinem Licht, du
es macht uns die Finsternisse
nur immer schwärzer noch

HANS FOLK: Die Elenden gewöhnen sich

GRUPPE 2: Die Gewöhnung überwuchert
mählich jeglichen Zorn

HANS FOLK: Denn ewig dauert
solange es dauert
den Elenden
das Elend.

GRUPPE 1: Die Elenden
finden sich
ab mit dem
Vorgefundenen

GRUPPE 2: Die Gleichgerichteten
richten sich
ein auf lange

HANS FOLK: Und nach Menschenart:
a u f r e c h t
geht da bald keiner mehr

Gruppe 1: Ach, wer jetzt noch
seinen Weg machen will
kriecht auf allen vieren

Gruppe 2: Und wer jetzt noch seinen Weg machte
dessen Hände sind
wieder Füsse geworden

Hans Folk: Das Elend muß ja
den Elenden wie ewig dauern
solang es noch dauert!

Gruppen 1 und 2: Ewig dauert
das Elend
den Elenden
solange es dauert

Es dauert das Elend
solange es dauert
den Elenden
ewig

Ewig
solange es dauert
dauert das Elend
den Elenden

Den Elenden
dauert das Elend
solang es dauert
ewig

HANS FOLK: Nur darum dauert
das Elend so lange
weil es den Elenden
ewig dauert!

ALLE: Das Elend dauert nur so lange
wie es den Elenden ewig dauert

HANS FOLK: Und keinen Tag länger dauert das Elend!

ÜBER UNSERE TAKTIK

Wild sind die Schwachen
Die Furchtsamen sind laut
die Vergänglichen haben es eilig
Wir aber wollen dort fliehen
wo wir kämpfen sollen
Und wollen dort kämpfen
wo wir fliehen sollen
Dort, wo wir angreifen
dort schweigen wir
Und dort, wo wir nicht angreifen
lärmen wir
Wo der Drache auf uns lauert
lassen wir uns Zeit

Aber wo der Drache sich Zeit läßt
   überraschen wir ihn

Unsere Kampfesweise
sei der unseres Gegners so entgegengesetzt
wie die Niederlage dem Sieg
den wir erringen müssen

Unser Feind ist besiegbar
aber unser Sieg ist nicht gewiß
Und: ein dummer Sieg
sei uns weniger willkommen
als eine Niederlage
deren Ursachen wir verstanden haben.

VIRGINIAS LIED IM JUNGFERNKORB

Ich zitter, es ist kalt um mich
Der Mond hat einen Hof um sich
   Das Dunkle frißt das Helle auf
   So ist der Lauf
   Dann frißt das Hell das Dunkel auf
   So ist der Lauf
Der Mond hat einen Hof um sich
Ich zitter, es ist kalt um mich.

HUND: Pssst!
SCHWEIN: Psssssssssst!

Esel: Psssssssssssst!
Virginia *singt:*

Die Nacht ist lang, der Tag ist lang
Ich weiß was kommt und bin doch bang
  Das Dunkle frißt das Helle auf
  So ist der Lauf
  Dann frißt das Hell das Dunkel auf
  So ist der Lauf
Ich weiß was kommt und bin doch bang
Der Tag ist lang, die Nacht ist lang.

Hund: Vom Mond. Ein schönes Lied.

KLEINES HETZLIED, MIT DEM DIE GENOSSEN DEN DRACHEN VERRÜCKT MACHEN

Dem Drachen seine Spitzeln
Die fressen auch gern Schnitzeln
Die saufen auch ihr Bierchen
Und horchen an die Türchen
Die schaun so freundlich aus, die
Du findst sie nit leicht raus, die

Spitzel von dem Drachen
Tun auch beim Schlafen wachen
Die wachen auch beim Schlafen
Einst werden wir sie strafen...

VOM TOD DES DRACHENTÖTERS

Die Flammen haben ihn nicht verbrannt
Zerrissen haben des Untiers Klauen ihn nicht
Noch traf den Kühnen des Lindwurms mächtiger
 Schweif

Da seht den Bezwinger, den Helden seht:
Selber zu Tode ermattet, ach der!
Der mutig dem Untier die Stirn bot
Verlor seinen Kopf, nun an die Bürger

Wohl schmückt seinen Scheitel der Lorbeer des Sieges
Nicht aber schmückt seinen Körper der Kopf
Frühe, zu frühe suchte den Schlaf
Der da schläft und nicht mehr erwacht

Der Drache ist tot! Der Drache ist tot!
Der ihn erschlug, er ist zwar besiegt nicht
Der ihn erschlug, er ist zwar nicht besiegt
Aber: erschlagen!

HANS FOLK BERICHTET VON SEINEM TOD

Ich hatte einen blutigen Traum
Unter dem brennenden Kirschenbaum
Aus roten Wolken fiel roter Regen
Hab ich in meinem Blut gelegen
Und löschte die Feuer alle
Ein ungeheuer rotes Rot
Ich glaub, ich war tot, was?

HOCHZEITSLIED DES GOU-GOU

Mein Herzchen, dein Schmerzchen
ist gleich vorbei, gleich vorbei
Wo Liebe ist, da sind auch Leiden
Wer Lust will, muß auch Lasten tragen.
Wo Leben lebt, da ist auch Tod, auch Tod.
Werden und Sterben
Beginn und Verderben
Brautbett und Grab
– Wisch dir das Blut nicht ab! –
Es steht so schön zum weißen Kleid
Halt dich bereit, mach dich bereit.

BALLADE ZUR BEACHTUNG DER BEGLEITUMSTÄNDE BEIM TODE VON DESPOTEN

Wenn endlich ein Despot
Erschlagen ist und tot
Dann muß man auch sofort
Sofort am selben Ort
Mit Nadel und mit Faden
Sein Arschloch fest verschnürn
Vernähen und verriegeln
Verklammern und heiß bügeln
Verrammeln ganz und gar
Vernieten und verlöten
Schön luft- und wasserdicht
Damit die ganze Schar
Damit all die Lakain
Die krochen da hinein
Für ewig drinnen bleiben!

Dann nimmt man schnell den toten
Versiegelten Despoten
Und legt ihn tief ins Grab
Und obenauf mehr Steine
Als damals Jesus seine
Damit nicht auferstehn
Die Heuchler und die Kriecher
Die mit dem Schnüffelriecher
Die Sesselfurzer, Laffen

Die Bonzen und die Pfaffen
Die Spitzel und die Henker
Die Dichter auch und Denker
Die mit dem Heilgenschein
Gekrochen tief hinein
Ins ungeheure Arschloch!

Es ist seit alten Zeiten
Ein vielgeübter Brauch
Daß man den hohen Herrn
Ins reichverzierte Grab
Auch Diener Fraun und Hunde
Lebendig mit reingab
– Wir wolln in diesem Falle
Die Tradition nicht schmähn!
Es solln auch
  mit den Herren
Die Knecht
  zugrunde gehn!

Ende der Lieder aus dem »Dra-Dra«

ANDRÉ FRANÇOIS, DER FRIEDENSCLOWN

1
André François, der Friedensclown
la la la la la la laaaaaaaaaaaaa
Hat großgemalte Augen
François François François
Hat einen breiten Mund
la la la la la la laaaaaaaaaaaaa
Wenn er bis an den Goldzahn lacht
Dann wird das Kind gesund

2
André François, der Kinderclown
la la la la la la laaaaaaaaaaaaa
Hat einen weiten Mantel
François François François
Hat viele weiße Tauben drin
la la la la la la laaaaaaaaaaaaa
Die fliegen in den Himmel hin
Bis in die Sonne rinn

3
André François, der Säuferclown
la la la la la la laaaaaaaaaaaaa
Hat eine rote Nase
François François François
Hat einen Sack voll Kinder

la la la la la la laaaaaaaaaaaaa
Kaninchen im Zylinder
Die spieln Harmonika

4
André der liebe Plattfußclown
la la la la la la laaaaaaaaaaaaa
Hat lulatschlange Latschen
François François François
Hat Haare aus Spaghetti
la la la la la la laaaaaaaaaaaaa
Die frißt sein grüner Teddy
Der Teddy ist ga gaaa

5
André François le clown d'la paix
la la la la la la laaaaaaaaaaaaa
Hat eine kleine Geige
François François François
Hat eine reife Feige
la la la la la la laaaaaaaaaaaaa
Die schmeckt so süß und milde
Wie scharfe Paprika
Du siehst es auf dem Bilde
Von André François François

VON MIR UND MEINER DICKEN IN DEN FICHTEN

Bloß paar schnelle Sprünge weg vom Wege
Legte ich ihr weißes Fleisch ins Gras
Mittagsonne brannte durch die Fichten
Als ich sie mit meinem Maße maß
Käfer krochen unter uns, es brachen
Heere Ameisen froh in uns ein
Etwa zwischen Bauch und Bauch zu baden
Oder irren zwischen Bein und Bein

Horden Mücken soffen sich von Sinnen
Stachen mich, weil ich mal oben schwamm
Bis ein Wolkenbruch, ein schneller greller
Uns in seine guten Arme nahm
Traubenschwere Wassertropfen fielen
Faul herab auf unsre heiße Haut
Und der wundermilde Guß von oben
Hat den großen Tod uns nicht versaut

Als ich endlich flach lag auf dem Rücken
Kippten meine Augen müde hoch
Einen Düsenjäger sah ich schweben
Durch ein aufgebauschtes Wolkenloch
Schwebte hin, schrieb einen sanften Bogen
Bis hinunter in das hohe Blau
Wieder brach die Sonne durch die Fichten
Und wir dampften im Nachmittagstau

PROLOG FÜR DEN FILM »SPUR DER STEINE«

Sie sehen hier ein DEFA-Stück!
Bleiben Sie sitzen, Sie haben Glück!
Frank Beyer ist der Regisseur
Das Ding handelt vom Parteisekretär
Und Arbeitsmoral
Und Suff im Lokal
Und Liebe im Mai
Mit Tränen dabei
Parteidisziplin
Mit Nackend-Ausziehn
Mit Plandiskussion
Und Hochleistungslohn

Mit Lug und Betrug!
Mit Manne Krug!
Als Baubrigadier
Kübelt er Bier
Ein Volkspolizist
Fliegt in den Mist
Ein Bürokrat
Schadet dem Staat

Ein Anarchist
Wird Kommunist!
'ne schöne Frau
Macht man zur Sau

Sie kriegt ein Kind
Man kriegt davon Wind
Ein Mann geht kaputt
In all dem Schutt
'ne Ehe zerbricht
Gekittet wird nicht!

Hier ist nichts gelogen! Nichts grad gebogen!
Hier wird nix frisiert und blank poliert!
Hier ist das Leben kraß und klar
Verrückt und wahr, verrückt und wahr!

(geschrieben für den Film SPUR DER STEINE, eine Auftragsarbeit für die DEFA. Nach dem 11. Plenum des ZK der SED 1965 wurde zuerst der Film von diesem Lied gesäubert und kurz darauf die DDR von diesem Film.)

ACHT ARGUMENTE FÜR DIE BEIBEHALTUNG DES NAMENS »STALINALLEE« FÜR DIE STALINALLEE

Es steht in Berlin eine Straße
Die steht auch in Leningrad
Die steht genauso in mancher
Andern großen Stadt

Und darum heißt sie auch STALINALLEE
Mensch, Junge, versteh
Und die Zeit ist passé!

Und Henselmann kriegte Haue
Damit er die Straße baut
Und weil er sie dann gebaut hat
Hat man ihn wieder verhaut

Auch darum heißt das Ding STALINALLEE
Mensch, Junge, versteh
Und die Zeit ist passé!

Und als am 17. Juni
Manch Maurerbrigadier
Mit Flaschen schwer bewaffnet schrie
Da floß nicht nur das Bier

Ja, darum heißt sie auch STALINALLEE
Mensch, Junge, versteh
Und die Zeit ist passé!

Und weil auf dieser Straße
Am Abend um halb zehn
Schon Grabesstille lastet
Die Bäume schlangestehn

Auch darum heißt sie ja STALINALLEE
Mensch, Junge, versteh
Und die Zeit ist passé!

Es hat nach dem großen Parteitag*
Manch einer ins Hemde geschissn
Und hat bei Nacht und Nebel
Ein Denkmal abgerissn

Ja, darum heißt sie d o c h STALINALLEE

Die weißen Kacheln fallen
Uns auf den Kopf ja nur
Die Häuser stehen ewig!
(in Baureparatur!!)

Auch darum heißt das Ding STALINALLEE
Mensch, Junge, versteh
Und die Zeit ist passé!

Karl Marx, der große Denker
Was hat er denn getan
Daß man sein' guten Namen
Schreibt an die Kacheln dran?!

Das Ding heißt doch nicht KARL-MARX-ALLEE
Mensch, Junge, versteh:
STALINALLEE!

Wir wolln im Sozialismus
Die schönsten Straßen baun
Wo Menschen glücklich wohnen
Die auch dem Nachbarn traun

… könn'n!

dann baun wir uns 'ne KARL-MARX-ALLEE!
dann baun wir uns 'ne ENGELS-ALLEE!
dann baun wir uns 'ne BEBEL-ALLEE!
dann baun wir uns 'ne LIEBKNECHT-ALLEE!
dann baun wir uns 'ne LUXEMBURG-ALLEE!
dann baun wir uns 'ne LENIN-ALLEE!
dann baun wir uns 'ne TROTZKI-ALLEE!
dann baun wir uns 'ne THÄLMANN-ALLEE!
dann baun wir uns 'ne HAVEMANN-ALLEE!
dann baun wir uns 'ne …
(verflucht, da fehlt doch noch einer!)
BIERMANN-STRASSE

Mensch, Junge, versteh
Und die Zeit ist passé!
Die alte Zeit war passé!

* Der XX. Parteitag der KPdSU 1956, auf dem die sowjetische Parteiführung die furchtbare halbe Wahrheit über Stalin sagte.

II. LIEDER VOM VERBOT BIS ZUR AUSBÜRGERUNG 1976

DAS MACHT MICH POPULÄR

1
Warum die Götter grad Berlin
Mit Paule Verner straften
Ich weiß es nicht. Der Gouverneur
Ließ neulich mich verhaften
Das Kreuzverhör war amüsant
Auch für die Kriminalen
Ich wette: Dieses Kreuzverhör
Geht ein in die Annalen
Mit Marx- und Engelszungen sang
Ich bis sie Feuer fingen
– So brachten die im Kreuzverhör
Noch keinen Mann zum Singen

Das ist der ganze Verner Paul:
Ein Spatzenhirn mit Löwenmaul
Der Herr macht es sich selber schwer
Er macht mich populär

2
»Wenn Biermann solche Lieder singt
Dann wird ihm was passieren
Dann kommt mal statt des Milchmanns früh
wer anders zum Kassieren!«
– Die Drohung schrie Horst Sindermann
Der Gouverneur in Halle
Wie aber wird der Herr erst schrein
Im umgekehrten Falle:
Wenn eines schönen Morgens die
Bier- und Milchmänner quasi
Vor seiner Tür stehn, aber nicht
Die Jungens von der Stasi

Ach Sindermann, du blinder Mann
Du richtest nur noch Schaden an
Du liegst nicht schief, du liegst schon quer!
Du machst mich populär

3
Die Herren auf dem hohen Stuhl
Die brauchen keine Kissen
Ihr Bürokratenhintern ist
Verfettet und verschissen
Und trotzdem drückt noch dies und das
Sie sitzen gern bequem
Drum machten sie das Angebot
Ich dürft nach Westen gehn
(Ick hör dir trapsen, Nachtigall!)
Ach, wär das für die schön!

Wenn überhaupt wer abhaun soll
Dann solln die selber gehn

  Und schmeißt ihr heute raus den Biermann
  Dann ist er morgen wieder hier, dann
  Droht mit Knast ihr? – Bitte sehr!
  Auch das macht populär

4
Und sperrt ihr mich im Eisschrank ein
– Ich fühl mich wohl dabei
Ich spür bei jedem Kältegrad
Die Obhut der Partei
Bei jedem Kübel Dreck spür ich
Die Liebe des ZK
Zum ganzen 11. Plenum sag
Ich zwölfmal: Ja! Hurra!
Ihr habt ja euer Innerstes
Noch nie so schön gezeigt
Der deutsche Michel sah bei Licht
Ins Herze euch und ... schweigt

  Ihr löscht das Feuer mit Benzin
  Ihr löscht den Brand nicht mehr
  Ihr macht, was ihr verhindern wollt:
  Ihr macht mich populär

5
Im ›Neuen Deutschland‹ finde ich
tagtäglich eure Fressen

Und trotzdem seid ihr morgen schon
Verdorben und vergessen
Heut sitzt ihr noch im fetten Speck
Als dicke deutsche Maden
Ich konservier euch als Insekt
Im Bernstein der Balladen
Als Bernstein-Medaillon, als Ring
Als Brosche auf dem Kragen
So werden euch die schönen Frauen
Im Kommunismus tragen

Und steht der Vers auf »Sindermann«
Im Lesebuch der Kinder dann
Wird er, was er gern heut schon wär
– na was wohl? – populär

6
Verdammt, es kotzt mich trotzdem an
Es reizt mich nicht die Bohne
Wenn mir der deutsche Gartenzwerg
Verleiht die Dornenkrone
Wenn ihr mich wirklich schaffen wollt
Ihr Herren hoch da droben
Dann müßt ihr mich ganz öffentlich
Nur LOBEN LOBEN LOBEN
Ihr seid im Volk ja so beliebt
Ein Kuß von eurem Munde
Macht den Geküßten todeskrank
– so küßt mich doch, ihr Hunde!

Küßt mich, bestecht mich, liebt mich heiß
Greift tief in eure Tasche
Gebt mir den Nationalpreis – und
Versteht sich: Erster Klasse!

7
Ich werd die hunderttausend Emm
Verfressen und versaufen
Ein Haus mit Kuh am Waldesrand
Werd ich vom Rest mir kaufen
Die Milch von eurer Denkungsart
Melk ich in Aufbau-Bände
Ich pflück euch Blumen, sing dabei
Ein Lied auf Mutterns Hände
Dann zieht in mich die Weisheit ein
Die Stirn wird licht und lichter
Ich sing im Chor und werde ein
Kaisers-Geburtstags-Dichter

Dann blas ich euch zu Riesen auf
Hoch oben auf dem Berge
Wenn ihr mich wirklich schaffen wollt
Dann nennt mich »groß«, ihr Zwerge

8
Ich habe diese Nacht geweint
Viel knochentrockne Tränen
Und hab die Fäuste wild geballt
Geknirscht auch mit den Zähnen
Ich habe diese Nacht geträumt

Von Hexen und von Drachen
Von alten Weibern, die mit mir
Parteiverfahren machen
Ich habe diese Nacht geglaubt
Die Sonne käm nie wieder
Und brächte nicht ans Tageslicht
All meine wahren Lieder

Heut morgen kam Marie zu mir
Mein allerliebstes Schmeicheltier
Das war ein Frühstück in der Früh!
Ein scharfes Brötchen hat Marie
Und Milch und Honig, weiche Knie
Und wenn mir jemand wehe tut
Dann macht Marie das wieder gut

Die Art, wie sie das macht, ist sehr …
– populär

WIE EINGEPFERCHT IN KERKERMAUERN

Wie eingepfercht in Kerkermauern
Liegt in den Mauern dieser Stadt
Wolf Biermann, beißt mit gelben Hauern
In Steine nur und hat es satt
Mal nachts bei Freunden brüllt er offen

Paar Balladen in Zigarrenrauch
Das macht die Männer wie besoffen
Und ihre schönen Frauen auch
   Oh Mann, Mann, wie tief mich das reut
      Was leg ich auch mein Herz aufn Tisch
         so hungriger Leut!

Das Volk, das Weib, vor seiner Türe
Sitzt ein Zuhälter und trinkt Tee
Macht mit dem Messer Maniküre
Und sagt: Komm her, es tut nicht weh:
Es tut nicht weh, wenn ich dich vorher
Zur Sicherheit, mein Sohn, kastrier
Bist du entmannt, na bitte sehr!
Dann darfst du, dann erlaub ichs dir
   Oh Mann, Mann, das hätt mich gereut
      wer legt schon sein Schwanz aufn Tisch
         so mächtiger Leut!

Wie eingepfercht in Kerkermauern
Liegt in den Mauern dieser Stadt
Wolf Biermann, beißt mit gelben Hauern
In Steine nur und hat es satt
Mal nachts bei Freunden brüllt er offen
Paar Balladen in Zigarrenrauch
Das macht die Männer wie besoffen
Und ihre schönen Frauen auch
   Oh Mann, Mann, wie tief mich das reut
      Ich leg doch nich mein Herz aufn Tisch
         so hungriger Leut!

KLEINES LIED VOM TOD AUCH DES TODES

1
Der Tod ist müd geworden
Das Schlachten hört nit auf
Von all dem großen Morden
Wächst hoch ein Leichenhauf

  Das ist der schwarze Tod
  Das ist der weiße Tod
  Das ist der rote Tod
  meine liebe Liebe

2
Und einsam auf dem Haufen
Sitzt sterbenskrank der Tod
Wenn alle Menschen hin sind
Verliert der Tod sein Brot

  Das ist der schwarze Tod
  Das ist der weiße Tod
  Das ist der rote Tod
  meine liebe Liebe

3
Und bleibt nichts mehr zum Sterben
Und steht kein Korn zum Mähn
Verliert der Tod sein Arbeit
Muß selbst zugrunde gehn

Das ist der schwarze Tod
Das ist der weiße Tod
Das ist der rote Tod
meine liebe Liebe

FRÜHLING AUF DEM MONT-KLAMOTT

Der Winter lag im Sterben
Wir lebten immer noch
Aus Mietskasernen dampfte
Ein warmer Nebel hoch
Die Schornsteine erbrachen
Den fetten gelben Rauch
Und aus den Hinterhöfen
Stieg zart ein Frühlingshauch

Da ging ich mit der Dicken
die ersten Kätzchen pflücken
trotz Magistratsverbot
zum Mont-Klamott

Wir krochen durch Gestrüpp durch
Und latschten über Gras
Zum Liegen warn die Wiesn

Uns noch zu tot und naß
Die Apfelsinensonne
Schwamm groß im Hundeblau
Da wurde uns so mächtig
Und wurde uns so flau

Wir fühlten neue Kräfte
gewaltig stiegen Säfte
wir waren wieder flott
am Mont-Klamott

Wir küßten uns im Gehen
Und küßten uns im Stehn
Wir sahen menge Menschen
Und wurden selbst gesehn
Ich rollte meine Schöne
Die steilen Hänge rauf
Sie kreischte, und ich lachte
Sie fiel, ich fing sie auf

Mensch, waren das Genüsse!
Uns schmeckten unsre Küsse
wie Ananaskompott
am Mont-Klamott

Und als wir oben standen
Die Stadt lag fern und tief
Da hatten wir vom Halse
Den ganzen deutschen Mief
Ich legte meine Hände

Auf ihren warmen Bauch
Und sagte: süße Dicke
fühlst du den Frühling auch?

Die Tauben und die Spatzen
Die ersten Knospen platzen
auf Trümmern und auf Schrott
am Mont-Klamott

Wir saßen auf dem Kehricht
Vom letzten großen Krieg
Die Dicke sprach von Frieden
Ich hörte zu und schwieg
Wir saßen, bis die Sonne
Im Häusermeer absoff
Sahn zu, wie da der Westen
Die rote Farbe soff

Auf Kirchen und auf Schloten
Dieselben roten Pfoten
Wir dankten Marx und Gott
am Mont-Klamott

BILANZBALLADE IM DREISSIGSTEN JAHR

Nun bin ich dreißig Jahre alt
Und ohne Lebensunterhalt
Und hab an Lehrgeld schwer bezahlt
Und Federn viel gelassen
Frühzeitig hat man mich geehrt:
Nachttöpfe auf mir ausgeleert
Die Dornenkrone mir verehrt
Ich hab sie liegen lassen
  Und doch: Die Hundeblume blüht
  Auch in der Regenpfütze
  Noch lachen wir
  Noch machen wir nur Witze

Warum hat mich mein Vater bloß
Mit diesem folgenschweren Stoß
Gepflanzt in meiner Mutter Schoß
– vielleicht, damit ich später
Der deutschen Bürokratensau
Balladen vor den Rüssel hau
Auf rosarote Pfoten hau
Die fetten Landesväter
  Und doch: Die Hundeblume blüht ...

Ich hab mich also eingemischt
In Politik, das nützte nischt
Sie haben mich vom Tisch gewischt

Wie eine Mücke
Und als ich sie in' Finger stach
Und mir dabei den Stachel brach
Zerrieben sie mich ganz gemach
In kleine Stücke
  Und doch: Die Hundeblume blüht...

Dies Deutschland ist ein Rattennest
Mein Freund, wenn du dich kaufen läßt
Egal, für Ostgeld oder West
Du wirst gefressen
Und während man noch an dir kaut
Dich schlecht bezahlt und gut verdaut
Bevor der nächste Morgen graut
Bist du vergessen
  Und doch: Die Hundeblume blüht...

Ich segelte mit steifem Mast
Zu mancher Schönen, machte Rast
Und hab die andern dann verpaßt
Es gibt zu viele
Jetzt hat mein schönes Boot ein Leck
Die Planken faulen langsam weg
Es tummeln sich, ich seh mit Schreck
Die Haie unterm Kiele
  Und doch: Die Hundeblume blüht...

Die Zeit hat ungeheuren Schwung
Paar Jahre bist du stark und jung
Dann sackst du langsam auf den Grund
Der Weltgeschichte

So manche Generation
Lief Sturm auf der Despoten Thron
Und wurd beschissen um den Lohn
Und ward zunichte
  Und doch: Die Feiheitsblume blüht
  Auch in der Regenpfütze
  Noch lachen wir
  Noch machen wir nur Witze
    Und doch: Die Hundeblume blüht
    Auch in der Regenpfütze
    Noch lachen wir.

ERMUTIGUNG

Peter Huchel gewidmet

Du, laß dich nicht verhärten
In dieser harten Zeit
Die all zu hart sind, brechen,
Die all zu spitz sind, stechen
und brechen ab sogleich

Du, laß dich nicht verbittern
In dieser bittren Zeit
Die Herrschenden erzittern

– sitzt du erst hinter Gittern –
Doch nicht vor deinem Leid

Du, laß dich nicht erschrecken
In dieser Schreckenszeit
Das wolln sie doch bezwecken
Daß wir die Waffen strecken
Schon vor dem großen Streit

Du, laß dich nicht verbrauchen
Gebrauche deine Zeit
Du kannst nicht untertauchen
Du brauchst uns, und wir brauchen
Grad deine Heiterkeit

Wir wolln es nicht verschweigen
In dieser Schweigezeit
Das Grün bricht aus den Zweigen
Wir wolln das allen zeigen
Dann wissen sie Bescheid

GROSSE ERMUTIGUNG

Du, mein Freund, dir kann ich sagen
Ich bin müde, hundemüde
Müde bin ich all die Tage

Die mich hart und härter machten
Ach, mein Herz ist krank von all der
Politik und all dem Schlachten

Sag, wann haben diese Leiden
diese Leiden, diese Leiden
endlich mal ein Ende?
Wenn die neuen Leiden kommen
haben sie ein Ende

Meine Liebe, meine Schöne
Du mit deinen warmen Armen
Hieltest du mich all die Nächte
Die nur kältre Kälten brachten
Ach, mein Herz ist krank von all der
Politik und all dem Schlachten

Sag, wann haben diese Leiden
diese Leiden, diese Leiden
endlich mal ein Ende?
Wenn die neuen Leiden kommen
haben sie ein Ende

MORITAT AUF BIERMANN SEINE OMA MEUME IN HAMBURG

Als meine Oma ein Baby war
Vor achtundachtzig Jahrn
Da ist ihre Mutter im Wochenbett
Mit Schwindsucht zum Himmel gefahrn
Als meine Oma ein Baby war
Ihr Vater war Maschinist
Bis gleich darauf die rechte Hand
Ihm abgerissen ist

Das war an einem Montag früh
Da riß die Hand ihm ab
Er war noch froh, daß die Fabrik
Den Wochenlohn ihm gab
Als meine Oma ein Baby war
Mit ihrem Vater allein
Da fing der Vater Saufen an
Und ließ das Baby schrein

Dann ging er in die Küche rein
Und auf den Küchenschrank
Da stellte er ganz oben rauf
Die kleine Küchenbank
Und auf die Bank zwei Koffer noch
Und auf den schiefen Turm
Ganz oben rauf aufs Federbett
Das kleine Unglückswurm

Dann ging er mit dem letzten Geld
In MEYERS FREUDENHAUS
Und spülte mit Pefferminz-Absinth
Sich das Gewissen raus
Und kam zurück im Morgengraun
Besoffen und beschissen
Und stellte fest: »Verflucht, das Wurm
Hat sich nicht totgeschmissen!«

Das Kind lag friedlich da und schlief
Hoch oben auf dem Turm
Da packte er mit seiner Hand
Das kleine Unglückswurm
Nahm es behutsam in den Arm
Und weinte Rotz und Wasser
Und lallte ihm ein Wiegenlied
Vor Glück und Liebe fraß er

Der Oma fast ein Öhrchen ab
Und schwor, nie mehr zu trinken
Und weil er Maschinist gewesen war
Schwor er das mit der Linken
Das ist ein Menschenalter her
Hätt sie sich totgeschmissen
Dann würde ich von alledem
Wahrscheinlich gar nix wissen

Die Alte lebt heut immer noch
Und kommst du mal nach Westen
Besuch sie mal und grüß sie schön

Vom Enkel, ihrem besten
Und wenn sie nach mir fragt und weint
Und auf die Mauer flucht
Dann sage ihr: Bevor sie stirbt
Wird sie noch mal besucht

Und während du von mir erzählst
Schmiert sie dir, erster Klasse
Ein Schmalzbrot, dazu Muckefuck
In einer blauen Tasse
Vielleicht hat sie auch Lust, und sie
Erzählt dir paar Geschichten
Und wenn die schön sind, komm zurück
Die mußt du mir berichten

PREUSSISCHE ROMANZE
für Joan Baez

Gitarre
sechs-fingrige Folter
sechs-züngige Schlange
sechs Schüsse – MP

Gitarre
du bittere Schöne
du griffige Schöne
schwer spielbare Frau

Gitarre
du treulose Liebe
du stöhnst in den Armen
auch meiner Feinde

Gitarre
du Schrei nach der Sonne
in preußischen Nächten

Gitarre
du spanische Jüdin
wir singen in Deutschland
den schwärzesten Blues
Ay! Ay! Ay, den spanischen Blues
Aii, aii, den jüdischen Blues
Ahjaa, den Blues

Gitarre
wenn meine Brüder
wenn diese Brüder
mich gefangen haben werden
komm du! Dann komme du
Schwester
in meine Zelle

DIE HAB ICH SATT!!

1
Die kalten Frauen, die mich streicheln
Die falschen Freunde, die mir schmeicheln
Die scharf sind auf die scharfen Sachen
Und selber in die Hosen machen
In dieser durchgerissnen Stadt

– die hab ich satt!

2
Und sagt mir mal: Wozu ist gut
Die ganze Bürokratenbrut?
Sie wälzt mit Eifer und Geschick
Dem Volke über das Genick
Der Weltgeschichte großes Rad

– die hab ich satt!

3
Was haben wir denn an denen verlorn:
An diesen deutschen Professorn
Die wirklich manches besser wüßten
Wenn sie nicht täglich fressen müßten
Beamte! Feige! Fett und platt!

– die hab ich satt!

4
Die Lehrer, die Rekrutenschinder
Sie brechen schon das Kreuz der Kinder
Sie pressen unter allen Fahnen
die idealen Untertanen:
Gehorsam – fleißig – geistig matt

– die hab ich satt!

5
Die Dichter mit der feuchten Hand
Dichten zugrund das Vaterland
Das Ungereimte reimen sie
Die Wahrheitssucher leimen sie
Dies Pack ist käuflich und aalglatt

– die hab ich satt!

6
Der legendäre Kleine Mann
Der immer litt und nie gewann
Der sich gewöhnt an jeden Dreck
Kriegt er nur seinen Schweinespeck
Und träumt im Bett vom Attentat

– den hab ich satt

7
Und überhaupt ist ja zum Schrein
Der ganze deutsche Skatverein

Dies dreigeteilte deutsche Land
Und was ich da an Glück auch fand
Das steht auf einem andern Blatt

– ich hab es satt

AH – JAA!

1
Die Finsterlinge – na grade die!
Reden vom Morgenrot
vom lichten Morgenrot
Die Generäle – na grade die!
Reden vom Heldentod
vom schönen Heldentod

Ah jaa . . .!

2
Nach seinem Posten schreit – und wie!
Der kleinste Bürokrat
gemeinste Bürokrat
Der Sozialismus hat gesiegt
Wenn er den Posten hat
wenn er die Pfründe hat

Ah jaa . . .!

3
Die faulsten Schweine – na grade die!
Nennen uns stinkend faul
so richtig stinkend faul
Die Lügner führen – na gerade die!
Die Wahrheit stets im Maul
die Wahrheit frech im Maul

Ah jaa ...!

4
Die dicke da sind – na und wie!
Mit Koch, Chauffeur und Haus
mit Koch, Chauffeur und Haus
Der Kommunismus brach – und wie!
Für die schon gestern aus
für die schon herrlich aus

Ah jaa ...!

5
Die krummsten Hunde – na grade die!
Fordern Aufrichtigkeit
von uns Aufrichtigkeit
Die Mümmelgreise – na grade die!
Predigen neue Zeit
die große neue Zeit

Ah jaa ...!

6
Die Mauer steht – na grade die!
Es konnt nicht anders sein
   konnt wohl nicht anders sein
Doch die Erfinder – na grade die!
Mauern sich selber ein
   in Wandlitz doppelt ein

      Ah jaa ...!

7
Die Staatsanwälte nennen uns
Staatsfeinde und noch mehr
   Staatsfeinde und noch mehr
Für Kommunisten – grad für uns!
Ist das ja eine Ehr'
   im Grunde große Ehr'

      Ah jaa ...!

8
Die alten Götter – na grade die!
Sie liegen auf dem Schrott
   na endlich auf dem Schrott!
Mit neuen Göttern kommt uns nicht!
Wir brauchen keinen Gott
   auch keinen kleinen Gott

      Ah jaa ...!

9
Die Bürger-Freiheit – na grade die!
Die ist hier abgeschafft
  na endlich abgeschafft
Die wahre Freiheit – sagen sie!
Die wär dafür in Kraft
  die wäre hier in Kraft …

    Ah jaa!!

IN CHINA HINTER DER MAUER

Wo wird das Volk wie Vieh regiert
Verdummt, entmündigt und kastriert
Damit es schuftet und pariert
  und wo liegt auf der Lauer
Der Bürokratenschutzverein
Sperrt gute Kommunisten ein
Wenn sie nicht halleluja schrein??
In China! In China!
    In China, hinter der Mauer

Sag bloß mal einen wahren Satz
Dann kriegst du einen vor den Latz
Die Freiheit ist ein toter Spatz
  verfault im Vogelbauer

Und wo, mein Freund, wirst du geschaßt
Hat mal ein Spitzel aufgepaßt
Und wo verfaulst du dann im Knast??
In China! In China!
In China, hinter der Mauer

Wo glotzt des Führers Fratze, wo
Dich an in jedem Dreckbüro
In Kneipen, Straßen und im Zoo
und lächelt süßlich sauer??
Sein Foto findest du en gros
In jeder Zeitung sowieso
Und darum auch auf jedem Klo
In China! In China!
In China, hinter der Mauer

Wo herrscht die In-qui-si-ti-on
Der Revolution zum Hohn
Auf mittelalterlichem Thron
und lügt tagtäglich schlauer
Den weisen greisen Volkspapa
Wo preist man ihn und sein ZK
(das immer seiner Meinung war)??
In China! In China!
In China, hinter der Mauer

Wo pinkelt sich der Kunstverein
Selbstkritisch an das linke Bein
Muß dabei Hosianna! schrein
wo blaut der Himmel blauer?

Und wo, in welchem Trauerstaat
Ist in den Künsten süß und fad
Der Optimismus obligat??
In China! In China!
        In China, hinter der Mauer

Karl Marx, der Revolutionär
Hat großes Glück: Er lebt nicht mehr
Denn wenn er heut am Leben wär
   – Genosse meiner Trauer –
Dann lebte er nicht lange mehr
Man zöge ihn aus dem Verkehr
Nun rat mal! WO?? – das ist nicht schwer:
In China! In China!
        In China, hinter der Mauer

IDEALISCHE PROFANBALLADE AUF HERBERT, ANGERICHTET MIT VOLKSTÜMLICHEN SINNSPRÜCHEN ZUZÜGLICH EINER FAUSTREGEL FÜR MORAL

Ach von meinen Freunden einzig
Hat sich Herbert, der Satirer
Eingereiht in den Verein der
Anti-Biermann-Zeitungs-Schmierer

Seitdem meiden alle Freunde
Ihn wie faulen Fisch
Niemand setzt sich noch mit Herbert
An denselben Tisch
    Und was lernt uns das?
    Auch kleine Fische können stinken

Aber denkt nicht schlecht von Herbert
Herbert Sandberg ist der Beste
Himmelblau ist sein Gewissen
Und schneeweiß ist seine Weste
Als er im »ND« mich neulich
Frech verraten hat
Tat er das im Einverständnis
Und auf meinen Rat
    Und was lernt uns das? Weiß ich nich
    Es kann einen schließlich nich alles was lernen

Herbert, er hat mich verraten
Nicht für dreißig Silberling
Nicht zu retten seinen Rettich
Aus der gutgeseiften Schlinge
Sondern nur um mich zu retten
Und nicht etwa sich
Ging der gute Herbert auf den
Elften-Plenum-Strich
    Und was lernt uns das?
    Freundestreu kennt keine Reu
    Immer wagt man sie aufs Neu!

Denn jetzt ist der Nationalpreis
Erster Klasse Herbert sicher
Denkt nun ja nicht, Herbi wäre
Ein gemeiner Schuft und Kriecher
Denn wir machen halbe-halbe
Ich, der Troubadour
Kriege fünfzigtausend Eier
Auf die feine Tour
Auf die Schweine-Tour
  Und was lernt uns das?
  Geld stinkt nicht

Freundestreue scheut kein Opfer
Denn mein armer alter Sandberg
Steht jetzt da vor aller Augen
Wie ein rückgratloser Schandzwerg
Keiner glaubt ihm, alle meiden
Ihn wie faulen Fisch
Ich allein halt ihm die Treue
Eß an seinem Tisch
  Und was lernt uns das?
  Gutheit ist ja immer Dummheit
  Undank ist der Welten Lohn

Moral:
Ein lieber Blick
ein froher Sinn
Helfen über alles hin

LIED DES ALTEN KOMMUNISTEN F.

Die Jahre verrasseln mich
immer mehr ins
immer Weniger

So aber, Genosse, geh ich zum Tod:
wissend und trotzdem handelnd
handelnd und trotzdem lachend

Lachend, mit zahnlosem Mund
beiß ich mein Brot

WANN IST DENN ENDLICH FRIEDEN

Wann ist denn endlich Frieden
In dieser irren Zeit
Das große Waffenschmieden
Bringt nichts als großes Leid

  Es blutet die Erde
  Es weinen die Völker
  Es hungern die Kinder
  Es droht großer Tod

Es sind nicht die Ketten
Es sind nicht die Bomben
Es
    ist ja der Mensch
        der den Menschen bedroht

Die Welt ist so zerrissen
Und ist im Grund so klein
Wir werden sterben müssen
Dann kann wohl Friede sein

Es blutet die Erde
Es weinen die Völker
Es hungern die Kinder
Es droht großer Tod
Es sind nicht die Ketten
Es sind nicht die Bomben
Es
    ist ja der Mensch
        der den Menschen bedroht

GROSSES GEBET DER ALTEN KOMMUNISTIN OMA MEUME IN HAMBURG

1
Gott, lieber Gott im Himml, hör mich betn
Zu Dir schrei ich wie in der Kinderzeit
Warum hat mich mein armer Vater nicht zertretn
Als ich noch selig schlief in Mutters Leib
Nun bin ich alt, ein graues taubes Weib
Mein kurzes Leben lang war reichlich Not
Viel Kampf, mein Gott, viel für das bißchen Brot
Nach Friedn schrie ich in die großn Kriege
Und was hab ich erreicht? Bald bin ich tot
O Gott, laß Du den Kommunismus siegn!

2
Gott, glaube mir: Nie wird der Mensch das schaffn
Ich hab mich krumm gelegt für die Partei
Erinner Dich, wie ich Karl Scholz mit Waffn
Bei mir versteckt hab und bekocht dabei!
Auf Arbeit Tag für Tag die Schinderei
Dann dieser Hitler, das vergeß ich nie
Wie brach unsre Partei da in die Knie
Die Bestn starbn im KZ wie Fliegn
Die Andern sind verreckt im Krieg wie Vieh
O Gott, laß Du den Kommunismus siegn!

3
Mensch, Gott! Wär uns bloß *der* erspart gebliebn
Der Stalin, meinetwegen durch ein Attntat
Gott, dieser Teufel hat es fast getriebn
– verzeih – wie ein Faschist im Sowjetstaat
Und war doch selber Kommunist und hat
Millionen Kommunisten umgebracht
Und hat das Volk geknecht mit all die Macht
Und log das Aas, daß sich die Balkn biegn
Was hat der Hund uns aufn Hund gebracht
O Gott, laß Du den Kommunismus siegn!

4
STOSSGEBET

Mach, daß mein herznslieber Wolf nicht endet
Wie schon sein Vater hinter Stachldraht!
Mach, daß sein wirrer Sinn sich wieder wendet
Zu der Partei, die ihn verstoßn hat
Und mach mir drüben unsern Friednsstaat
So reich und frei, daß kein Schwein mehr abhaut
Und wird dann auch die Mauer abgebaut
Kann Oma Meume selig auf zum Himml fliegn
Sie hat ja nicht umsonst auf Dich gebaut
Dann, lieber Gott, wird auch der Kommunismus siegn!

ES SENKT DAS DEUTSCHE DUNKEL

Es senkt das deutsche Dunkel
Sich über mein Gemüt
Es dunkelt übermächtig
In meinem Lied

Das kommt, weil ich mein Deutschland
So tief zerrissen seh
Ich lieg in der bessren Hälfte
Und habe doppelt Weh

DAS HÖLDERLIN-LIED

»So kam ich unter die Deutschen«

In diesem Lande leben wir
wie Fremdlinge im eigenen Haus
  Die eigne Sprache, wie sie uns
  entgegenschlägt, verstehn wir nicht
  noch verstehen, was wir sagen
  die unsre Sprache sprechen
In diesem Lande leben wir wie die Fremdlinge

In diesem Lande leben wir
wie Fremdlinge im eigenen Haus

Durch die zugenagelten Fenster dringt nichts
nicht wie gut das ist, wenn draußen regnet
noch des Windes übertriebene Nachricht
vom Sturm
In diesem Lande leben wir wie Fremdlinge

In diesem Lande leben wir
wie Fremdlinge im eigenen Haus
Ausgebrannt sind die Öfen der Revolution
früherer Feuer Asche liegt uns auf den Lippen
kälter, immer kältre Kälten sinken in uns
Über uns ist hereingebrochen
solcher Friede!
solcher Friede

Solcher Friede.

NICHT SEHEN – NICHT HÖREN – NICHT SCHREIEN ODER BALLADE VON MEINER MUTTER EINZIGEM SOHN

1
Und als er endlich die Augen aufmachte
Na, was sah da wohl meiner Mutter einziger Sohn?
Da sah er bei hellichtem Tage die Nacht
die trübesten Geister voll strahlender Macht
Die Dunkelmänner auf lichtem Thron

– *das* sah da meiner Mutter Sohn
als er die Augen aufmachte
Und sah da finstere Despotie
Und sah doch noch immer ganz gerne die bleichen
Die birnweichen Knie von Eva-Marie

2
Und als er endlich die Ohren aufmachte
Na, was hörte da wohl meiner Mutter einziger Sohn?
Da hörte er plötzlich wie totenstill
Das ist bei all dem Kriegsgebrüll
Die Stille vor der Explosion
– *die* hörte da meiner Mutter Sohn
als er die Ohren aufmachte
Wie laut da des Volkes Schweigen schrie
Und er hörte noch immer ganz gerne die frechen
Liebreizenden Lieder von Eva-Marie

3
Und als er endlich den Mund aufmachte
Na, wie erging es da wohl meiner Mutter einzigem Sohn?
Mensch, da verging ihm aber Hören und Sehn!!
Mann, das war wirklich schon gar nicht mehr schön!
Da kriegte er Steine statt Brot zum Lohn!
– *so* ging's da meiner Mutter Sohn
als er den Mund aufmachte
Und wie er auch lauthals die Wahrheit schrie
Er schwieg auch ganz gerne und schluckte die heißen
Kartoffelpuffer von Eva-Marie

4
Und als ich mich bei ihm um Rat befragte,
Na, was riet mir da wohl meiner Mutter einziger Sohn?
Reiß auf deine Augen! Reiß auf deine Ohrn!
Sonst bist du verschaukelt und gleich verlorn
Reiß auf deinen Rachen mit lautem Ton!
– *das* riet mir meiner Mutter Sohn
als ich um Rat ihn fragte
Im übrigen aber riet er mir nie
Er küßte viel lieber die ebenfalls bleichen
Und birnweichen Schultern von Eva-Marie

Elastischer Hinweis auf die Moral

Die Regel: NICHT SEHEN – NICHT HÖREN – NICHT SCHREIN
Die stammt von den Heiligen Affen, den drei'n
Die Drei sind gekauft von der Reaktion!!
– *das* sagt euch meiner Mutter Sohn
Die dreimal verfluchte regel de tri
Gilt höchstens und manchmal wenn Leute zu nah sind
– und wir uns umarmen – *für:* Eva-Marie

BALLADE FÜR EINEN WIRKLICH TIEF BESORGTEN FREUND

1
Und wusch ich mit Liedern die brennenden Wunden
Wer hat sie gerissen? Na, ich doch wohl nicht!
Und hab ich Geschwüre am Staats-Steiß gefunden
Erfunden, mein Freund, habe ich sie doch nicht?
Und bin ich, verflucht noch mal, ein Verbrecher
Weil ich auch von *unsern* Verbrechen bericht?
Bin *ich* denn der Finsterling, weil ich, du Leuchte,
In all dieser Finsternis schreie nach Licht?

Was hast du im Schädel? Dreck oder Stroh?
Du, bist du so dumm? – Oder tust du nur so?

2
Du sagst uns: Es nütze dem Klassengegner
Wenn wir Kommunisten den eigenen Staat
Ausmisten und dabei noch Spottlieder gröhln
Auf den dschugaschwilischen* Machtapparat
Du, rat mal! Wem nützt es, den Klassenfeinden
Oder etwa dem Proletariat
Wenn jeder, der hier mal die Wahrheit küßte
Sofort einen Knebel im Zahnfleisch hat?

Was hast du im Schädel? Dreck oder Stroh?
Du, bist du so dumm? – Oder tust du nur so?

3
Du sagst uns: Du seist ja im Grund deines Herzens
Ein Kommunist und auf unserer Seit
Wir seien nur bißchen zu weit gegangen
Womöglich auch bißchen aus Eitelkeit –
Mein Lieber, das kommt von der Arbeitsteilung:
Der eine schweigt, und der andere schreit
Wenn solche wie du entschieden zu kurz gehn
Dann gehn eben andre ein bißchen zu weit!

Was hast du im Schädel? Dreck oder Stroh?
Du, bist du so dumm? – Oder tust du nur so?

4
Zueignung

Die Ballade ist gewidmet jenen sogenannten guten
Wirklich tief besorgten Freunden:
Revolutionäre Zittrer
Die mich quälen, mürben, öden
Wenn sie mir mit leichenbittrer
Müder Klassenkämpferpose
Unsern Feind im Westen zeigen
Mit gestrichen voller Hose
Aber hier im Osten schweigen

Sie haben im Schädel sowohl Dreck als auch Stroh
Sie sind so dumm – und sie tun auch nur so

* Dschugaschwili – Stalins Familienname

DIE STASI-BALLADE

1
Menschlich fühl ich mich verbunden
mit den armen Stasi-Hunden
die bei Schnee und Regengüssen
mühsam auf mich achten müssen
die ein Mikrophon einbauten
um zu hören all die lauten
Lieder, Witze, leisen Flüche
auf dem Clo und in der Küche
– Brüder von der Sicherheit
ihr allein kennt all mein Leid

Ihr allein könnt Zeugnis geben
wie mein ganzes Menschenstreben
leidenschaftlich zart und wild
unsrer großen Sache gilt
Worte, die sonst wärn verscholln
bannt ihr fest auf Tonbandrolln
und ich weiß ja! Hin und wieder
singt im Bett ihr meine Lieder
– dankbar rechne ich euchs an:
die Stasi ist mein Ecker
    die Stasi ist mein Ecker
        die Stasi ist mein Eckermann

2
Komm ich nachts allein mal

müd aus meinem Bierlokal
und es würden mir auflauern
irgendwelche groben Bauern
die mich aus was weiß ich für
Gründen schnappten vor der Tür
– so was wäre ausgeschlossen
denn die grauen Kampfgenossen
von der Stasi würden – wetten?! –
mich vor Mord und Diebstahl retten

Denn die westlichen Gazetten
würden solch Verbrechen – wetten?! –
Ulbricht in die Schuhe schieben
(was sie ja besonders lieben!)
dabei sind wir Kommunisten
wirklich keine Anarchisten
Terror (individueller)
ist nach Marx ein grober Feller
die Stasi ist, was will ich mehr
mein getreuer Leibwäch
 mein getreuer Leibwäch
  mein getreuer Leibwächter

3
Oder nehmen wir zum Beispiel
meinen sexuellen Freistil
meine Art, die so fatal war
und für meine Frau ne Qual war
nämlich diese ungeheuer
dumme Lust auf Abenteuer

– seit ich weiß, daß die Genossen
wachsam sind, ist ausgeschlossen
daß ich schamlos meine Pfläumen
pflücke von diversen Bäumen

Denn ich müßte ja riskiern
daß sie alles registriern
und dann meiner Frau serviern
so was würde mich geniern
also spring ich nie zur Seit
spare Nervenkraft und Zeit
die so aufgesparte Glut
kommt dann meinem Werk zugut
– kurzgesagt: die Sicherheit
sichert mir die Ewig
  sichert mir die Ewig
    sichert mir Unsterblichkeit

4
Ach, mein Herz wird doch beklommen
solltet ihr mal plötzlich kommen
kämet ihr in eurer raschen
Art, Genossen, um zu kaschen
seis zu Haus bei meinem Weib
meinen armen nackten Leib
ohne menschliches Erbarmen
grade, wenn wir uns umarmen
oder irgendwo und wann
mit dem Teufel Havemann

Wenn wir singen oder grad
Konjak kippen, das wär schad
ach, bedenkt: ich sitz hier fest
darf nach Ost nicht, nicht nach West
darf nicht singen, darf nicht schrein
darf nicht, was ich bin, auch sein
– holtet ihr mich also doch
eines schwarzen Tags ins Loch
ach, für mich wär das doch fast
nichts als ein verschärfter
  nichts als ein verschärfter
    nichts als ein verschärfter Knast

Nachbemerkung und Zurücknahme

Doch ich will nicht auf die Spitze
treiben meine Galgenwitze
Gott weiß: es gibt Schöneres
als grad eure Schnauzen

Schönre Löcher gibt es auch
als das Loch von Bautzen

LIED VON DEN BLEIBENDEN WERTEN

1
Die großen Lügner, und was – na, was
Wird bleiben von denen?
Von denen wird bleiben
   daß wir ihnen geglaubt haben
Die großen Heuchler, und was – na, was
Wird bleiben von denen?
Von denen wird bleiben
   daß wir sie endlich durchschaut haben

2
Die großen Führer, und was – na, was
Wird bleiben von denen?
Von denen wird bleiben
   daß sie einfach gestürzt wurden
Und ihre Ewigen großen Zeiten – na, was
Wird bleiben von denen?
Von denen wird bleiben
   daß sie erheblich gekürzt wurden

3
Sie stopfen der Wahrheit das Maul mit Brot
Und was wird bleiben vom Brot?
Bleiben wird davon – na, was? –
   daß es gegessen wurde
Und dies zersungene Lied – na, was
Wird bleiben vom Lied?
Ewig bleiben wird davon
   daß es vergessen wurde

IN PRAG IST PARISER KOMMUNE

In Prag ist Pariser Kommune, sie lebt noch!
Die Revolution macht sich wieder frei
Marx selber und Lenin und Rosa und Trotzki
stehen den Kommunisten bei

Der Kommunismus hält wieder im Arme
die Freiheit und macht ihr ein Kind, das lacht,
das Leben wird ohne Büroelephanten
von Ausbeutung frei und Despotenmacht

Die Pharisäer, die fetten, sie zittern
und wittern die Wahrheit. Es kommt schon der Tag
Am Grunde der Moldau wandern die Steine
es liegen v i e r Kaiser begraben in Prag

Wir atmen wieder, Genossen. Wir lachen
die faule Traurigkeit raus aus der Brust
Mensch, wir sind stärker als Ratten und Drachen!
Und hattens vergessen und immer gewußt

DREI KUGELN AUF RUDI DUTSCHKE

1
Drei Kugeln auf Rudi Dutschke
Ein blutiges Attentat
Wir haben genau gesehen
Wer da geschossen hat

Ach Deutschland, deine Mörder!
Es ist das alte Lied
Schon wieder Blut und Tränen
Was gehst Du denn mit denen
Du weißt doch was Dir blüht!

2
Die Kugel Nummer Eins kam
Aus Springers Zeitungswald
Ihr habt dem Mann die Groschen
Auch noch dafür bezahlt

Ach Deutschland, deine Mörder!

3
Des zweiten Schusses Schütze
Im Schöneberger Haus
Sein *Mund* war ja die Mündung
da kam die Kugel raus

Ach Deutschland, deine Mörder!

4
Der Edel-Nazi-Kanzler
Schoß Kugel Nummer Drei
Er legte gleich der Witwe
den Beileidsbrief mit bei

Ach Deutschland, deine Mörder!

5
Drei Kugeln auf Rudi Dutschke
Ihm galten sie nicht allein
Wenn wir uns jetzt nicht wehren
Wirst Du der Nächste sein

Ach Deutschland, deine Mörder!

6
Es haben die paar Herren
So viel schon umgebracht
Statt daß sie *Euch* zerbrechen
Zerbrecht jetzt ihre Macht!

Ach Deutschland, deine Mörder!
Es ist das alte Lied
Schon wieder Blut und Tränen
Was gehst Du denn mit denen
Du weißt doch was dir blüht!

NOCH

1
Ein kleiner Regen hat mich gewaschen
Am Himmel ziehn leere Brauseflaschen
Fabrikschlote wuchern drüben am Hang
Rauchnasen laufen den Windweg lang
Wälder sind das da, das nasse Blau
Das da sind Halden, das große Grau
Rot blühn paar Fahnen da auf dem Bau
  Das Land ist still
  Der Krieg genießt seinen Frieden
  Still. Das Land ist still. Noch.

2
Die Schieferdächer schachteln sich wirr
Geklammert an Essen mit Eisengeschirr
Starrt das Antennengestrüpp nach West
Vom Sonnenball steht noch ein roter Rest
Krähen sind das da, was fällt und schreit
Blüten sind unter die Bäume geschneit
Was da jetzt einbricht, ist Dunkelheit
  Das Land ist still
  Wie Grabsteine stehen die Häuser
  Still. Das Land ist still. Noch.

3
Dann hing ich im D-Zug im Fenster, und
Der Fahrtwind preßte mir Wind in' Mund

Die Augen gesteinigt vom Kohlestaub
Ohren von kreischenden Rädern taub
Hörte ich schwingen im Schienenschlag
Lieder vom Frühling im roten Prag
Und die Gitarre im Kasten lag
  Das Land ist still
  Die Menschen noch immer wie tot
  Still. Das Land ist still. Noch.

STILLEPENN – SCHLUFFLIED

1
ich renn uff die flucht vor den stillepenn
ich hab keinen mensch nix getan
ich fahr ohne kartn und keine papiern
die nacht uff die eisenbahn

  schluff, Bughkli, tu uffhörn mit schrein, tu tu
  in stillepenn schluffn die männer uff holz
  in stillepenn schluffn die weibern uff stein
  schluff, Bughkli, tu uffhörn mit schrein

2
die menscher, die habn umdrum ihr herz
ein mauer mit glasscherbn auf

ihre häuser sein pissige hundestein
wo nie keine tür steht nich auf

  schluff, Bughkli, tu uffhörn mit schrein, tu tu...

3
wenn ich mich itz irgendwo hinpennern tu
denn schnappern die bullen mich noch
ich hab nix gefressen drei tage kein stück
aber kackn herr gott muß ich doch

  schluff, Bughkli, tu uffhörn mit schrein, tu tu...

4
ich renn uff die flucht vor den stillepenn
und von meine leut find ich kein
ich möcht schon am liebstn ein spatz von all
die spatzen an bahnhof sein

  schluff, Bughkli, tu uffhörn mit schrein, tu tu
  in stillepenn schluffn die männer uff holz
  in stillepenn schluffn die weibern uff stein
  schluff, Bughkli, tu uffhörn mit schrein

Bughkli Kindername bei den Zigeunern. –
stillepenn sinti-Sprache für Knast.

DER HUGENOTTENFRIEDHOF

Wir gehn manchmal zwanzig Minuten
Die Mittagszeit nicht zu verliern
Zum Friedhof der Hugenotten
Gleich hier ums Eck spaziern
Da duftet und zwitschert es mitten
Im Häusermeer blüht es. Und nach
Paar wohlvertrauten Schritten
Hörst du keinen Straßenkrach

Wir hakeln uns Hand in Hand ein
Und schlendern zu Brecht seinem Grab
Aus grauem Granit da, sein Grabstein
Paßt grade für Brecht nicht schlecht
Und neben ihm liegt Helene
Die große Weigel ruht aus
Von all dem Theaterspielen
Und Kochen und Waschen zu Haus

Dann freun wir uns und gehen weiter
Und denken noch beim Küssegeben:
Wie nah sind uns manche Tote, doch
Wie tot sind uns manche, die leben

Wir treffen das uralte Weiblein
Das harkt da und pflanzt da und macht
Und sieht sie uns beide kommen
Dann winkt sie uns ran und lacht

Die Alte erzählt uns von Achzehn
Novemberrevolution:
»Hier schossen sich die Spartakisten
Mit Kaiserlichen, die flohn!
Karl Liebknecht und Luxemburg Rosa
– so muß es den Menschen ja gehn! –
lebendig und totgeschlagen
Hab ich sie noch beide gesehn!
Als ich noch ein junges Ding war
– ich bin ja schon viel zu alt! –
Von hier bis zur Friedrichstraße
War alles noch dichter Wald«

Dann freun wir uns und gehen weiter ...

Da liegt allerhand große Leute
Und liegen auch viel kleine Leut
Da stehn riesengroße Platanen
Daß es die Augen freut
Wir gehn auch mal rüber zu Hegel
Und besuchen dann dicht dabei
Hanns Eisler, Wolf Langhoff. John Heartfield
Wohnt gleich in der Nachbarreih'

Von Becher kannst du da lesen
Ein ganzes Gedicht schön in Stein
Der hübsche Stein da aus Sandstein
Ich glaub, der wird haltbarer sein
Die Sonne steht steil in den Büschen
Die Spatzen jagen sich wild

Wir halten uns fest und tanzen
Durch dieses grüne Bild

Dann freun wir uns und gehen weiter
Und denken noch beim Küssegeben:
Wie nah sind uns manche Tote, doch
Wie tot sind uns manche, die leben

ENFANT PERDU

1
Der kleine Flori Have-
Zwei-Meter-Mann, das brave
das uralt kluge Kind
Ist abgehaun nach Westen
Mit seiner derzeit Festen
– wie die wohl rüber sind?

Er ist hinüber – enfant perdu
Ach, kluge Kinder sterben früh
Von Ost nach West – ein deutscher Fall
Laß, Robert, laß sein
Nee, schenk mir kein' ein!
Abgang ist überall

2
Er war doch sonst kein Plattkopf
War helle unterm Haarschopf
   und hatte Herz und Witz
Jetzt ist er meine Trauer
Jetzt hockt er hinter der Mauer
   und glaubt, daß er *vor* ihr sitzt

      Er ist hinüber…

3
Du, Robert, Genosse Ganove
Sitzt da wie der letzte Doofe
   voll Cognac und voll Scham
Warum mußte Flori flüchten?
Was wird bloß aus unseren Früchten?
   Dein Apfel fiel weit vom Stamm

      Er ist hinüber…

4
He, Walterchen, kalter Alter
Du großer Menschenverwalter
   was sagst du zu diesem Sturz?
Na klar, du hast recht und Kanonen
Gemessen an siebzehn Millionen
   ist Flori Have ein Furz

      Er ist hinüber…

5
Der ausgeflippte Have
Hier war er ein dreister Sklave
  dort macht er den linken Clown
Wer abhaut aus dem Osten
Der ist auf unsere Kosten
  von sich selber abgehaun

    Er ist hinüber ...

6
Laß, laß in die Binsen gehen
Damit wir im Osten sehen
  daß der, der abfällt, fällt!
Wir machen hier Sozialismus
Trotz Rotz und Stalinismus
  und öffnen uns noch die Welt

    Er ist hinüber ...

7
Die DDR, auf Dauer
Braucht weder Knast noch Mauer
  wir bringen es so weit!
Zu *uns* fliehn dann die Massen
Die Menschen, und gelassen
  sind wir drauf vorbereit'

    Er ist hinüber ...

8
Ich scheiß was auf meine Lieder
Sie bringen ja nicht wieder
  all, die verloren sind
Trotzalledem, ich schreibe
Und singe hier und bleibe
  für Flori Havekind

    Er ist hinüber – enfant perdu
    Ach, kluge Kinder sterben früh
    Von Ost nach West – ein deutscher Fall
    Laß, Robert, laß sein
    Nee, schenk mir kein' ein!
    Abgang ist überall

SO SOLL ES SEIN – SO WIRD ES SEIN

1
So oder so, die Erde wird rot
Entweder leben-rot oder tod-rot
Wir mischen uns da bißchen ein
– so soll es sein
  so soll es sein
    so wird es sein

2
Und Frieden ist nicht mehr nur ein Wort
Aus Lügnerschnauzen für: Massenmord
Kein Volk muß mehr nach Frieden schrein
– so soll es sein …

3
Die deutsche Einheit – wir dulden nicht
Daß nur das schwarze Pack davon spricht!
Wir wolln die Einheit: die, wir meinen …
– so soll es sein …

4
Einheit der Linken in Ost und West!
(dann wird abstinken die braune Pest)
So reißen wir die Mauer ein
– so soll es sein …

5
Die BRD braucht eine KP
Wie ich sie wachsen und reifen seh
Unter Italiens Sonnenschein
– so soll es sein

In der DDR wurde jetzt, spät, aber nicht *zu* spät, Rosa Luxemburgs politisches Testament veröffentlicht. Im vierten Band ihrer gesammelten Werke die Schrift: »Die russische Revolution«. Niemand hat jemals leidenschaftlicher die Oktoberrevolution gefeiert und historisch gewürdigt – und niemand auch hat leidenschaftlicher davor gewarnt, sie zum Modell zu machen für alle folgenden proletarischen Revolutionen. Rosa Luxemburg schrieb damals: »Ohne allgemeine Wahlen, ungehemmte Presse- und Versammlungsfreiheit, freien Meinungskampf erstirbt das Leben in jeder öffentlichen Institution, wird zum Scheinleben, in der die Bürokratie allein das tätige Element bleibt. Das öffentliche Leben schläft allmählich ein, einige Dutzend Parteiführer von unerschöpflicher Energie und grenzenlosem Idealismus dirigieren und regieren, unter ihnen leitet in Wirklichkeit ein Dutzend hervorragender Köpfe, und eine Elite der Arbeiterschaft wird von Zeit zu Zeit zu Versammlungen aufgeboten, um den Reden der Führer Beifall zu klatschen, vorgelegten Resolutionen einstimmig zuzustimmen, im Grunde also eine Cliquenwirtschaft – eine Diktatur allerdings, aber nicht die Diktatur des Proletariats, sondern die Diktatur einer Handvoll Politiker, d.h. Diktatur im bürgerlichen Sinne!«

6
Die DDR braucht endlich – und wie! –
Rosas rote Demokratie!
Stimmt ihr mir zu? – dann stimmt mit ein:
– so soll es sein...

7
Trotz aller Meinungsverschiedenheit
Sind wir zur breiten Volksfront bereit

Schluß mit den blöden Sektiererein!
– so soll es sein...

8
Kein Kommunist wird länger bedroht
Mit Maulkorb oder Berufsverbot
Keine Gesinnungsschnüffelein!
– so soll es sein

9
Kein Spitzel findet da Arbeit mehr
Das gibt ein Arbeitslosenheer!
Mensch, ist das schön zu prophezei'n:
– so soll es sein

10
Dem Bourgeois auf die Finger schaun
– das genügt nicht! Auf die Pfoten haun
Wolln wir das fette Bürgerschwein
– so soll es sein...

Mein Freund Robert Havemann sagte mal witzig und trotzdem richtig: Wir werden den Wettlauf mit dem Kapitalismus in dem Moment haushoch gewinnen, wenn wir aufhören, in derselben Richtung zu laufen.

11
Ja, Wohlstand wollen wir gern, anstatt
Daß uns am Ende der Wohlstand hat!
Der Mensch lebt nicht von Brot allein
– so soll es sein...

12
Keiner wird arbeitslos! Und noch das:
Jeder hat an seiner Arbeit Spaß!
Keiner hängt 'rum mit Stempelschein
– so soll es sein …

13
Freiheit!! Freiheit?
Freiheit von Freiheitsdemagogie!
Nehmt euch die Freiheit, sonst kommt sie nie!
(auch Liberale werden wir befrein!)
– so soll es sein …

14
Kein Liebespaar wird uns mehr geschaßt
Zu lebenslänglichem Eheknast!
Die Untertanen-Fabrik geht ein!
– so soll es sein …

15
Sie selbst – na endlich! – die Revolution
Sie re-vo-lu-tio-niert sich schon!
Sie wirft auf sich den ersten Stein
– so soll es sein …

16
So – oder so, die Erde wird rot

als ich diese Zeilen schrieb, dachte ich an den Satz von Karl Marx, der sagte, daß die Menschheit entweder den Weg in eine kommunistische Gesellschaft findet, oder in die Barbarei fallen wird. So – oder so! und nicht etwa, wie ich dieses Lied manchmal singen hörte, als hieße es: sowieso wird die Erde rot ... denkt an das gute Wort von Brecht, der sagte: Die Morgenröte einer neuen besseren Zeit kommt aber nicht so, wie das Morgenrot kommt – nach durchschlafener Nacht!

So – oder so! die Erde wird rot
Entweder lebenrot – oder todrot!
Wir mischen uns da bißchen ein
– so soll es sein
  so soll es sein
    so wird es sein

WER SICH NICHT IN GEFAHR BEGIBT
(Selbstportrait für Reiner Kunze)

An Bitternis mein Soll hab ich geschluckt
Und ausgeschrien an Trauer was da war
Genug gezittert und zusammengezuckt
Das Kleid zerrissen und gerauft das Haar

  Ach du, ach das ist dumm:
  Wer sich nicht in Gefahr begibt
  – der kommt drin um

Mein Freund, wir wolln nicht länger nur
Wie magenkranke Götter keuchen ohne Lust
Von Pferdekur zu Pferdekur
Mit ewig aufgerissener Heldenbrust

Ach du, ach das ist dumm...

Du, wir gehören doch nicht zu denen
Und lassen uns an uns für dumm verkaufen
Es sind ja nicht des Volkes Tränen
In denen seine Herrn ersaufen

Ach du, ach das ist dumm...

Wir wolln den Streit und haben Streit
Und gute Feinde, viele
Von vorn, von hinten, und zur Seit
Genossen und Gespiele

Ach du, ach das ist dumm...

Es ist schön finster und schön licht
Gut leben und gut sterben
Wir lassen uns die Laune nicht
Und auch kein Leid verderben

Ach du, ach das ist dumm:
Wer sich nicht in Gefahr begibt
– der kommt drin um

DIE GROSSEN FÜRSTEN

(geschrieben für Eva-Maria Hagen, als sie im Theater Dessau die Hauptrolle in einem Stück spielte, das in der Zeit der Aufklärung spielt. Und da dies Lied nicht von mir sein durfte, logen wir, es sei grad entdeckt worden im Nachlaß von Pierre-Jean de Béranger)

Die großen Fürsten mit den großen Fressen
Hab ich von nah gesehn, gefühlt, gerochen
Sie schmücken sich mit Schlössern und Maitressen
Sind von Lakain umschmeichelt und umkrochen
Das Rückgrat ihrer Räte ist gebrochen
Die Herrn sind bis zum Hirn voll mit Pasteten
Selbst wenn sie Scheißen gehn spielt man Trompeten!
  Das sind die großen Fürsten, doch wir meinen
    Noch schlimmer als die großen sind die…

Und Recht ist das was großen Herren recht ist
Uns Künstler füttern sie mit Pferdewürsten
Sie legen fest, was jeweils gut und schlecht ist
Selbstherrlich herrschen alle großen Fürsten
Und ihren Knechten, die nach Freiheit dürsten
Verpassen diese allerhöchsten Herrn
Statt Freiheit Ketten, die am Knochen zerren
  Das sind die großen Fürsten, doch wir meinen
    Noch schlimmer als die großen sind die…

Die kleingeratnen Herrn, ach wär'n die bloß
Entsprechend kleiner auch beim Leuteschinden

Entsprechend in der Willkür nicht so groß
Und würden die Gesetze sie mehr binden
Und würden sie auch klein're Worte finden
Womit sie uns beschimpfen und belügen
Und würden sie uns weniger betrügen
  Doch nein,
    Die Art wie sie uns auf die Knie stoßen
      Da sind die kleinen größer als die...

ICH MÖCHTE, WENNS MICH MÜDET, EINEN WEIN

Ich möchte, wenns mich müdet, einen Wein
Dazu Gespräche ohne Quatschen
Schwamm über die Vergangenheit! Laß sein!
Schluck runter! Laß dich nicht zermatschen

von der Erinnerung! Dem Haß entfliehn
Es ist nicht leicht: Vergessen
Den Seelenfraß aus Zorn und Scham
Vergessen diese Fressen:

ist fast zu schwer! Wie schaff ich das:
Dreck schlucken und sich nur
Den Freunden öffnen? – Gut gesagt, doch wie?!
Nee! geht mir ab mit der Tortur

der Selbstverleugnung! Kleine Lügen? Nein:
Ich hab sogar die frommen satt!
Nie mehr das Brett vorn Kopp! und nie
Mehr vor den Mund das Blatt!

Ich bin zu müd fürs Schlausein und zu stolz
Zu alt für euern Harlekin
Den Tod nicht mehr – ich fürchte nur
Das Leben auf den Knien.

DIE ELBE BEI DRESDEN

In Dresden, da steht ja die Elbe so still
Und die Stadt fließt so träge vorbei
Ich steh' da und seh' da die Raddampfer ziehn
Wie voriges Jahr, den Mai
Wie vorigen Mai, da wohnten wir
Diese Sommernacht unten am Fluß
In den Elbwiesen blieb uns die Puste weg
Beim Kuss zwischen Kuss und Kuss

Das sang uns der Fluß, das war unser Lied:
Es fließt alles – alles fließt
Mein Lieb, mein Lieb, jetzt bin ich allein
Jetzt redet der dumme Fluß mir ein:
Es bleibt alles, wie es ist

In jenem Mai, da schwammen wir schön
Mit der Strömung zur anderen Seit
Dann laufen ein Stück – und schwimmen zurück
Uns war ja der Fluß nicht zu breit
Das Wasser war nicht viel zu tief für uns
Ach und uns war der Dreck scheißegal
Wir ließen uns treiben und trieben das Spiel
Nocheinmal und noch ein mal

Das sang uns der Fluß, das war unser Lied:
Es fließt alles – alles fließt
Mein Lieb, mein Lieb, jetzt bin ich allein
Jetzt redet der dumme Fluß mir ein:
Es bleibt alles, wie es ist

Jetzt lieg ich am Ufer und wundere mich
Warum das mit mir grad so ist
Ach damals verriet uns der gute Fluß
Die Wahrheit, daß alles fließt
Da drehte die Erde sich unter uns
Als wir noch verharrten im Kuss
Und weißt du, warum ich dich suchen will?
Weil ich mich ja finden muß

Das sang uns der Fluß, das war unser Lied:
Es fließt alles – alles fließt
Mein Lieb, mein Lieb, jetzt bin ich allein
Jetzt redet der dumme Fluß mir ein:
Es bleibt alles, wie es ist

CHILE
Ballade vom Kameramann

Genossen, nun sagt was! Erinnert sich keiner?
Mensch, wenigstens einer! Es muß hier doch einer
Den Namen noch wissen und wo und wann
Er starb, in Chile, der Kameramann!

In Santiago, im blutigen Jahr
Da fielen so viele, zu viele
Und das ist Chile in einem Wort:
Ein Mann filmt seinen Mörder beim Mord!

Ach, Macht kommt aus den Fäusten
Und nicht aus dem guten Gesicht
Aus Mündungen kommt die Macht ja
Und kommt aus den Mündern nicht!
Genossen, das ist klar
Das ist und bleibt auch wahr
Das ist die bittere Wahrheit
der Unidad Popular

Das ist uns ein lehrreicher Film geworden
Ich sah das Geschäft der Soldaten: das Morden
Ich sah solche Bilder, die jeder kennt:
Das Volk rennt über das Pflaster ums Leben
Und wie die Gewehre die Straßen fegen
Und wie sich Proleten hinlegen zum Sterben

Ich sah die Geschosse reißen die Kinder
Und wie sich die Frau'n auf die Toten schmeißen

Du siehst bei der Arbeit mit der MP
Besonders dies Vieh, dieser Bulle mit Stahlhelm
Wie der an den Kiefer die Knarre preßt
Und wie er sich Zeit läßt beim Zielen beim Zielen ...
Der Kameramann zielt genau auf den Mann
Der Mann legt genau auf die Kamera an
Dann wackelt das Bild, der Film reißt ab
– das ist es, was ich gesehen hab:

Ach, Macht kommt aus den Fäusten
Nicht nur aus dem guten Gesicht
Aus Mündungen kommt die Macht ja
Und nur aus den Mündern nicht!
Genossen, das ist klar
Das ist und bleibt auch wahr
Das ist die kostbare Wahrheit
der UNIDAD POPULAR
Die Kugel kam aus der Knarre
Die kam aus der Kamera nicht!
Und unser Kampf geht da weiter
Wo dieser Film abbricht:
Mit Knarre und Gitarre
Genossen, das ist klar
Und das ist die ganze Wahrheit
der UNIDAD POPULAR

DER HERBST HAT SEINEN HERBST

Der Herbst hat seinen Herbst
Sanft
frißt der Schnee die Gärten
Von Buchen blättert der Rost
Und der Wind
mühelos erntet er
Spatzen vom kahlen Gesträuch

Der Herbst hat seinen Herbst
Bald
blüht schon der Winter
Eins nach dem andern
Es betet ihren Rosenkranz
und gelassen die Natur

Wir aber
Ja, aber wir

MUSCHI MUSCHI MAU

Hussi, unser Kätzchen
Die ist wohl plötzlich dumm
Sie schläft den lieben langen Tag
Und nachts treibt sie sich rum

Hussi, unser Kätzchen
Ihr Fell ist weiß mit grau
Und wenn ich Hussi rufe
Versteht sie mich genau
  Muschi Muschi Mau
  warum bist du so grau?
  Ich bin so gries
  ich bin so grau
  ich bin ja die
  lütsche Muschimau

Hussi, unser Kätzchen
Hat schon ein' dickn Bauch
Weißt du, was das bedeutet?
Na klar, ich weiß das auch!
Hussi, unser Kätzchen
Heut früh war es so weit
Wir machten ihr ein Kindbett
Aus Omas Hochzeitskleid
  Muschi Muschi Mau ...

Hussi, unser Kätzchen
Sie hat dabei geschnurrt
Drei nasse Katzenkinder!
Mann! war das ne Geburt!
Hussi, unser Kätzchen
Das erste Kind war tot
Wir habens gleich begraben
Am Baum unten im Hof
  Muschi Muschi Mau ...

Und als wir vom Begräbnis
Zurückgekommen sind
Da fraß die Katzenmutter
Ihr zweites Katzenkind
– das dritte blieb am Leben
Schön sauber abgeleckt
Das Fell von Hussis Kindchen
Ist weiß mit rot gescheckt
  Muschi Muschi Mau...

Das ist doch klar wie Tinte
Du, stell dich nicht so dumm
Der Kater mit dem roten Fell
Der ist der Vater. Drum!
Jetzt möcht ich bloß noch wissen
Was ihr ja selbst nicht wißt:
Ob Hussis Kind ne Katze
Oder ein Kater ist
  Muschi Muschi Mau...

Und wenn das Kätzchen groß ist
So groß von HIER bis HIER
Dann nennen wir es MUSCHI
Und Muschi schenk ich dir
  Muschi Muschi Mau
  warum bist du so grau?
  Ich bin so gries
  ich bin so grau
  ich bin ja die
  lütsche Muschimau

DAS FRÜHSTÜCK

1
Ich bring noch das Salz!
  ein Frühstück mit Sonne
  aus Wehmut und Wonne
  ein Kuss für dein' Hals
Iiii, Honig mit Quark!
Vom Schwarzbrot die Krume
Mit Butter und Blume
Da kommt Tine Barg

  So ist meine Tine
    am Morgen noch Traube
      am Mittag Rosine
        am Abend schon Wein
  So ist es gut
    und so ist gut
      und so noch viel besser
        und soll auch so sein

2
Stell hin, das Tablett!
  schön klingeln die Tassen
  – nicht fallen lassen!
  komm, knall dich aufs Bett!
Wo kommt denn das vor
So früh frische Schrippen
Komm, laß mich mal stippen

Mein' Bart in dein Ohr!

So ist meine Tine...

3
Was steht im eNDee?
du, gib mir mal rüber!
– jetzt kocht die Milch über
schnell, puste! schnell, dreh
Den Hahn zu! ein Scheiß
Mach bloß keine Dinger!
Pass auf, deine Finger!
Der Henkel ist heiß

So ist meine Tine...

4
Die Eier im Glas
probier mal die Eier!
ich hab sie zur Feier
des Tages aus Spaß
Gekocht mit Muskat
Rosinen, Dillspitzen
Salamiwurstschnitzeln
Die hatte ich grad

So ist meine Tine...

5
Den Kaffe laß stehn!
  du bist ja noch müde
  trink aus, meine Liebe
  mach los! du mußt gehn
Das ist ein Gejag
Vergiss nicht die Schlüssel!
Ach, komm, noch paar Küsse
Auf Vorrat fürn Tag!

  So ist meine Tine…

6
Jetzt kommst du zu spät
  steck ein das Stück Kuchen!
  die werden schön fluchen
  oh, meine Uhr geht:
Ein Glück! stell dir vor
(gib her, deine Schnute!)
Die liebe, die gute
Die Uhr geht ja vor

  So ist meine Tine…

7
Ich bring noch das Salz!
  Ein Frühstück mit Sonne
  aus Wehmut und Wonne
  ein Kuss für dein' Hals
Iiii, Honig mit Quark!

Vom Schwarzbrot die Krume
Mit Butter und Blume
Da geht Tine Barg

So ist meine Tine
  am Morgen noch Traube
    am Mittag Rosine
      am Abend schon Wein

So ist es gut
  und so ist gut
    und so noch viel besser
      und soll auch so sein

EINSCHLAF- UND AUFWACHELIED

Schlaf ein, mein Lieb, sonst ist die Nacht
Vorbei und hat uns nichts gebracht
Als wirre irre Fragen
Gib mir dein' Arm und noch ein' Kuss
Ich muß ja durch den Schlafefluß
Und will dich rüber tragen

Wach auf, mein Lieb, du schläfst ja noch!
Komm aus den dunklen Träumen hoch

Und freu dich an uns beiden!
Die Sonne hat längst dein Gesicht
Gestreichelt, und du merkst das nicht
– das mag ich an dir leiden

DER SCHWARZE PLEITEGEIER – *ODER:* EURE FARBEN SIND NICHT MEINE FARBEN

Der schwarze Pleitegeier mit den roten Krallen
Steht starr im großen Gelb und wird bewacht
Von grünen Männern, die in Aluminium-Kisten
Vor meiner Haustür sitzen, Tag und Nacht

Komm, zieh dein rotes Kleid an! Wir haun ab ins Grüne
Ich hab die Stadt satt, all dies tote Grün –
Komm mit mir untern Himmel, wo die grauen Gänse
Schwarz durch das gute Gelb der Sonne ziehn

STEINE-LIED

1
Steine Steine Steine, mein Lieb, und Steine
All meine Wahrheiten sind mir ja
Steine geworden:
Steine im Weg und
  Steine in der Kehle und
    Stein auf der Seele und
      Stein in der Brust, in den
Leeren, den wehrenden Händen:
Steine Steine Steine, mein Lieb, und Steine

2
Wie, ach wie soll ich die Zeit dir der Kirschen
Wie soll ich singen, wenn mir das Gesindel
Mit all dem Schwindel mein armes Maul stopft
Mit meiner Wahrheit
  Blindheit und Klarheit
    mein Stein und dein Stein
      in jeder Faust ein', so
Spiele ich dir die Gitarre:
Steine Steine Steine, mein Lieb, und Steine

3
Meine Genossen, die Götter, die Schweine
werfen auf mich ihren Spott. Ihre Steine
Hab ich gefressen und gut verdaut, habe
Tränen geschluckt

und Blut gespuckt
nichts wird vergessen
von all dem Morden
Genossen, das seid ihr mir worden:
Steine Steine Steine, mein Lieb, und Steine

4
Au! meine Birne! die Stirn! meine Steine
Warf ich und traf mich und straf mich alleine
Daß ich kein' Weg find, über die Augen
Rinnt mir der Saft
rot, dieser Haß
wie blind macht das!
Liebe macht Spaß, Mädchen
Laß das! wisch ab das! und weine:
Steine Steine Steine, mein Lieb, und Steine

5
Und meine Worte, die alle nicht trafen
Und all die Stummen und Dummen und Braven
Zu wessen Glück, sag! schlafen die Steine dort
Wo wir uns finden, mein
Lieb, Untern Linden
wo wir uns fassen
und uns nicht lassen
und uns verpassen
mang all die Massen
bin ich alleine
zu wessen Glück, sagt mir!
schlafen die Steine dort

wo graue Furcht ist
und laues Hassen
– die Pflastersteine, sie
Träumen noch tief in den Straßen:
Steine Steine Steine, mein Lieb, und Steine

BIBEL-BALLADE

1
Die roten Fahnen hingen alle grau und krank
Im Regenhimmel rum. Aus mancher Fensterbank
Erbrach das Fahnentuch vor Scham sein letztes Rot
Da kamst du hergetanzt mit unterm Arm die Schuh'
Verschlungen hast du mich, Stück weggeworfen Brot
In diesem Land, wo alle satt sind. Aber du
Du warst mein neues Deutschland und mein alter Traum
Von Küssen unterm großen Kirschenbaum

2
»Ach, es geht mir wie einem, der im Weinberge
Nachliest, da man keine Trauben findet zu essen
Und wollte doch gern die besten Früchte haben.
Die frommen Leute sind weg in diesem Lande
Und die Gerechten sind nicht mehr unter den Leuten.

Sie lauern alle auf Blut, ein jeglicher
Jagt den andern, daß er ihn verderbe.
Und meinen, sie tun wohl daran
– wenn sie Böses tun.
Was der Fürst will, das spricht der Richter
– daß er ihm wieder einen Dienst tun soll
Die Gewaltigen raten nach ihrem Mutwillen Schaden
zu tun
– und drehens wie sie wollen
Niemand glaube seinem Nächsten!
Niemand verlasse sich auf Fürsten
Bewahre die Tür deines Mundes
– vor der, die in deinen Armen schläft!«

das weiß ich doch selber: der Knüppel, du Krüppel
der arme Knüppel, er kann nichts dafür. Und
trotzdem! es ist ja der dreimal verfluchte
der Knüppel, den ich auf dem Rücken spür. Ach
warum, warum mußte sich
mein liebes Liebchen gegen mich
so prompt zum Knüppel machen
– zum Knüppel machen lassen?! aus Liebe
kommt, ach das tut weh, aus Liebe
kommt so prompt das blinde Hassen

3
Und es begab sich im fünfundzwanzigsten Jahr
Der Deutschen Demokratischen Republik, da
Ließen die Herrschenden sich vom Volk
Ein gewaltiges Haus baun, mitten in Berlin

Auf dem Marx-Engels-Platz
Und sie gaben dem Bau diesen Namen: Palast
Der Republik. Da sagten die Bauarbeiter:
Das ist uns ein herrlicher Sozialismus mit einem
Palast in der Mitte. Da tauften die Kumpels
Das Werk ihrer Hände »Palatzo di Protzo«
Und lachten untereinander und bauten weiter. Und
Als der Beton gegossen wurde
Und die Stahlkonstruktion wuchs
In den geteilten Himmel dieser Stadt
Da schlief ich lange Nächte bei meiner Liebsten
Und ihr Vater war beim Palastbau Direktor
Für Projektierung und Mitglied
Der Bezirksleitung des Großen Vereins.
Da kauften seine Genossen von der Staatssicherheit
Sich den Vater und sagten ihm: Du, deine Tochter
Entweder sie geht weg von diesem Menschen
Oder du kannst beim Palast deinen Posten
Nicht länger behalten.

das weiß ich doch selber: die Kugel, du Kluge
die arme Kugel, sie kann nichts dafür. Und
trotzdem! es ist ja die dreimal verfluchte
die Kugel, die ich jetzt im Bauche spür. Ach
warum, warum mußte sich
mein liebes Liebchen gegen mich
so prompt zur Kugel machen
– zur Kugel machen lassen?! aus Liebe
kommt, ach das tut weh, aus Liebe
kommt so prompt das blinde Hassen

4

»Ich wandte mich und sah an alles Unrecht
Das geschah unter der Sonne. Und siehe
Da waren Tränen derer, so Unrecht litten
Und hatten keinen Tröster.
Und die ihnen Unrecht taten – waren zu mächtig
So daß sie keinen Tröster haben konnten!
Ich sah an Arbeit und Geschicklichkeit
In allen Sachen. Da neidet einer den andern, das
Ist auch eitel und Haschen nach Wind. Ein Narr
Schlägt die Finger ineinander und verzehrt sich selbst.
So ist's ja besser Zwei als Eins, denn
Sie genießen doch ihrer Arbeit wohl.
Fällt ihrer einer, so hilft sein Gesell ihm auf.
Weh dem, der allein ist, wenn er fällt
So ist kein anderer da, der ihm aufhelfe! Auch
Wenn zwei beieinander liegen, wärmen sie sich. Wie
Kann ein Einzelner warm werden? Einer
Kann überwältigt werden. Aber Zwei
Mögen widerstehn.«

das weiß ich doch selber: das Messer, du Fresser
das arme Messer, es kann nichts dafür. Und
trotzdem! es ist ja das dreimal verfluchte
das Messer, das ich an der Kehle spür. Ach
warum, warum mußte sich
mein liebes Liebchen gegen mich
so prompt zum Messer machen
– zum Messer machen lassen?! aus Liebe
kommt, ach das tut weh, aus Liebe
kommt so prompt das blinde Hassen

5
Kennst du mich noch? Ich kenn mich selbst nicht mehr
Seit du mir schweigst, bin ich von allem Leben leer
Und seh' nicht, kann nicht, mag nicht, will nicht und seh' doch:
Reif ist das Jahr. Die Kirschen platzen auf vor Lust
Und ich lieg eingemauert hier im Loch
Und halt mein Herz fest in der aufgebrochnen Brust
Daß es nicht auf die Straße springt und schreit, wenn du
Im Blauhemd hier vorbeimarschierst! mit Sand im Schuh.

KUCKUCK KUCKUCK

1
Und als ich mit dir lag
Da weckte uns ein Tag
Mit kuckuck kuckuck kuu
kuckuck kuckuu
Das weiß ich alles noch
Wie gut der Morgen roch
Und wir, mein Lieb, dazu
dazu dazu

2
Und als ich bei dir schlief
Und als der Kuckuck rief
Da hast du mitgezählt
        gezählt gezählt
Wieviele Jahr hab'n wir?
Noch zwei – noch drei – noch vier
Mensch, hat mich das gequält!
    gequält gequält

3
Mach weiter! Vogel, mach!
Noch sechs – noch siebn – noch acht
Mach zu! mach zu! mach zu!
    kuckuck kuckuu
Mir schlug dabei das Herz
Den Hals hoch. Noch ein Schrei:
Kuckuck kuckuck kuckuu
    nur zu! nur zu!

4
Der Aberglaube blüht
Gefährlich ins Gemüt
Mein Liebchen, laß den Stuß!
    den Stuß den Stuß
Wir dürfen ja, wir wolln
Wir können, und wir solln
Der dumme Kuckuck muß
    er muß er muß

5

Kuckuck kuckuck kuckuck
Kuckuck kuckuck kuckuck
Kuckuck kuckuck kuckuu
  kuckuck kuckuu
Der Kuckuck hat gelogn
Und du hast mich betrogn
Und dich, mein Lieb, dazu
  dazu dazu

BIN MAGER NUN UND FÜHLE MICH

  Das ist mal so mit mir
  und bin halb froh mit mir

Bin mager nun und fühle mich
Noch können Blicke mich verletzen

  das ist mal so mit mir
  und bin halb froh mit mir

Noch zwei drei alte Worte kühlen mich
Eng neben gleichen Tieren
Spür' ich im Rücken Winterwind
Und meine Angst vorm großen Frieren

das ist mal so mit mir
und bin halb froh mit mir

Die Angst läßt nach, wenn wir zuhauf
In diesen dunklen Kälten sind

das ist mal so mit mir
und bin nicht froh mit mir

Das ist mein graues Lied vom Rauch
Und endlich stirbt die Sehnsucht auch

das ist mal so mit mir
und bin halt froh mit mir
und bin halt froh

WIR SASSEN AM FEUER IM DUNKELN
(für Bylle)

Wir saßen am Feuer im Dunkeln
Und sangen das Spanienlied
Die Alten kamen ins Schunkeln
Die Jungen kamen ins Schwärmen
Sie fanden den Abend so nett.

Du aber nicht. Ich sah dein Gesicht
Uns drehte sich das alte Lied
Wie ein rostiges Bajonett
In den Gedärmen.

ES GIBT EIN LEBEN VOR DEM TOD

Jesus, der große Schmerzensmann
Am Kreuz, im Glanz der Wunden
Er hatte seine Schau im Tod
Und alle Welt sah seine Not
Und als die Leut drei Tag danach
Sein leeres Grab gefunden
Und keinen Leichnam fanden
Da warn sie froh. Da wußten sie:
Der Mensch ist auferstanden
– es gibt ein Leben nach dem Tod!

Exekution! da! seht den Communard
Wie der vor den Gewehren stand
Hat ihn Picasso mir gemalt:
Die Hosen runter, an der Wand
Der dicke rote Kerl steht da
Und weint und lacht sich eins dabei
Wie er sein' Arsch dem Tod hindreht!
Ich habs, auf Weiß gemalt mit Rot

Des Malers Bild beweist es ja:
– es gibt ein Leben nach dem Tod

Der kleine Biermann denkt bei sich:
Ja! ja, das stimmt in meinem Sinn
Die Auferstehung gibts! weil ich
Ja dafür selber Beispiel bin:
Mein toter Vater lebt! sogar
Die Narrn, die Don Quichoten!
Im Freiheitskrieg der Menschheit gibt
Es keine toten Toten.
Das ist so wahr wie trocken Brot:
– es gibt ein Leben nach dem Tod

Anmerkung
Ach, daß es danach noch was Schönes gibt
Ist tröstlich in unserer Lage.
Wie gut! und doch, da bleibt uns noch
Die kleine – die große – die Frage
(das wüßten wir gern noch daneben!)
Ob's sowas gibt – wir hättens gern:
– auch vor unserm Tode ein Leben

DAS FRANCO-LIED

1
Du, wenn ich daran denke
Das macht mir kalt, das macht mir heiß
Du, wenn ich daran denke
Daß dieser wütige Henkergreis
Nach vierzig blutigen Jahren leis
Hinüberschläft und macht sich davon
Und kommt drumrum um die Hauptlektion
Die fällig ist: die Revolution
– dann muß ich schrein
  nein! nein! nein! nein!
    das darf nicht sein!

2
Und würd es Götter geben
Das wär nicht schlecht, mein Sohn
Ich bäte um Francos Leben
Daß dieser klapprige Henker-Clown
Ihn selber noch kriegt: den rechten Lohn
Für all unser Blut. Ja, das soll er noch sehn
Wie sich die Gewehrläufe auf ihn drehn
Und auf seine Brut. Ja, so wird das gehn
– dann sing ich: Gut!
  ja! ja! ja! ja!
    und das wird wahr!

3

Du, wenn ich daran denke
Das macht mir Haß, das macht mir Schmerz
Du, wenn ich daran denke
Daß dieses blutige Würger-Aas
Dem Julian so die Halsweite maß
Ach! mit der Garotte! und immer noch mißt
Nach Mördermaß jeden Anarchist
Egal, ob Christ oder Kommunist
– dann muß ich schrein
  nein! nein! nein! nein!
    das darf nicht sein!

4

Ihr! wenn ich euch hier sehe
Das macht mir Spaß, das macht mir Mut
Ich brauche ja solche Nähe
Sonst geht in mir das Maß kaputt
Für rechts und links, für schlecht und gut
Was nützt mir die Losung SOLIDARITÄT
Wenn jeder Verein mit ihr stiften geht
Und anderen Genossen den Hals umdreht
– da muß ich schrein
  nein! nein! nein! nein!
Ja! Ja! Ja! Ja!
  wir gehn zusamm'!
    und das wird wahr

BALLADE VON DEN SPANIERN IM DRESDENER EXIL

Da hängt ein Bild. Schau dir das an!
Du siehst, gemalt aus lauter Grau:
Ein Mann – daneben Frau – und Mann
Mann – Mann – Frau – Mann und noch 'ne Frau:
Portraits. In Öl. Mit Schmerz gemalt
Von Nuria Quevedo, hier
In diesem halben deutschen Land
Damit sie Spanien nicht verlier:
Es ist nicht alles, aber viel
– der Blick nach Haus aus dem Exil.

Sieh dir das Bild an: neun mal schwarz
Stehn Haare um ein Steingesicht
Vom Warten grau, im Wartesaal
Der Weltrevolution. Und nichts
Sehn diese Augen noch, sie starrn
Verlorn in die Vergangenheit
Und eine sture Hoffnung hält
Die Köpfe hoch. Die sind bereit
Barfuß zu laufen bis zum Ziel
– den Weg nach Haus aus dem Exil

Die Steine. Sieh dir diese an
Aus Spanien vom Bürgerkrieg
Die Endmoräne! deren Rest
In Dresden an der Elbe liegt.

Und da am Rand, der blonde Stein:
Das ernste Kind. Da ließ sich (klar!)
Die eine mit 'nem Blonden ein
Der nie in solcher Trauer war
Für ihn bedeutet es nicht viel
– das große Bitterwort Exil

NACHSATZ

Was kann ich tun? Und was könnt ihr
Noch tun, daß die Genossen hier
Aus Chile – die jetzt bei uns sind
Mit Mann – Mann – Frau – Frau – Mann und Kind
Was tun? daß diese Menschen nicht
Bald auch mit solchem Steingesicht
Hier liegen bleiben (vierzig Jahr!)
Weil Pinochet doch stärker war
(Genossen, ihr versteht!)
Weil Pinochet noch stärker war
Als unser gutes starkes Wort
– *Solidarität*

BALLADE VON DER ALTEN STADT LASSAN

Am Peenestrom, am Peenestrom
Da liegt ein Wrack aus Holz und Stein
Seit fünf mal hundert gleichen Jahrn
  die alte Stadt Lassan
Die Stadt liegt da auf Grund und träumt
Und kommt nie los und wird nie flott
Und möcht gern auf die Ostsee fahrn
  die alte Stadt Lassan

Die Fischköpfe faulen im Sommerglast
Der Kirchturm ist ein stolzer Mast
  die Bäume machen den Wind
Doch nie kommt die Stadt vom Festland los
Auf große Fahrt. Das kommt wohl bloß
  weil keine Segel da sind

Das kleine Sägewerk frißt den Wald
Die Möwen hören auf mit Schrein
Da reiten wir auf dem Fischerboot
  in' stillen Hafen ein
Der Diesel tuckert sich sachte aus
Wir machen das Boot fest hinterm Wind
Und steigen an Land und wundern uns
  daß wir noch in Deutschland sind

Das ist hier die hochberühmte Stadt:
Hier hat vor dreimal hundert Jahrn

Der schwedische Kaptain die Sensation
    das Affenvieh mitgebracht!
Der Aff mit dem blauen Matrosenlatz
Der Schwede wurde so schön getraut
Da taufte sein Affe vom Kirchturm hoch
    mit Pisse den Pfaff und die Braut

Und als ich mit Tine den Turm hochstieg
War nix mehr da – kein Mensch, kein Aff
Kein Kaptain, der grade Hochzeit macht
    kein Glockenton und kein Pfaff
Wir konnten mit bloßem Auge vom Turm
Die Losung lesen am KONSUM:
»Der achte Parteitag der SED
    bestimmt unser Denken und Tun!«

Die Sicht war gut, der Blick war schön
Drumrum das Land lag erntesatt
Das Achterwasser stand faul und glatt
    weil es kein Schiff drauf hat
Der Holzwurm tickte im Glockenstuhl
Wir schwiegen eine Ewigkeit
Ich küsste der Tine paar Tränen vom Mund
    ich pflückte ihr Spinnweb vom Kleid

Der Abend trieb uns mit steifem Wind
Zum Hafen runter ins Boot. Ich nahm
Die Kurbel und warf den Diesel an
    und ab! ging es mit dem Kahn
Die Wellen schluckten und spuckten uns aus
Und über die Bugplanken klatschte die Gischt

Wir küssten uns, und wir merkten es nicht
    wie hastig die Sonne verlischt!

Da schrie meine Schöne und riß mich rum
Was geht da los?! Mann, kuck das an!
Da sah ich die alte Stadt Lassan
Im Sturmwind nach Norden fahrn!
Der Schwede lachte, der Affe hing
Kopfunten im Mastkorb und winkte verwegen
Und eine Fahne flattert am Mast:
    »Dem neunten Parteitag entgegen!«

Ich weiß nicht, wie unser Boot die Nacht
Im Regen den Kurs nach Hause fand
Ich krallte mich an dem Ruder fest
    mir war von den Wellen so krank
»Mein Lieber, das machen die hohen Welln
Das kommt von den Losungen, die du kennst
Du siehst schon Gespenster, wo Menschen sind
    – und Menschen in manchem Gespenst.«

Am Peenestrom, am Peenestrom
Da liegt ein Wrack aus Holz und Stein
Seit fünf mal hundert gleichen Jahrn
    die alte Stadt Lassan
Die Stadt liegt da auf Grund und träumt
Und kommt nie los und wird nie flott
Und möcht gern auf die Ostsee fahrn
    die alte Stadt Lassan

UND WIR HATTEN KEINE HÖHLE

Und wir hatten keine Höhle
Und wir hatten kein Versteck
Und wir schliefen im Gegröle
Und wir saßen nackt im Dreck

irgend ein Loch
brauchen wir doch
da oder hier
du Menschentier
mein Menschentier

Diese Stadt hat uns erbrochen
In die Nächte laut und hell
Doch wir haben uns verkrochen
Einer in des andern Fell

irgend ein Loch
brauchen wir doch
da oder hier
du Menschentier
mein Menschentier

Mann, die Stadt is tote Hose
Und die Häuser stehn dumm rum
Und was fest war, das is lose
Und was grade war, is krumm

irgend ein Loch
brauchen wir doch
da oder hier
du Menschentier
mein Menschentier

ICH TROLL NACH HAUS
(Harry sein Blues)

ich troll nach Haus
ich roll nach Haus
ich soll nach Haus
ich woll nach Haus
nach Weib un Kind
un bin schön voll, voll
wie ein Stint

wie kommt das?
sag mir, was das soll:
die Straßen leer
un ich so schön voll

oh! oh, mein Bauch!
oh, in mein' Bauch

oh Mann, mein Bauch!
Mann, in mein' Bauch
dreht sich so schnell
die Biermusik
das Karussell

    wie kommt das?
    sag mir, was das soll:
    die Straßen leer
    un ich so schön voll

oh! oh, mein Kopf
oh Mann, mein Kopf?
wo is mein Kopf!
das is nicht gut!
der war doch grad noch
unterm Hut!

    wie kommt das?
    sag mir, was das soll:
    die Straßen leer
    un ich so schön voll

ich freu mich schon
au! meine Schuh
die neuen Schuh
verdammt! die Schuh
zu Haus is schön
da kann ich schön in
Latschen gehn

wie kommt das?
sag mir, was das soll:
die Straßen leer
un ich so schön voll

LIED VOM DONNERNDEN LEBEN

Das kann doch nicht alles gewesn sein
Das bißchen Sonntag und Kinderschrein
   das muß doch noch irgendwo hin gehn
      hin gehn

Die Überstunden, das bißchen Kies
Und aabns inner Glotze das Paradies
   da in kann ich doch keinen Sinn sehn
      Sinn sehn

Das kann doch nich alles gewesn sein
Da muß doch noch irgend was kommen! nein
   da muß doch noch Leebn ins Leebn
      eebn

He, Kumpel, wo bleibt da im Ernst mein Spaß?
Nur Schaffn und Raffn und Hustn und Haß
   und dann noch den Löffl abgebn
      gebn

Das soll nun alles gewesn sein
Das bißchen Fußball und Führerschein
das war nun das donnernde Leebn
Leebn

Ich will noch 'n bißchen was Blaues sehn
Und will noch paar eckige Rundn drehn
und dann erst den Löffel abgebn
eebn

LIED VOM ROTEN STEIN DER WEISEN

Den Roten Stein der Weisen, gib zu!
Den gibts doch nicht. Genosse, auch du
Den gibt es doch nicht, Genosse, auch du
du hast ihn nicht gefunden.

Wir haben wie blödes Federvieh
Mit rotem Kamm und Kikerikii
Zum Gaudi für die Bougeoisie
uns oft genug zerschunden.

Der Kampf ist hart, und unser Feind
Ist schlau und hat sich längst vereint
Ist schlauer als wir! und hat sich vereint
und will uns einzeln schlagen.

Genossen! fragt nicht penetrant
Wie in dem Märchen hirnverbrannt:
Wer ist der Linkste im ganzen Land?
   – das kann kein Spiegel sagen.

Kneipenlieder der Rosa Fröhlich nach dem Roman »Professor Unrat« von Heinrich Mann

DIE ALTEN KNACKER
(Duett)

Igitt! die ollen Kerls, igitt!
Mit sowas geh ich nie nich mit!
Nich mal für so viel Zaster
Herr Paster, Herr Paster
   nich mal für soviel Zaster
Sag bloß: was findest du da an
Ein junges Weib – ein alter Mann
Das werd ich nie begreifen:
Du mit soon Überreifen
   das kann ich nich begreifen

Die alten Knacker, ja-ja!
die alten Macker, ha-haa!
Sind wild nach den blutjungen Dingern
Die Alten wolln gern noch mal
– na bitte! solln sie doch mal
Ein bißchen nach Frühling fingern!
Die alten Knacker, ja-ja!
Die alten Macker, ha-haa!
Sind wild nach den jungen Dingern
Die wolln gern noch mal
– na, solln sie doch mal
Ein bißchen nach Frühling fingern!

Die Jungen sind so furchtbar jung.
Die hab'n vielleicht im Dunkeln Schwung
Bei Lichte sind sie blöde
Und öde! Und öde!
bei Lichte sind sie blöde
Ich steh mehr auf gesetzte Herrn
Ich hab die Angegangnen gern
Die mir das Herz erweicheln
Und streicheln, und schmeicheln
die mir die Seele streicheln

Die alten Knacker, ja-ja! . . .

ICH SUCH EINEN MANN, DEN'S NICHT GIBT

Nach mir haben viele geschnappt, mein Herr
Und viele hab'n mich auch gehabt, mein Herr
Mit Pralines haben sie mich überhäuft
Gestiert – gegiert – getönt – gestöhnt
Doch keiner hat wirklich kapiert, was läuft:

Ich such einen Mann, den's nicht gibt
Ich will einen Mann, den's nicht gibt
Ich brauch einen, den es hier gar nicht gibt:
Ich brauch einen, der mich nicht wiederliebt!

Schon mancher wär gern mit mir durchgebrannt
Und ist mir wie'n Schoßhündchen nachgerannt
Hat seine Familie damit ruiniert
Hat sich duelliert – erhängt – ertränkt
Hat alles verspielt – und nichts kapiert:

Ich such einen Mann, den's nicht gibt ...

Was soll mir das, wenn mich ein toter Fisch
Mit Glubschaugen anhimmelt – und sonst nischt!
Ich brauch einen andern, der ganz anders ist
Der kühl sein Gefühl nach außen nicht kehrt
Und sich um den Quassel von Liebe nicht schert

Ich such einen Mann, den's nicht gibt ...

DAS AFFENWEIB VON ALTONA

Das Affenweib von Altona
Hat einen Bart aus Affenhaar
Und Haare auf den Brüsten,
den Brüsten, den Brüsten
In Altona – das Affenweib
Hat einen Alabasterleib
Und alle, die sie küßten, sie küßten, sie küßten
Die sagen, Mensch, das war mal schön,
Los, laß uns da nochmal hingehn

Ja, ja, ja, ja
Ja, ja, nach Altona

Das Affenweib von Altona
Ist tätowiert, wer das mal sah
Der kennt die Welt von hinten, von vorne, von hinten
Zwei Möwen grad beim Liebesspiel
Und auf dem Bauch ein Krokodil
Gemalt mit blauen Tinten, von vorne – bis hinten
Das tätowierte Weib war schön!
Komm, laß uns da noch mal hingehn

Ja, ja, ja, ja
Ja, ja, nach Altona!

MIN JUNG, MIN JUNG

Es kam ein Kaptain von große Fahrt
Der sagte zu mir: meine Fee
Du riechst so schön – wo steht dein Bett
Mir tun auch die Füße schon weh

Min Jung, min Jung, dat weißt du doch
Die Schiffe fahrn die Elbe hoch
Nach Hamburg nur wenn Flut kommt.
In meinen Hafen, hier, mein Herr
Kommt jeder rein, egal ob er
Mit Mütze oder Hut kommt

Dann kam ein Matrose, der hatte sein Geld
Vertütert, erst hier und dann dort
Für mich hat er nur noch ein Papagei
Und der kann kein einziges Wort

Min Jung, min Jung ...

Dann kam ein Kaufmann, ein reicher Sack
Der hatte dir soon dicken Bauch
Der konnte seinen Düdel nur im Spiegel ansehn
Aber dafür zahlte er auch

Min Jung, min Jung ...

ICH KANN AUCH ALLEINE

Ich kann auch alleine in' Lokal reingehn
Ich kann auch alleine anne Theke stehn
Ich kann auch allein 'ne Zigarette drehn
Ich kann auch alleine umme Ecke gehn!

Nur eines, mein Charly, geht nich allein.
(Na was?)
Der Mond macht keinen Sonnenschein.

Ich brauch kein Parföng, kein Schnaps, kein Bier.
Ich brauch inne Nacht ein Knuddeltier.
Mit Haut und mit Haare
Daran wärm' ich mir
Wenn du grade da bist, Charly –
Dann mit dir.

Denn eines, mein Charly, geht nich allein...
Der Mond macht keinen Sonnenschein.

OH, HEIN, OH, HEIN

Refrain:
Oh, Hein, Oh, Hein
Du bist gemein
Du willst nur immer dasselbe
Nur immer, nur immer, nur immer, nur immer,
Nur immer vom Ei das Gelbe.

1.
Mein Hein is ein kleiner Matrose
Mein Hein is kein großes Licht
Er hat aber 'n Mast inne Hose
Ein Mast, der niemals bricht

2.
Sein Mast, der kippt nich nach Luv nach Lee
Der kippt nich nach Achtern und nich nach vorn
Hein segelt mit mir durch die stürmische See
In eine Nacht rum um Kap Hoorn.

DREI BRÜDER

Drei Brüder, die gingen in Hamburg an Land
Die kamen von Sumatra
Drei Teerjacken mit einem mächtigen Brand
Nach Liebe und Trallala
Sie schwankten noch immer vom Nordseesturm
Und sie schwankten schon bißchen vom Freihafen-
sprit
Und quer auf'm Ast trug jeder sein Zeug
Die sahn mich und kamen gleich mit

Vorbei! Das Leben geht schnell vorbei
mein Kleiner, komm mit mir rauf!
Die Liebe, die Liebe
die Liebe hört nimmer auf

Der Erste jonglierte sein Seesack so sacht
Als ob da werweißwas drin wär
Der zweite, der schleppte 'ne Seekiste mit
Voll Gold oder Steine so schwer
Der Dritte gefiel mir, der hatte man bloß
Ein Bündel, der wollte mich gleich für sich
Er packte mich grade, da hatte er schon
Im Rücken den Klappmesserstich

Vorbei! Das Leben geht schnell vorbei...

Und der mit sein blutiges Messer stand da
Und lachte und sagte: Komm her!
Jetzt machst du mit mir was! Und dann fiel er um
Blieb liegen und sagte nix mehr
Und das hat der Dritte, der Seekistenkerl
Im Suff mit die volle Buddel gemacht
Da spritzte der Whisky, da tropfte das Blut
Dann hab'n sie ihn runtergebracht.

Vorbei! Das Leben geht schnell vorbei...

Jetzt sitz ich allein in mein Zimmer und trink
Die Reste und trau mich nicht raus
Der Seesack, die Kiste, die gruseln mir so
Aber das Bündel, das pack ich nicht aus
Der eine is tot und der anner is weg
Und der Dritte kommt nie wieder her
Ich träum bei der Kiste bei Bündel und Sack
Von meine drei Sumatra-Brüder

Vorbei! Das Leben geht schnell vorbei...

MEIN SÜSSER

Mein Süßer, um den sich die Weiber zerstrippen
Der will mir Strychnin in die Kohlsuppe kippen
Dann isser mich los und macht einen flott
Und spielt bei ner Andern den Lieben Gott

Ich fand das Pülverchen in einer Dose
Beim Wäschemachen in seiner Hose
Der Arme! Er weiß nicht, daß ich es weiß
Wer zahlt nun an wen den höchsten Preis

Der höchste Preis, das ist ja das Leben
Das darf ich ihm auch aus Liebe nicht geben
Drum nehm ich in meiner Gewissensnot
Die Axt aus'm Keller – und mach ihn mir tot

Ich fürchte mich, weil meine Augen so schielen
Mit seinem Leben will ich ja nicht spielen
Drum sauf ich mir einen mit Zielwasser an
Daß ich ihn auch treff, meinen lieben Mann

Und wenn er gespalten ist zwischen die Ohren
Dann hat auch mein Leben sein' Sinn verloren
Dann freß ich Strychnin, mach die Augen zu
Und leg mich zu ihm und laß ihn in Ruh.

Ende der Kneipenlieder

PANNACH, DER ROTE SACHSE

1
Von gleen uff ham se mich gedrimmd:
So spricht man nicht, du dummes Kind!
Das heißt nicht ›Babba‹ – das heißt ›Pappa‹!
Man sagt nicht: ›Muddie, ich will geen Gaugau‹
Ma saacht: ›Nein danke, Mutti, keinen Kakao!‹
Se ham mir meene Sprache zerstückIt
Und mit meener Zunge de Seele gezüglt
Nu hab ich se dicke, de Sprachenfaxe
Und sing ohne Schmus mein' Sachsenblues
– ich bin eben Pannach, der Rote Sachse

2
Jetzt is ja unser berühmtester Mann
Der Walter nicht mehr am Drücker dran
Solange der Ulbricht sei Sächsisch sang
Da schämte ich mich für mein' Sachsen-Slang
Jetzt is unser Fürscht mit'm Zicknbart
Vom Thron geschtürzt – und schwupp! ins Grab
Jetzt hol ich mir meene Schbrache zurücke
Und stelz nich mehr uff dr hochdeutschn Krücke
Ich mach euch nich länger den dumm'n Maxe
– ich bin eben Pannach, der Rote Sachse

3
Ihr gennt se ja schon, ausm Eisloschie
Ich meen meene kleene Frau, die Amie
Wenn Ami mal heeß wird, da sach ich ihr nich
›Komm her, mein gepudertes Apfelgesicht!‹

Ich gnuutsch se und sach: gomm her meene Gleene!
Und da, wo bei meiner Ami de Beene
Zesamm gehn, sagen mir Futt und nich »Scham«
Und schon garnich uff hochdeutsch: Geschlechtsorgan
Dort, wo ich se lieber streichl statt kratze
– ich bin ebn Pannach, der Rote Sachse

4
Mei Lied, liecht den Bonzn schwer im Magn
De Wahrheit gönn' die nich mal ertragn
In fein'm Deutsch, drum ham se mir
Das Maul gestopft mit eNDe-Babier
Wo schwarz uff weiß ihre Lügn stehn
Und mit ihrer Gnade verlor ich mein' Schiß
Und wie mir de Gusche gewachsen is
So sing ich und red nun in meiner Sprache
Ich brech se und säg se, ich bieg se und hack se
– ich bin ebn Pannach, der Rote Sachse

5
Und wenn eenes Morgns zwee Ledermann
Uns weckn und sagn: Mann, ziehn se sich an!
Da bin ich gespannt, ob die mir dies
Uff Sächsisch sagn – oder uff süß
Ob die mir was flüstern, oder ob se schrein
Und schleppn mich runter ins Auto rein
Und sagen: Herr Jesus, sei unser Gast!
Dann fahrn se mich gratis in ›VEB‹ Knast
Ins Loch fährt ebn keener mit Taxe
– ooch Pannach nich, der Rote Sachse

POTSDAMER MORITAT

Biermann schlief mit seiner Neuvermählten
Einer Bonzentochter aus Berlin
Böse Geister, die den Staatsfeind quälten
Lockten ihn mit ihr nach Potsdam rin

1
In Potsdam im stocksteifen Potsdam
Da hatte die Menschheit mal Glück
Da fiel der Eiserne Vorhang
Nach Hitlers blutigem Stück
In Potsdam im legendären
Cecilienhof im Park
Da wurde er zugenagelt
Vom Dritten Reich der Sarg
  Truman, Churchill, Stalin
    träum ich oder wach ich
      wein ich oder lach ich
        vom Dritten Reich der Sarg

2
Der Sarg wurde zugehämmert
Von drei alliierten Herrn
Verbündete Feinde, sie hatten
Einander zum Fressen gern
Heut ist das Schloß ein Museum
Und halb ein nobles Hotel
Da kostet pro Nacht einunddreißig
Mark Miete ein Bettgestell
  Truman, Churchill, Stalin

träum ich oder wach ich
wein ich oder lach ich
das kostet ein Bettgestell

3
Ich zahlte fürs Bett nur die Hälfte
Wir lagen ja drinne zu zwein
Und flogen durch sieben Himmel
Gradwegs in die Hölle rein
Denn hinter der Gardine
Stand plötzlich der Stalin und schrie
Chuyowyi Bljatch! Ich lebe!
Und sterben werde ich nie!
Truman, Churchill, Stalin
träum ich oder wach ich
wein ich oder lach ich
und sterben wird Stalin nie

4
Ich keuchte: Du Massenmörder!
Du blutiger Höllenhund
Da sprang ihm aus seiner Pfeife
Ne Ratte, grad in mein' Schlund
Ich würgte und kaute und kotzte
Und krümmte mich im Schmerz
Die Ratte im Rippenkäfig
Fraß munter an meinem Herz
Truman, Churchill, Stalin
träum ich oder wach ich
wein ich oder lach ich
die nagte an meinem Herz

5

Da stöhnte Stalin: Ach lasse
– mein Wolf – die Toten ruhn
Es tut mir so leid! Und ich will es
Gewiss auch nie wieder tun . . .
Da keuchte ich: Ja, lieber Josef
Und lächelte selig und doof
Und neben mir schlief meine Schöne
Im alten Cecilienhof
Truman, Churchill, Stalin
Da war schon alles verdorben
die junge Liebe gestorben
im alten Cecilienhof

GUTN MORGN, ERSTER MAI!

Gutn Morgn! gutn Morgen
Gutn Morgen, Erster Mai!
Wir sind froh, alle Drei:

Benjamin schluckt Busenbrei
Tine löffelt Haferbrei
Wolf sein Vierminutenei
Panzer, Bier und Blechschalmei
Da unten rollt der Krieg vorbei

Gutn Morgn!

Wir sind froh, alle Drei.

UND ALS WIR ANS UFER KAMEN

Und als wir ans Ufer kamen
Und saßen noch lang im Kahn
Da war es, daß wir den Himmel
Am schönsten im Wasser sahn
Und durch den Birnbaum flogen
Paar Fischlein. Das Flugzeug schwamm
Quer durch den See und zerschellte
Sachte am Weidenstamm
– am Weidenstamm

Was wird bloß aus unsern Träumen
In diesem zerrissnen Land
Die Wunden wollen nicht zugehn
Unter dem Dreckverband
Und was wird mit unsern Freunden
Und was noch aus dir, aus mir –
Ich möchte am liebsten weg sein
Und bleibe am liebsten hier
– am liebsten hier

DER JENAER MEMFIS-FAN-CLUB-BLUES

Mann, hab ich 'ne Masse Fans! Allein
In Jena verehrt mich ein ganzer Verein.
Kaum mach ich 'ne Biege im Auto, dann
Lassen die Fans ihre Motoren an.
Sie scheuen die Kosten nicht, keine Mühn
Verkutschen für mich das Superbenzin.
Die Fans fahren WARTBURG und SHIGHULI
Mit ihren Funkgeräten folgen sie
Mir kinderleicht, dann freun sie sich
Und starrn mir nach, bewundern mich.
Doch niemals haut mich einer an
Um Starfoto oder Autogramm.
Die stille Liebe hat mich gerührt,
Ich hab ihre Autonummern notiert.
Jetzt sing ich den Freunden in Jena zum Gruß
– den Jenaer Memfis-fan-club-blues:

ND 73–66
SX 32–54
NC 42–33
NW 61–10

NN 68–43
ND 25–75
NX 80–67
SX 76–57

NW 25–95
NS 11–29
Und wenn das schon alle warn
dann kannst du dich freun! –

Mein Namensvetter, der Manager Bier-
Mann wurde in Jena jetzt Generaldir-
Ektor, der mit dem Peitschenknauf
Den kapitalistischen Dauerlauf
Dem fußkranken »VEB Zeiss« beibringt.
Und alles, was krank feiert, hustet und hinkt,
Manch Sesselfurzer im Nylonhemd
Flog auf die Straße. Boss Biermann kämmt
Mit eisernem Kamm die Läuse raus.
Da lachten die Arbeiter – doch nicht lang,
Nun wird ihnen selber angst und bang:
Nun steigen die Normen – der Lohn bleibt stehn,
Der Reingewinn wuchert in höchste Höhn.
So liefert Boss Biermann auf einen Streich
Das Geld und die Arbeitskräfte zugleich
Für jene Firma, die wachsen muß:
– den Jenaer Memfis-fan-club-blues.

So, wie die Namen Schall und Rauch
Sind es die Stasi-Nummern auch.
Die Zeiten wechseln, eins nur nicht,
Diese Gesichter ohne Gesicht:
Verkrachter Lehrer. Ex-Student.
Assi mit zwei linke Händ.
Der Dreher, der nicht gerne dreht.

Der Kraftprotz, dem der Schwanz nicht steht.
Der Knacki, der sich bewähren muß.
Die Hippe ohne Fachabschluß.
Der Künstler, der sich Nacht und Tag
Quält, weil ihn keine Muse mag.
Das arme Schwein, das sich im Knast
Erpressen ließ. Die Frau, die fast
Nach drüben kam mit Paß und Schmus
– sie sind mein Memfis-fan-club-blues!

ND 73–66
SX 32–54
NC 42–33
NW 61–10

NN 68–43
ND 25–75
NX 80–67
SX 76–57

NW 25–95
NS 11–29
Und wenn das schon alle warn
dann kannst du dich freun! –

Anmerkung
Memfis: DDR-Knastjargon für MFS (Ministerium für Staatssicherheit)
Assi: DDR-Jargon für sogenannte Asoziale
Alle Autonummern im Refrain waren echt.

BALLADE VOM PREUSSISCHEN IKARUS

1.
Da, wo die Friedrichstraße sacht
Den Schritt über das Wasser macht
  da hängt über der Spree
Die Weidendammerbrücke. Schön
Kannst du da Preußens Adler sehn
  wenn ich am Geländer steh.

  dann steht da der preußische Ikarus
  mit grauen Flügeln aus Eisenguß
    dem tun seine Arme so weh
  er fliegt nicht weg – er stürzt nicht ab
  macht keinen Wind – und macht nicht schlapp
    am Geländer über der Spree

2
Der Stacheldraht wächst langsam ein
Tief in die Haut, in Brust und Bein
  ins Hirn, in graue Zelln
Umgürtet mit dem Drahtverband
Ist unser Land ein Inselland
  umbrandet von bleiernen Welln

  da steht der preußische Ikarus
  mit grauen Flügeln aus Eisenguß
    dem tun seine Arme so weh

er fliegt nicht hoch – und er stürzt nicht ab
macht keinen Wind – und macht nicht schlapp
am Geländer über der Spree

3.
Und wenn du wegwillst, mußt du gehn
Ich hab schon viele abhaun sehn
aus unserm halben Land
Ich halt mich fest hier, bis mich kalt
Dieser verhaßte Vogel krallt
und zerrt mich übern Rand
dann bin ich der preußische Ikarus
mit grauen Flügeln aus Eisenguß
dann tun mir die Arme so weh
dann flieg ich hoch – dann stürz ich ab
mach bißchen Wind – dann mach ich schlapp
am Geländer über der Spree

III. LIEDER VON 1977 BIS 1991

DEUTSCHES MISERERE (DAS BLOCH-LIED)

Hier fallen sie auf den Rücken
Dort kriechen sie auf dem Bauche
Und ich bin gekommen
  ach! kommen bin ich
    vom Regen in die Jauche

1
Und als ich von Deutschland nach Deutschland
Gekommen bin in das Exil
Da hat sich für mich geändert
So wenig, ach! und so viel
Ich hab ihn am eigenen Leibe
Gemacht, den brutalen Test:
Freiwillig von Westen nach Osten
Gezwungen von Ost nach West

2
Die Völker drumrum um Deutschland
Die haben vielleicht ein Glück!
Großdeutschland, es ist zerbrochen

In zwei verfeindete Stück
Die beiden häßlichen Helden
Sie halten einander in Schach
Der Kleinere gibt nicht Ruhe
Aber der Größere gibt nicht nach

3
Und im Osten kosten die Schrippen
Fünf Pfennig – und zwanzig hier.
Ein großes Bier kost ne Mark dort
Und Zweimarkfünfzig hier
Und drüben hältst du beim Bierchen
Dein Maul, hier darfst du schrein
– allein, es ändert die Welt sich
Mit Schweigen nicht, noch mit Schrein

4
Und im Westen die Zeitungsschreiber
Sie lügen frech, wie sie wolln
Aber ihre Kollegen im Osten
Die lügen korrekt, wie sie solln
Und weil er von beiden Seiten
Getäuscht wird im Television
Drum glaubt der Deutsche Michel
Er wisse die Wahrheit schon!

5
Und die Wahrheiten werden gehandelt
Frech auf dem Lügenmarkt
Zur Ware wird jede Wunde

Im Westen. Der Herzinfarkt
Der Aufrechte Gang wird selber
Zur Pose und zum Geschäft
Der Mensch macht sich zum Affen
Der sich noch selber äfft!

6
Und Kernkraftwerke in Sachsen
Und Kernkraftwerke am Rhein
Und hüben und drüben heucheln sie
Das soll für den Fortschritt sein
Ich scheiß was auf solchen Fortschritt
Der macht uns nur sterbenskrank
Der führt uns fort von der Menschheit fort
Und führt in den Untergang

7
Und wer im Westen das Geld hat
Der hat damit auch die Macht
Aber wer im Osten die Macht hat
Der hat es zu Reichtum gebracht!
Die Arbeiter aber verkaufen
Wie eh und je ihre Kraft
Und schlagen, als wäre es ihre:
Die große Wohlstands-Schlacht

8
Und wie die einen heißen
So sehen die anderen aus!
Die einen sind mir ein Schrecken

Aber die andern sind mir ein Graus:
In NATO und WARSCHAUER PAKT sind
Sie beide treu-deutsch, bis in' Tod
Und sind gegen ihre Herren
Halb frech und halb devot

9
Und die Linken hassen einander
Mehr als den Klassenfeind!
Eh wir uns nicht selber einen
Wird Deutschland auch nicht geeint
Und ein Linker nennt den andern
Verräter! und recht! und schlecht!
Sie schlagen sich in die Fressen
Mit MAO und MARX und BRECHT

10
Und im Osten bleibt dir die Luft weg
Im Bürokratenmuff
Aber der Westen ist ein Nepplokal
Ein kalt gekachelter Puff
Hier bist du erschossen wie Robert Blum
Ohne genügend Geld
Sie lassen dich kalt verrecken
Und sagen: So ist die Welt
    Hier fallen sie auf den Rücken
    Dort kriechen sie auf dem Bauche
    Und ich bin gekommen
      ach! kommen bin ich
        vom Regen in die Jauche

11
Das wird sich noch alles ändern!
Das bleibt nicht so, wie es ist:
Die Mauer wird fallen. Und fallen
Wird manch einer auf den Mist
Der Weltgeschichte: da drüben
Die Bonzen – die Bosse hier!
Sie werden fluchen und flennen
– aber lachen werden mal wir

12
Da wird sich noch vieles ändern
Und du dich und ich mich auch
Wir werden aufrecht gehen
Wir werden aufrecht gehn
Paar eckige Runden drehn
Mit neuen Augen sehn: E x i l

Was ist das: Exil?
Ich will dir zu viel
Nicht klagen
Will lieber sagen
Die Wahrheit:
Scheißselbstmitleid!
Bin ich nun ein »Heimatloser Gesell«?
Was ist das: Heimat – Polizeimat?
Ach was! es wird schon hell
Ich sitz nicht mehr wie ein nacktes Kind
Im Schneematsch
Heimat. Quatsch! Heimat ist ja da

Mein Freund, wo ich dich find
Und wo Genossen sind. Genossen
Was ist das: Genossen?

JETZT KLAGEN SIE GROSS

Jetzt klagen sie groß über Terror
Und jagen uns mehr als vorher.
Und etliche sagen: Das kommt davon.
Aber wenige fragen: Woher

Und die da noch offen was fragen
Mit denen ist schon was faul.
Und die es noch öffentlich sagen
Die kriegen eins vor das Maul.
Die kriegen das deutsche, das neue
Das Schandzeichen aufgebrannt:
Ach, das, was grad gestern noch Jud war
– das wird hier der Sympathisant.

Jetzt klagen sie groß über Terror
Und jagen uns mehr als vorher.
Und etliche sagen: Das kommt davon!
Aber wenige fragen: Woher.
  O Mann, o Mann, das kommt mich an!
  aber wenige fragen: Woher

DAS LIED VOM SACK

1
Jetzt haben sie einen Sack, schön groß
Für Sympathisanten. Immerhin
Der Sack ist prima! schlecht ist bloß:
Es sitzen die falschen drin!
  Immer rin! immer rin! in den großen Sack
  – das Sympathisantenpack!!

2
Und dabei gibt es hier Pack genug
Das eine brutale Sympathie
Mit Mördern hat im Großformat
(und nicht mal klammheimlich ist die!)
  Immer rin! immer...

3
Der Kreuzfahrer mit dem Seppelhut
Wir sahen ihn pilgern zu Pinochet
Er betet des Mörders Lügen nach
Und leckt ihm vom Stiefel das Blut
  Immer rin! immer...

4
Warum konnten die Amis in Vietnam
So lässig üben den Völkermord?
Ach! weil die Verbündeten auch in Bonn

Zur Stange hielten mit Tat und Wort
    Immer rin! immer …

5
Und der stinkreiche Schah in dem stinkarmen Land
Viel Öl fließt da. Und noch mehr Blut
Und unsere Herrn, den Herren dort
Hofieren sie und zahln ihn gut
    Immer rin! immer …

6
In der Lüneburger Heide blüht
Vom Staat beschützt ein Blümelein
Der Geiselmörder von Rom blüht da
Der alte SS-Mann lacht sich ein'n
    Immer rin! immer …

7
Und Hakenkreuze! und »Rübe ab!«
– das geht hier gefährlich nach hinten los
Grüß Gott, Herr Hitler! es gibt hier
Manch kleinen Adolf Gernegroß
    Immer rin! immer …

8
Seht an! den KZ-Prozess in Düsseldorf
Und den Nazi-Rechtsanwalt Stolting! Keck
Verteidigt ein Mörder dort vor dem Gericht
Die Massenmörder von Majdanek
    Immer rin! immer …

9
In Bremen ein Neumann, der tut grade so
Als wären im Dichter- und Denkerland
Nicht schon Gedichte genug, ach und
Die Menschen wie Bücher verbrannt
  Immer rin! immer...

10
Wer redet denn da in Afrika
Dem Vorster zum Munde Rassisten-Stuß?
Ich seh hier im deutschen Panoptikum
Noch manchen, der mit rein muß!
  Immer rin!

11
Nein, Axel! nein, du bist kein Sympathisant!
Du selbst bist ein Meinungs-Terrorist
Doch fürchte dich nicht vor dem ganz großen Sack:
Du kommst in einen, der extra ist
  Immer rin!...

12
Jetzt haben sie einen Sack, schön groß
Für Sympathisanten. Immerhin
  ...

wie ihr euch daran labt
Ihr schmückt euch mit den Wunden,
Die ihr gar nicht habt

Helft euch, ihr Guten, man erst mal selber
Und seid zu euch selber gut
Dann kriegt ihr endlich auch einmal echte
Verzweiflung. Und echten Mut

Vietnam!!!!!!!!
ja Vietnam!!!!!
nun ja, Vietnam!
Gott ja, Vietnam

Damals, als es Vietnam so schlecht erging, ach
wieviel besser ging es uns da, Genossen.
Erzürnt über die Barbarei der Amerikaner
gerieten wir endlich auf die Straßen. Und
die Verbrechen der GIs waren uns auch
die Verbrechen unserer Obrigkeit, denn
sie ist verbündet mit den Völkermördern
wie auch unsere Eltern verbündet mit den
Verbündeten, die Heuchelei wie eine schlimme
Blutspur vom Dickicht unserer Städte bis
in den Dschungel am anderen Ende der Welt

Nun aber schlagen zwei Staaten im Namen

des Kommunismus aufeinander ein: Vietnam
und Kambodscha, wieder liegen die Berge
aufgeschichteter Kinderleichen herum
in unseren Tageszeitungen, abgebildet
die zerhackten Bauern, die Dörfer nieder
gebrannt und mit klammheimlicher Freude
eingewickelt und dargereicht von der
Bürgerpresse. Seht! jetzt schlagen sie sich
gegenseitig tot. Und liefern so das moralische
Rückzugsgefecht für die US-Mörderbande.
Wir aber, Genossen, stehn daneben und
sehn nicht hören nicht sprechen nicht
mehr davon. Vietnam? Wo ist das? Was ist das?

Ach an den Leiden aus zweiter Hand
Wie ihr euch daran labt
Ihr schmückt euch mit den Wunden
Die ihr ja gar nicht habt

Helft euch man ersteinmal selber
Und seid euch selber gut
Dann kriegt ihr endlich auch echte
Verzweiflung.
Und echten Mut.

KLEINES LIED EINES SPANIERS NACH FRANCO

So große Freude hab ich jetzt,
ich sollte wohl singen.

Aber, aber singen
– jetzt mag ich nicht singen.

Du, diese Freude
– zu viel hat die Freude
mich ja gekostet,

an Traurigkeiten.

BALLADE VON DER FAUST IM FUSSBALLSTADION

Im Fußballstadion sang ich auch
Am Fuße der Sierra Nevada
Zusammen mit Victor Manuel
Für die PCE in Granada.

Ein kleiner Regen kam uns zupass
Er kühlte die staubige Haut

Wir sangen von Freiheit und libertad
Die Lautsprecher warn viel zu laut.

Ein Landarbeiter, ein alter, er stand
Bei jedem Lied, er allein
Vom Stuhl auf und hielt seine schwere Faust
In den Abendhimmel rein.

Vier Finger fehlten ihm an der Hand
Und doch war es ganz und gar
'ne Faust, die stand da und klagte an
Für vierzig verblutete Jahr.

Ich sang da von CHILE, vom KAMERAMANN
Und dachte: Was wird hier bloß werdn
Ob sie sich noch groß wehren gegen das Volk
Die alten verrotteten Herrn?

Und was treibt der CIA hier für'n Spiel?
Und was bringt die erste Wahl
Nach so vielen Jahren? Ich sang da mein Lied
Voll Hoffnung und halb mit Qual.

Ach, mit den Genossen da war es mir gut
Am Fuße der Sierra Nevada
Zusammen mit Victor Manuel
Für die PCE in Granada.

LA PROHIBICIÓN
(Die spanische kommunistische Partei hat ihre
Legalität erkämpft, nicht erbettelt)

1.
Wir haben den Streit gewonnen
  und das ist noch lang kein Sieg
Jetzt kommt ein kleiner Frieden
  im großen Freiheitskrieg

  La prohibición ahora s'acabó
  La negra, la infame prohibición
  Cuándo si no ahora – dónde si no aqui
  Canta tú, tú también
  »SI, SI, LIBERTAD! – SOCIALISMO – P.C.!«
  La prohibi –

2.
Jetzt haben wir Luft zum Atmen
  und haben auch Luft zum Schrein
Nie wieder soll um des Volkes Hals
  eine Garotte sein

  Das Verbot ist tot!
  Das Verbot ist tot
  Das schändliche schwarze Verbot ist tot
  Spaniens Himmel – Spaniens KP
  Grade jetzt! und jetzt grad:
  »SI, SI, LIBERTAD! – SOCIALISMO – P.C.!«
  Das Verbot ist –

3.
Uns kommt keine Freiheit von oben
Da kommt ja nichts Gutes von oben
    das wird uns auch nicht geschenkt:
Daß die Freiheit sich zu den Menschen
    und der Mensch sich zur Freiheit drängt

    La prohibición ahora s'acabó
    Le negra, la infame prohibición
    Cuándo si no ahora – dónde si no aqui
    Canta tú, tú también
    »Si, Si, Libertad! – Socialismo – P.C.!«
    La prohibi –

DIE KARYATIDEN

Sieh an, mein Freund, die Leichtigkeit
Mit der die Fraun es tragen
Das Tempeldach auf ihrem Kopf
Sie stehn da, schön geschlagen
Von schwerer Männerhand
In Stein

Die eine, außen links, als ich
Da oben ihr zu Füßen saß
Und aß auf der Akropolis paar Kirschen, sprach:

Ach Kleiner, du! auf dich wart ich schon
Seit sie dich gejagt haben in das Exil
Mein Lieber, laß man! ich hab viel
Mehr Unrecht hier mit angesehn
Zweieinhalbtausend Jahre stehn
Wir hier. Die Menschen unten dumm!
Und stumm die Götter oben

Ich sagte: Komm mit mir! ach komm, wir wolln
Was trinken! was singen! was selig sein!
Sie sagte: Mein Lieber, ich will ja, ich kann nicht
Sonst stürzt meine Ecke hier auch noch ein

Sieh an, mein Freund, die Leichtigkeit
Mit der die Fraun es tragen
Das Tempeldach auf ihrem Kopf
Sie stehn da, schön geschlagen
Von schwerer Männerhand
In Stein

NELLI

Nelli, min Appelsnut
Keem ut eer Modder rut
Is mit uns anner ut
  Osten her strandt.

Nelli, ik säch di wat:
Wie hefft noch Swin bi hatt
Is jo min Vadder-Stadt
   int fremde Land.

Wenn du erst lopen kanns
Un Vadder ropen kanns
Un Woter supen kanns
   – wat schall di schern!
Büst all in' Westen boorn
Hest een lütt Nesken vorn
Büst as de annern worn:
   Hamburger Deern.

GORLEBEN-LIED
(für Heinz Brandt)

1
Auf! Chauvies und Emanzen
Kommt mit uns paar Bäume pflanzen!
Und dann einen trinken! tanzen!
   das wolln wir.
Du, komm! Wir pflanzen grade
Eine grüne Barrikade
Gegen diesen atomaren
   Wahnsinn hier.

Gorleben soll leben!
Ja, ja, es soll leben
– der Rest der Welt solls auch.
Ja, du pflanzt die Birke
Und ich den Strauch.

2
Trink Wein! gleich aus der Flasche
Ein Stück Käse aus der Tasche
Pellkartoffeln aus der Asche
das schmeckt gut.
He, Langer! komm mal rüber,
Blas mal nicht die Flöte, lieber
Blas mal kräftig, daß uns warm wird
in die Glut!
Gorleben soll leben!
Ja, ja, es soll leben
– der Rest der Welt solls auch.
Ja, du kriegst die Zwiebel.
Und ich das Lauch.

3
Sacht geht die Nacht zur Neige
Und von Osten durch die Zweige
Kommt schon Licht. Die Dudel-Geige
kratzt ein Lied.
Die Liebespaare liegen
Längst im Wind in ihren Wiegen
Weil sie mit den Enten fliegen
tiefs ins Ried.

Gorleben soll leben!
Ja, ja, es soll leben
– der Rest der Welt solls auch.
Ja, dir tut der Rücken weh,
Mir der Bauch.

4
Die Starenschwärme hasten
In die Weiden. Lass den Kasten,
Lass die Tasten, komm mal her
– mit mir spiel was!
Pass auf, du Dickmadonne
Guck mal! sahst du schon mal solche
Blutigrote Morgensonne
blühn im Gras?
Gorleben soll leben!
Ja, ja, es soll leben
– der Rest der Welt solls auch.
Ja, du bist das Feuer
Und ich der Rauch.

5
Was wird es heute geben?
Morgenrot bedeutet Regen,
Liebemachen auch. Grad eben,
so wie wir.
Jetzt schlaf! wir brauchen Kräfte
Für die grüne Barrikade
Gegen diesen atomaren
Wahnsinn hier.

Gorleben soll leben!
Ja, ja, es soll leben
– der Rest der Welt solls auch.
Ja, du pflanzt die Birke
Und ich den Strauch.

NACHSATZ FÜR DIE HERRN DA OBEN

Glaubt nun ja nicht, daß wir zittern
Kindlich vor Naturgewalten!
Glaubt ihr wirklich, daß wir zittern
So vor dem Atomkern-Spalten?
Nein! Vor Euch und Euresgleichen,
Vor den Mächtigen und Reichen,
Vor den Bossen, die nur messen
Alles nach Profit-Interessen,
Nein, vor euch müssen wir zittern!
Ihr! Ihr seid uns nicht geheuer!
Ihr! Euch können wir nicht traun!
Ihr könnt mit dem Sonnenfeuer
Nichts als Scheiße baun.

Gorleben soll leben
Ja, ja, es soll leben
– der Rest der Welt solls auch.
Ja, du pflanzt die Birke
Und ich den Strauch.

DER MANI MATTER AUS BERN

Der Mani Matter aus Bern ist tot
Er ist gefallen. Gefallen
Mitten im Frieden, mitten
Im großen Krieg auf der Autobahn

»Raus aus einem leeren fiedelkasten
zieht er sein instrument
und der kasten verschwindet

und er spielt ohne bogen
das lied ohne worte
und er trägt ein' zylinder
aber drunter kein' kopf
und kein' hals und kein' bauch
keine arm' keine bein'
– das hat er alles verloren im krieg

und so bleibt nur sein lied
nur das lied ist noch da
denn auch ein' zylinder
hat er nie keinen g'habt«

Ach, Mani Matter, was für ein Frieden
Was für ein Krieg
Ach, was für ein Tod
Ach, was für ein
Ach, was für ein klein
ein lustig Lied
zum Traurigsein

MAG SEIN, DASS ICH IRRE

Mag sein, daß ich irre und dich nur verwirre
Mag sein, daß ich hoffe und bin längst verlorn
– ich leb ja den Traum der Commune noch immer
Dazu hat mich ja meine Mutter geborn.

Wir haben uns selber am schlimmsten von allen
Verraten, verkauft und blutig genarrt
– und doch sind nicht all meine Träume, die roten
Mit all unsern Toten verreckt und verscharrt.

Und ob es mir schwer wird – und ob es mir leicht ist
Ich geh unsern Weg, geh mit Sehnsucht und Zorn
– mag sein, daß ich einmal, wenn alles erreicht ist
Erreicht habe nichts, als ein' Anfang von vorn.

ZIGEUNERGEBET

Gott, und bist du nichts
  als ein Loch
    dann laß mich
      durch, verflucht!

Gott, und bist du nichts
    als ein Brot
        dann komm in
            meinen Bauch

Gott, und bist du nichts
    als ein Schluck
        dann fließ durch
            meinen Hals

Gott, und bist du nichts
    als ein Licht
        dann mach mich
            an, verflucht!

BITTE AN MICH

mach weiter! ja, so wie bisher
mein Freund, doch ich begehr
auch das: ich bitt dich, bitte mach
auch weiter
    auch weiter
        auch weiter als bisher!

TROTZ ALLEDEM

1
Du gehst auf Arbeit und kriegst Lohn
Und gibst dem Boss trotz alledem.
Dein Arbeitgeber nimmt ja bloß,
Er nimmt dich aus, trotz alledem!
  – trotz alledem und alledem!
Und sie reden groß von Partnerschaft,
Doch Boss bleibt Boss! er herrscht und rafft
Und saugt uns aus, trotz alledem!

2
Und wer die Arbeit los wird, lebt
Mit Stempelgeld, trotz alledem.
Er legt die Hände in den Schoß
Und denkt: es geht, trotz alledem.
  – trotz alledem und alledem!
Und mal raus aus dieser Arbeitshetz!
Dann fällst du ins Soziale Netz
Und gehst kaputt, trotz alledem.

3
Die Nazis kriechen aus dem Loch
Mit Hakenkreuz und alledem.
Die Ratten kommen wieder hoch,
Trotz Grundgesetz und alledem.
  – trotz alledem und alledem!
Schlimmer sind die Nazis, die so schön

Die Kurve kriegten, hier im Staat,
Als Demokrat, trotz alledem!

4
Die Linken warn in Frankreich jetzt
Zur großen Wahl, trotz alledem.
Sie stritten sich noch bis zuletzt
Wie Hund und Katz, trotz alledem.
  – trotz alledem und alledem!
Und das war den Rechten sehr bequem!
Und doch kommt ein Pariser Mai,
Trotz Wählerei! und alledem.

5
Der Frühling kam in Prag mit Macht,
Trotz Stalins Bart und alledem!
Die Menschen blühten auf, ganz sacht.
Trotz Furcht und Haß und alledem.
  – trotz alledem und alledem!
Trotz den fünf Invasions-Armeen!
Trotz Brudermord! – Das ist der Weg,
Wo's weitergeht, trotz alledem!

6
Und Bahro sitzt im Stasi-Knast,
Trotz West-Protest und alledem.
Er hat den Bonzen eins verpaßt,
Der Hieb saß gut! trotz alledem!
  – trotz alledem und alledem!
Trotz Einzelhaft und Schreibverbot!

Und schweigt ihr Bahro dreimal tot,
Den brecht ihr nicht, trotz alledem.

7
Wer weiß, die nächste Eiszeit kommt
Mit Strauß und Kohl! Und wie vordem
Kommt Kalter Krieg, auch der zerbombt
Ganz Deutschland ja, trotz alledem.
  – trotz alledem und alledem!
Wenn wir frieren müssen, werden wir
Wohl zittern (doch vor Kälte bloß!)
Und aufrecht gehn, trotz alledem.

AUF DEM FRIEDHOF AM MONTMARTRE

Auf dem Friedhof am Montmartre
Weint sich aus der Winterhimmel
Und ich spring mit dünnen Schuhen
Über Pfützen, darin schwimmen
Kippen, die sich langsam öffnen
Kötel von Pariser Hunden
Und so hatt' ich nasse Füße
Als ich Heines Grab gefunden.

Unter weißem Marmor frieren
Im Exil seine Gebeine
Mit ihm liegt da Frau Mathilde
Und so friert er nicht alleine.
Doch sie heißt nicht mehr Mathilde
Eingemeißelt in dem Steine
Steht da groß sein großer Name
Und darunter bloß: FRAU HEINE

Und im Kriege, als die Deutschen
An das Hakenkreuz die Seine-
Stadt genagelt hatten, störte
Sie der Name HENRI HEINE!
Und ich weiß nicht wie, ich weiß nur
Das: er wurde weggemacht
Und wurd wieder angeschrieben
Von Franzosen manche Nacht.

Auf dem Friedhof am Montmartre
Weint sich aus der Winterhimmel
Und ich sprang mit dünnen Schuhen
Über Pfützen, darin schwimmen
Kippen, die sich langsam öffnen
Kötel von Pariser Hunden
Und ich hatte nasse Füße
Als ich Heines Grab gefunden.

KLEINES LIED FÜR R. H.

1.
Robert, mein Lieber
vom anderen Ende der Welt
möcht ich Dir raten
weiter zu streiten
  weiter zu streiten
Und weiß doch:
Es ist gefährlich leicht
mit eines anderen Mannes Arsch
durchs Feuer reiten

2.
Ich sitz nun hier drüben
– auf andere Art nicht sicher
und möchte dir raten
lenk ein! halt auf, Mensch!
  lenk ein, halt auf, Mensch
Und bin fast gestorben hier
an meiner Neugeburt
und weiß ja leider was ich weiß:
Durchs Feuer führt keine Furt

FÜR EINEN FAULEN FAN

Tief bewegt sein ist was Schönes
besser ist: sich selbst bewegen!
Also laß dich hier von mir nicht
an den Liederschnuller legen!
Revolutionäre Stimmung
lutschen bin ich überdrüssig
kampfbetonte Lieder sind in
echten Kämpfen überflüssig

Soll ich etwa mit dem Maulwerk
und mit Schlägen auf der Klampfe
dir die Taten tuten, die du
selbst nicht tust im Klassenkampfe?
Wenn du das von mir erwartest,
geh nach Haus und komm nicht wieder!
Lieder machen nicht Geschichte
– die Geschichte macht sich Lieder.

Und der Liedermacher macht aus
rotgetünchten Triefgestalten
keine Barrikadenkämpfer
die die Rote Fahne halten.
Also laß dich hier von mir nicht
an den Liederschnuller legen
Tief bewegt sein ist was Schönes
besser ist: sich selbst bewegen

S & S

Schmidt und Strauß, die zwei Athleten
Beide find ich ideal!
In der Wahlarena treten
Beide an fürs Kapital.
Der eine ein rechter Sozialdemokrat
Er redet sein Blech in Rosa
Der andere redet den gleichen Text
In klarer deutscher Prosa

Der eine war Wehrmachts-Offizier
Der andre Off'zier bei'r Wehrmacht!
Und wie man legal für den Rüstungswahn
Die Kassen des Staates leer macht,
Das wissen beide. Denn beide warn
Verteidigungs-Minister
Wie Zucht und Ordnung sind die Zwei
Im Ungeist ja Geschwister

Der eine schlürft sein' Rum mit Cola
Der andre säuft sein Bier aus der Kanne
Doch machtbesoffen sind beide Herrn
Und haun uns ja in die Pfanne!
Der eine hanseatisch kühl
Der andere wutgerötet
– der Freiheit bleibt es gleich, ob man
Sie grob oder feiner tötet

Und beide plädieren für AKW's
Für nukleare Waffen
Für beide sind die Linken hier
Nur ferngelenkte Affen

Heute nacht im Alptraum fragte ich
Den Meister Heinrich Heine:
Freund, gib mir Eizes für die Wahln!
Er lachte und sprach: Ich meine
Das mußt du nebbich selber wissen
– doch es will mich schier bedünken
der von Süden, der von Norden
– daß sie alle beide stinken

STARFIGHTER

Franz-Josef hat dem deutschen Volk
Die Starfighter gekauft.
Und immer, wenn einer vom Himmel fiel
Dann hat sich der Dicke voll Mitgefühl
Ein Haupthaar ausgerauft

Von vorne kannst du es nicht sehn
Auf seiner feisten Fratze
Doch knapp über dem Nackenspeck
Von kalt und heißem Schweiß bedeckt
Da hat er 'ne kleine Glatze

Das ist sein kleiner Friedhof für
Die fünfundneunzig Toten.

Die Helden sind verscharrt im Sand,
Die starben nicht fürs Vaterland,
Die Bundeswehr-Piloten

Die starben nicht für dich, für mich,
Die starben für den Krüppel
Den Vogel, der nicht fliegen kann:
Strauß will jetzt an den Knüppel ran
Den großen Steuerknüppel

Es ist genug! schmeißt auf den Schrott
Die teuren Todesvögel!
Ja, und wenn überhaupt noch ein
Starfighter runterstürzen muß
Dann soll es
  dann soll es
    dann soll es der Dicke sein

Wer kann sich schon freun über den Absturz der Starfighter, solange Menschen drin sind. Als ich das Lied schrieb, warn es 94 Tote, als ich es sang 95, heute 96 – die Glatze wächst. Der kleine Heldenfriedhof auf dem Haupte des F.J.S. hat mehr Poesie als die zynische Geschichtsmelancholie, die heute auf dem Literaturmarkt im Westen gehandelt wird.
»feiste Fratze« – hat er doch! Darf man die Oberen unter der Gürtellinie treffen? blödsinnig der Sportjargon. Als ob gleichgewichtige Boxer fair kämpften! Die Oberen stehn eben zu weit oben auf dem Sockel, und da kriegt man eben zu weit unten was ab.

SCHLAFLIED FÜR DEN MICHEL

Schlaf ein, mein
Michel, schlaf ein
der Strauß ist ja
kein
Strauß ist kein Hitler
auch wenn er so spricht
und der letzte Krieg
wiederholt sich
nicht
so schlimm wie es war
wird es nie wieder sein
nein
es wird schlimmer:

der nächste Krieg
wird schlimmer sein
mit den Atomkraftwerken im Land
mit den Atombomben in der Hand
dazu so machtbegehrlich
ist dieser Mensch
aller Skrupel bar
ist dieser Mann ja
tausendmal so gefährlich
wie der, der vor ihm war

schlaf ein, mein
Michel, schlaf ein

der Strauß ist ja
kein
Strauß ist kein Hitler
auch wenn er so spricht
und der letzte Krieg
wiederholt sich
nicht.

GESAMTDEUTSCHER STRAUSS

Die Fürsten in der DDR
Sie wünschen bestenfalls
Dem Westen alles Schlechte
Und die Krätze an den Hals
Der Westen soll ein Greul sein
Ein schwarz-braun-goldner Graus
– sie wünschen uns ja insgeheim
Als Kanzler Helmut Strauß

Sie fluchen laut: Stoppt Strauß! Stoppt Strauß!
Und beten still: Ach, käm er!
Mit Strauß als Schreckgespenst in Bonn
Wär vieles viel bequemer:
Der rechtsradikale Wüterich
Wär ideal der Mann
Mit dem sich in der DDR kein Mensch
Im Geist verbrüdern kann

Mit Strauß als Galionsfigur
Gehts vorwärts in Verderben
Die Mauer wächst! und tiefer wird
Der Graben. Und wir werden
In Kälten fallen wie noch nie
Dann hilft kein Kinderschrein:
Der Kalte Krieg kippt um und kann
Der letzte heiße sein.

GEMÜTLICHER FASCHISMUS

Ich machte Rast im Gasthaus zur Post
Und bestellte ein Rehragout
Das schmeckt so gut mit Kartoffelbrei
Und Preißelbeeren dazu
Ein Förster saß am Stammtisch und aß
Und trank in geselliger Rund
Und zwischen seinen Stiefeln lag brav
Sein schwarzbrauner Schäferhund

Das war in Brückmühl im Bayernland
Und der Mann mit dem Pinsel am Hut
Warf untern Tisch ein Stück Leberkäs
Und knurrte: Laß aus, 's ist vom Jud!
Die Männer lachten und sahn untern Tisch

Dem Schäferhund tropfte der Zahn
Er roch an dem Fleisch und jaulte dazu
Und rührte es doch nicht an.

Dann rief der Förster: Jetzt habn ma'n tauft!
Und zack! verschlang das Tier
Den Bissen. Und der Förster sprach: schaugst
Wie ich den zum Menschen dressier!
Mein Essen kam. Ich zahlte gleich
Schön mürb war das Rehragout
Das schmeckt mir gut mit Kartoffelbrei
Und Preißelbeeren dazu.

Und als ich wieder draußen stand
Die alten Häuser warn schön!
Da sah ich die Wolken im Abendlicht
Hoch über dem Kirchturm stehn.
Und gäbe es diesen Stammtisch nicht
Dann gäb's auch kein' Franz Josef Strauß
Der tägliche kleine Faschismus sieht
So urgemütlich aus.

DEUTSCHES WANDERLIED

Heil Hitler! teurer Wandersfreund
Wie gehts mit Ihren Füßen?
Ich soll Sie von Herrn Filbinger
Mit Deutschem Gruße grüßen
Er wär gern mit von der Partie
Von einem Ort zum andern
Er würde gern, wie Sie, den Rest
Des Deutschen Reichs durchwandern
– den Rest durchwandern

Er ist nur kränklich, schlecht zu Fuß
Seit der gewissenlosen
Rufmordkampagne, die es gab
Um irgendeinen Matrosen
Doch wenn Ihr Weg durch Stuttgart führt
Dann solln Sie ihn besuchen
Herr Filbinger lädt ein zum Tee
Und frischen braunen Kuchen
– die braunen Kuchen

Als alter Kämpfer wünscht er sich
Daß Sie das Vorwort schreiben
Für seine Memoiren, denn
Die will er jetzt vertreiben
Ja, wenn die Deutschen, sprach er, einst
Die ganze Wahrheit lesen
Wird klar, daß ich in dunkler Nacht

Nichts als ein Mensch gewesen
– ein Mensch gewesen

Ein deutscher Mensch auf Wanderschaft
– genau wie Sie, Herr Präsident
Die linken Krittler
Die zeigen nur, daß unser Weg
Der rechte ist. Heil Hitler!

Filbinger? Carstens? Globke? – lies dazu Bernt Engelmann: *Wie wir wurden – was wir sind!*

RUDI DUTSCHKE TOTENLIED

Mein Freund ist tot, und ich bin zu traurig
um große Gemälde zu malen.
Sanft war er, sanft, ein bißchen zu sanft
wie alle echten Radikalen.

Er redete viel, und er hörte auch zu
und er hatte ein offnes Gesicht.
Er wurde geliebt, er wurde gehaßt
und das hielt ihn im Gleichgewicht.

Das war eine offene Zeit! das war
im Achtundsechziger Jahr

da fing alles an mit Vietnam
und mit dem Mörder, dem Schah.

Und das kranke Westberlin, es hing
wie eh und je am Tropf
– da schoß einer mit einem alten Colt
Drei Kugeln in Rudis Kopf.

Wir haben es nicht vergessen, wer
die wahren Mörder sind!
Es war nicht der Mann mit dem Ballermann,
dieses irre gemachte Kind.

Und Rudi lag da in seinem Blut
auf offner Straße erschossen.
Der Tod ließ sich Zeit, 11 Jahre lang
hat er gewartet. Ach! Possen,

todtraurige Possen treibt das Leben
mit den Toten auf Urlaub.
Wie schade!
Wie fad!
Jetzt solln wir wohl denken, der starb im Bett.
Jetzt solln wir wohl denken, der starb im Bad
und nicht auf der Barrikade.

Mein Freund ist tot, und ich bin zu traurig
um große Gemälde zu malen.
Sanft war er. Sanft. Ein bißchen zu sanft
wie alle echten Radikalen.

WIE VERGNÜGLICH

Wie vergnüglich, wie viel leichter
wäre alles, lieben Freunde,
könnten wir gelegentlich und
gelassen große Worte
stecken lassen!

Und nach Osten zeigen
und nur sagen: Seht dort
Dort entsteht was,
dort!

Nicht so reich sind da die Leute
aber lustiger dabei
nicht so fett sind da die Leute
aber frei!

Wie vergnüglich, wie viel leichter
wäre alles, lieben Freunde,
könnten wir gelegentlich und
gelassen große Worte
stecken lassen!

GRÄBER

Auf Kreta fand ich ein' Friedhof
Für Führer und Vaterland
Da schlafen viel deutsche Soldaten
Im Hügel am Straßenrand
Und über ihnen wuchert
Der gelbe Rosinenwein
Zu süß! der Wein für Rosinen
Den stopfte ich in mich rein

Und auf Formentera da wohnen
Die Toten bequem direkt
Am großen Auto-Friedhof
Das hat mich ein bißchen geschreckt
Wie Krieger mit ihren Waffen
So liegen die Toten bereit
Mit ausgeschlachteten Autos
Zur Fahrt in die Ewigkeit

In Moskau der Nonnenfriedhof
Da liegen mit Bildchen und Stein
Die Mörder und ihre Opfer
Sie liegen Gebein an Gebein
Und fluchen und wimmern und stoßen
Und kratzen einander wund
Und schrein mit blutiger Erde
Im aufgerißnen Mund

So graste ich manches Grab ab
Fraß Blumen verwelkt in mich rein
Und lud mir auf die Seele
In Prag einen Juden-Stein
Die Toten leben ganz eigen
Die reden so still und klar
Sogar ihre Lebenslügen
Werden im Schweigen wahr

Ich weiß es, die Toten leben
Und wolln, daß sie einer besucht
Wer kalt an den Kalten vorbeigeht
Der wird verhext und verflucht
– ich nicht! meines Vaters Grabstein
Steht überall. Ich brauch
Sein Grab nicht lange suchen
Es ist so leicht zu finden
Dort, wo ein Schornstein raucht

SCHLAFLIED FÜR TANEPEN*

In Dachau, in Dachau, in Dachau
Schweig still, mein Tanepen, schweig
Da sitzen Elf von die Unsern
Und machen ein' Hungerstreik

In Dachau die toten Zigeuner
Die liegen im Massengrab
Und quäln sich mit die Gedanken
An uns, die noch leben, ab

Die Toten können nicht schlafen
Tief unter der Erd ein Geschrei
Das kommt, weil die Mörder hier oben
So lustig leben und frei

Das soll jetzt anders werden
Mit meine Geduld is vorbei
Wir haben genug geschwiegen
Und jetzt machen wir Geschrei

Denn wir sind übrig geblieben
Von damals bloß ein Rest
Sie hassen uns noch immer
Und schlimmer wie die Pest

Wir wolln keine goldenen Berge
Das is nich worum wir schrein
Wir wollen auch keine Almosen
Wir wolln ja bloß Menschen sein

Ja, wenn wir uns endlich wehren
Und bleiben nicht kreuzbrav
Dann kommen unsere Toten
In Dachau endlich in Schlaf

In Dachau, in Dachau, in Dachau
Schweig still, mein Tanepen, schweig
Da sitzen Elf von die Unsern
Und machen ein' Hungerstreik

* tanepen – in der Sprache der Sinti: Kind, Kindchen (zärtlich)

SONG VON DEN JAHRESZEITEN

Schmidt, das ist der Deutsche Herbst
Zieht euch warm an, Kinder!
Wenn erst Strauß das Sagen hat
Kommt der Deutsche Winter

Frühling, Sommer, Herbst und Winter
ach, die schönen Jahreszeiten
– in der Politik, mein Freund
gibt es mit den Jahreszeiten
Pleiten, nichts als Pleiten
Ach, in der Geschichte geht
alles ganz verdreht

denn gleich nach dem Prager Frühling
kam kein Sommer – denkste, nein!
ach, da brach auf Panzerketten

bös der große Frost herein
– der Frost herein

und nach dem Pariser Mai
da erholte sich – und wie! –
von dem großen Schreck das Pack
Frankreichs Großbourgeoisie
– die Bourgeoisie

und der Herbst in Deutschland dauert
dauert nun schon Jahr um Jahr
und das Herz wird klamm, es wachsen
uns ins Hirn die grauen Haar
– die grauen Haare

Nun auf einmal grünt es üppig
Mai! der Mai macht alles grün...
doch die Arbeitslosen wuchern
und die Waffenwälder blühn
die Atomraketen wachsen
Mensch! und die Computer wachen
und die Grünen grünen grün

sie grünen so grün
und sie grünen schwarz
und sie grünen rosarötlich
und die Gefahr
daß Strauß uns blüht
ist tödlich

Schmidt, das ist der Deutsche Herbst
Zieht euch warm an, Kinder!
Wenn erst Strauß das Sagen hat
Kommt der Deutsche Winter

DIE STREIKPOSTEN VOR EURO-KAI

(für Thomas und Gerd)

1
Wir haben geschuftet und hielten den Mund
An die siebenundzwanzig Jahr.
Jetzt haben wir wieder ein Wort gelernt
Das fast schon vergessen war.
Und die Bosse denken, das Weißbrot hat
Uns zahnlos gemacht und feig
Jetzt wissen sie wieder
  was das ist:
    STREIK!!
Du! d a s war mal schön:
  Streikposten stehn!
Wir standen da untergehakt in der Reih
Da mußten die Lastwagen alle drehn!
Und Kuddel haut
  mit dem Handhaken noch
    ein hübsches Loch

in den Streikbrecher-Bus
und Schluß!!
So war das vier Tage vor EURO-KAI
– an uns kam keiner vorbei

2
Doch HOLZMÜLLER, der war schlauer als wir
Er holte sich seine Kulis die vier
Tage ran mit Barkassen.
Und wir?
Wir standen da auf dem Trocknen
und mußten sie schwimmen lassen!
O Mann, da lernst du
das Hassen!
da denkst du: Verdammt nochmal
verdammt!
Beim nächsten Streik
da werden solche Nußschalen mal
ganz sacht mit dem Schlepper gerammt!
Und darum, HOLZMÜLLER, freu dich man
bloß nicht zu früh!
das nächste mal
Kucken wir uns das nicht mit an
und stehn da rum
und kucken dumm
Wie diese vier Tage vor EURO-KAI
– dann kommst du nicht mehr vorbei!

3
Und doch war es schön
  Streikposten stehn!
Endlich mal
  andre Kollegen sehn!
    in Ruhe klön'n, Mensch!
Keiner kennt doch den andern hier:
Die drüben von HALA, die machten auf »fein«
Und wir selber früher ein' auf »Hau-Ruck!«
Die Bosse aber lachten sich ein'
  – nu kuck:
Was oft nur als Phrase hingeschmiert
  mit roter Farbe auf Mauern steht
    jetzt wissen wir wieder was das ist:
      Solidarität
Und das ist vielleicht noch wichtiger als
Die paar Prozente und die paar Mark!
So war das vier Tage vor EURO-KAI
– an uns kam keiner vorbei!

4
Und die Bosse kunkelten sich ein' aus
Und kamen mit »7 Prozent!« groß raus
– doch für elf Monate nur!
Sie tönten: Männer!
  seid nicht stur!
    das ist genug!
»man sachte!« sagte Kuddel
  und rechnet mit Bleistift selber nach
    und sagt: »dat is Betrug!«

Ab Februar 7 %, das macht
aufs ganze Jahr 6,4
Jungs! ohne den Januar steht die Sieben
doch nur auf dem Papier!
Das ist mal wieder ein dicker Hund!
und der Hund ist falsch!
und der Hund ist krumm!
Die denken wir sind zum Arbeiten gut
und sind zum Rechnen zu dumm.
Nee! dafür haben wir nicht gekämpft
Und den Hochmut der großen Bosse gedämpft
Vier Tage vor EURO-KAI
– so kommt ihr an uns nicht vorbei!

5
Wir haben geschuftet und hielten den Mund
An die siebenundzwanzig Jahr.
Und viele in Hamburg wissen nicht mehr
Was damals im Hafen war:
Im Jahr Einundfünfzig! der letzte Streik
Drei Tage lang war er zahm
nun fragt die Alten warum es dann
zum großen, zum wilden Streik kam!
Die Bosse denken, das Weißbrot hat uns
Schon zahnlos gemacht und feig
– jetzt dauert es nicht noch mal so lang
Bis zu dem nächsten Streik!
Dann stehen wir wieder in der Reih
Und die Lastwagen drehen wieder bei
Und Kuddel haut

mit dem Handhaken noch
ein hübsches Loch
in den Streikbrecher-Bus
und SCHLUSS!!
So war das vier Tage vor EURO-KAI
An uns kommt keiner vorbei!

Anmerkungen:
Bei der Firma EURO-KAI arbeiten etwa 360 Kollegen.
Bei der HHLA (Hamburger Hafen- u. Lagerhaus-AG), genannt »HALA« arbeiten die meisten Hafenarbeiter von Hamburg.
HOLZMÜLLER ist einer der wenigen Hafenbetriebe, wo weitergearbeitet wurde.
Der letzte Streik im Hamburger Hafen war nicht, wie in den Zeitungen stand, 1896, sondern 1951(!). Da dies aber ein sogenannter WILDER STREIK war, reden die Bosse nicht gern davon.

STREIK BEI THYSSEN

In Duisburg war der Ofen aus
Der ganz große Ofen bei THYSSEN
Die Stahlarbeiter haben da
Sechs Wochen streiken müssen
Um mehr Lohn ging es, und es ging
Um weniger Maloche –
dann wär auch Arbeit für alle da:
35-Stunden-Woche!

Die Hochöfen stehn kalt im Wind
Die Kokerein stehn stille
Nichts brennt, nichts stinkt, das war eine
Gespenstische Idylle
Kein Qualm, kein Ruß, kein Staub, kein Krach
Der ganze Dreck war fort
Auf einmal sah der Kohlenpott
Aus wie ein Luftkurort

Doch diese Umweltfreundlichkeit
Sie blühte überm Schrecken –
Ein Streik, mein lieber Umweltfreund
Ist ja kein Honiglecken
Die Arbeiter warn ausgesperrt
Streikposten vor dem Haupttor
Die sagten zum Betriebsrat: Du
Das stell dir überhaupt vor:

Wir friern uns hier noch einen ab
Beim Warten und Beraten –
Herr Thyssen sitzt inzwischen warm
Zuhaus beim Weihnachtsbraten!
So standen sie in der Heiligen Nacht
Und sahen wenig Sonne
Und wärmten sich die Finger an
Der alten durchlöcherten Tonne
Es glühte der Koks. Und als die Fraun
Noch Punsch und Kuchen brachten
Da sangen sie Oh-Tan-ne-baum!
Und fluchten und tranken und lachten

KAMINFEUER IN PARIS

Mit neuen Freunden saß ich die Nacht
Am Kaminfeuer in Paris
wir tranken vom Beaujolais Nouveau
und sangen »Le temps des cerises«.

Sie erzählten von der Commune de Paris
und viel vom Pariser Mai.
Ich trank mein' Wein und hörte zu
und dachte an Deutschland dabei.

Ja, ich dachte an Deutschland in der Nacht
und stocherte in der Asche
Doch wer behauptet, ich hätte geweint
der lügt sich was in die Tasche!

DIE MAINACHT

1
Und als ich die Mainacht ins Gewimmel
Am Boulevard Saint-Germain geriet
Da hatte das Volk von Paris seinen Himmel
Da tanzte das Pack den Bal de Paris

Drei Blasmusikanten machten ein' los
Drei Lumpengötter des fröhlichen Balls
Sie bliesen uns immer das gleiche Stück
Und die Seele sich aus dem Hals

2
Sie spielten schön, sie bliesen falsch
Sie spielten so falsch und so schön
Und drumherum 'ne Menschheit – du, nie
Hab ich so Menschen gesehn!
Wir hüpften in Schlangen wie Kinder los
Und rammelten durch das Gedränge
Und rissen mit rein: Bein, Bein, Bein und Bein
Schon tanzt und tanzt die Menge

3
Das singt und springt und juckelt los
Und jauchzt und japst und hechelt
Und schwitzt und keucht und kreischt und lacht
Und staunt und weint – und lächelt
Ich pack ein Mädchen, mich packt ein Kerl
Wir stampfen im Ringelreihn
Und dieser Mann! der Mann fühlt sich an
Wie tot. Der war aus Stein

4
Wir drehn! und drehn! und ich dreh durch
Heiß macht das! heiß und kalt
Denn wo er hintrat, da schießen hoch
Die Rosen aus dem Asphalt

Ja, Rosen! Rosen, und ich reiß
Mir eine vom Rinnstein los
– da war meine Hand von Blut ganz schwarz
Woher kommt das Blut denn bloß!

5
Am nächsten Mittag schlenderte ich
Übern Saint-Germain-Boulevard
Und als ich an unsre Stelle kam
Da traf ich ihn wieder – na klar:
Groß, oben auf seinem Sockel stand
Danton – der Kerl! – Danton
Und auf seinem Haupt zwei Ratten der Luft
Die flatterten auf – und davon

6
Jetzt weiß ich auch, wo das Rot herkam
Der Saft von der Guillotine
Und unter dem Pflaster suppt ja noch
Das Blut der Pariser Commune
Mir tun meine Backen ganz schön weh
Und jetzt weiß ich auch warum:
Ich hab ja gelächelt die lange Nacht
Gelächelt so selig und dumm

7
Ja, als ich die Mainacht ins Gewimmel
Am Boulevard Saint-Germain geriet
Da hatte das Volk von Paris seinen Himmel
Da tanzten wir unsern Bal de Paris

Sie haben alle gelächelt da
In dieser Mainacht im Mai
– und gar nicht so dumm!
Und wer das nicht glaubt
– ich war ja selbst dabei

DER ALTE PIERRE GERUHT

(Für Gisou Bavoillot)

Das war mal. Und so war das nun mal:
»Ja, ich dich auch...« – so sagte ich da.
Ein anderesmal, auch lange vorher
Sagte ich dir: »Aber ja doch, ja...«

Heut aber, jetzt und hier
Heute gefällt es mir
  dir zu sagen:
    »Ich liebe dich – nein! –
      ich hab dich lieb«
Heute machts mir Spaß, mein Lieb
Heute kommt das große Wort
  mir von den Lippen
    – heut kann ich das.

DAS SARTRE-LIED
(nach Prosa-Worten von J. P. Sartre, 1980)

Heute erscheint die Welt
häßlich
schlecht und hoffnungslos

Das ist die stille Verzweiflung
eines alten Mannes
der in ihr sterben wird

Doch dagegen wehre ich mich
und ich weiß
daß ich in der Hoffnung
sterben werde. Heute
erscheint die Welt häßlich

DIE SPATZEN AM WACHTEL-HÜGEL

Die Spatzen vom Butte aux Cailles
Die machen dir ein Geschrei!
Die tun so, als ob der Frühling
Schon längst gekommen sei

Sie klaun aus den Blumenkästen
Die Schönheit vom letzten Jahr
Und flattern mit toten Ästen
Und zotteln sich rotes Haar
Aus einer zerfetzten Perücke
Und von der Matratze den Rest
Und schleppen und schleppen und flicken
Sich damit ihr Sommernest

Und ich, ich mach wie die Spatzen
Mit auch bißchen viel Geschrei
Und hab mein warmes Nest hier
Versteckt am Butte aux Cailles

ABER VORHER

aber vorher
an dem masurischen See
sah ich die Störche da
hoch über Federwolken hinsegeln
unter der Sonne
    kreisend im Aufwind
        lassen sich die
            gefiederten Flieger
                hochtragen ins Licht

gleißend ins Licht
bis sich die Vögel da
oben so selig und ganz
mit den Strahlen
finden
bis sie ins
    Körperlose
        umflutet
            sich den Augen
                entwinden

Polen. In Polen gibts Polen und Polen
Bauern und Priester, Proleten und Bonzen
Und wieder mal: Auf!
    und heilig!
        zur letzten Schlacht
Staunen, Geraune im Osten, im Westen
Husten und Haß, und rundum das große
Zittern und Hoffen und Wittern und
Gaffen – und jeder gibt seinem Affen
Und wieder mal: Auf!
    und heilig!
        zur letzten Schlacht

Laß man! ja, laß!
Besser mit Gott im Herzen
Besser mit der Schwarzen Madonna
Revolution gemacht
Als mit Marx im Arsch und zum Hohn
– die Konterrevolution

aber vorher
an dem masurischen See
sah ich
  die Störche
    sich den Augen
      entwinden

DER 13. DEZEMBER

Es war der Schnee, der Schnee, der Schnee
In dieser Nacht fiel Schnee, General
  daß einer den anderen töte
Im Neuschnee blüht das Blut so schön
  in seiner lebendigen Röte

Wir hättens wissen müssen
In dieser Nacht fiel Schnee, General
  Jaruzelski, mit all deiner List
Jetzt schreit der Schnee die Wahrheit aus
  daß du ja der Bluthund bist

Sechs Tage Arbeit
Sechs Tage Streik
Sechs Tage Krieg der Klassen
Am siebten Tage
Ruht Gott sich aus

Jetzt kommt die dunkle Schweigezeit
Und kommt das kalte Hassen
Jetzt kommt zum Hunger
Hilflose Wut
Schuld war
der Schnee, nein
Schuld war
die Nacht, nein
Schuld war
das schuldlose Blut

Und Gott schlief tief in' Sonntag rein
In dieser Nacht fiel Schnee, General
die Reißzähne starren im Rachen
Du machst für die Russen die Dreckarbeit
und mußt nun den Bluthund machen

ICH LEB MEIN LEBEN, SAGT EVA-MARIE ODER: BALLADE VOM WIEDERHOLTEN ABTREIBEN

1
Als ich saß in meiner Mutter
dunklem Bauch
Sprang sie mit mir Treppen runter
schluckte auch

Rattengift, den Sud von Kippen
preßte sich
In den Leib die elend lange
Wurzel. Ich
Kreischte, und mich hörte keiner
Zittrig mit der Fahrradspeiche
Hat sie nach mir rumgestochert
– immer rein! ins Dunkle Weiche

Doch ich lebe noch, ich lebe
Und so war das eben
– is nich traurig, is ja Wahrheit –
Und ich leb mein Leben

2
Aus dem Dorf in Polen hab'n wir
weggekonnt
Mutter schleppte mich im Schneematsch
durch die Front
Westwärts in den Osten ging's nach
Neuruppin
Russen nahmen alles, gaben
alles hin
Schweiß und Fusel für die Weiber
Für uns Kinder Speck und Brote
Manche Weiber machten's gerne
Manche wehrten sich zu Tode

Doch ich lebe noch, ich lebe
Und so war das eben

– is nich traurig, is ja Wahrheit –
Und ich leb mein Leben

3
Vor dem Brandenburger Tor war
ein Gekreisch
Panzer machten da aus Menschen
Menschenfleisch
Ach, was wußten schon die roten
Fahnen groß
Von dem Rot in meinem Hemde!
Ich war bloß
Jung und gierig nach dem Leben
Als die Panzerketten kreischten
Als sie meinen allerschönsten
Tag im Juni mir zerfleischten

Doch ich lebe noch, ich lebe
Und so war das eben
– is nich traurig, is ja Wahrheit –
Und ich leb mein Leben

4
Ja, ich war ein hübsches Ding und
wußte das
Und das Bonzenleben machte
auch mal Spaß
Wenn ich mit den Schweinen auch im
Bette lag
War ich darum lange noch kein

Schwein. Ich frag
Frag mich bloß: wo kommt das her
Daß das Korn fault, eh' es reift
Daß das Leben fast vorbei ist
Eh' man was begreift

Doch ich lebe noch, ich lebe
Und so war das eben
– is nich traurig, is ja Wahrheit –
Und ich leb mein Leben

5
Doch als ich das Maul aufriß, gleich
war fini!
Spitzel – Ratten – Walkie-Talkie –
Hysterie
Und mein Mund ward zugenäht mit
Stacheldraht
Nix vonwegen Arbeiter- und
Bauernstaat!
Und so wurd ich abgetrieben
Meine Landesväter schmissen
Mich und andern Menschenabfall
Ihren Feinden vor die Füße

Doch ich lebe noch, ich lebe
Und so war das eben
– is nich traurig, is ja Wahrheit –
Und ich leb mein Leben

6
Schön ist Hamburg auch im Regen
und ich mag
Nicht zurück woher ich kam, nicht
einen Tag
Langsam seh ich durch und sehe
was hier läuft:
Daß man Kätzchen, die zuviel sind
auch ersäuft
Gute Leute gibt es drüben
– hier hab ich sie auch gefunden.
Und ansonsten: Nirgendwo
Mangelt es an Schweinehunden

Doch ich lebe noch, ich lebe
Und so ist das eben
– is nich traurig, is ja Wahrheit –
Und ich leb mein Leben

DREI PARTISANEN

Im Bürgerkrieg nach dem Kriege
Und das war in Griechenland
Im Pelion-Gebirge
Da standen sie an der Wand

Vor einem Geräteschuppen
Ein Feigenbaum nebenan
Drei Partisanen, gefesselt
Ein Mädchen, ein Junge, ein Mann

Wir haben heut keine Eile
Sagte der Offizier
Ihr könnt Euch noch was wünschen
Bevor ich euch exekutier
Das Mädchen weinte und sagte:
Ich will nichts, du Hampelmann
Ich will nur noch weiterleben
Damit ich dich töten kann

Der Junge biß sich 'ne Feige
Vom Baum, die war noch nicht süß
Und spuckte die bittre Schale
Den Soldaten vor die Füß
Der Dritte lächelte traurig
Ich bin ja zum Tod bereit
Ich will nur, wenn ich tot bin
Daß ihr mein' Sack abschneid't

Doch tut mir nicht weh, wenn ich tot bin
Und schneidet ihn ab ganz sacht
Ich will, daß der, der mich umbringt
Ein' Tabaksbeutel draus macht
Daraus soll er so lange rauchen
Bis er begreift, der Rekrut
Was er mir heute getan hat

Und was man mit ihm hier tut.

Sie schnitten dem Mann den Sack ab
Noch vor der Exekution
Und warfen das Zeug zum Fraß hin
Den Hühnern, die warteten schon.
Ich saß in Athen mit Genossen
Aß Feigen, trank harzigen Wein
Bei Lammfleisch und bei Zaziki
Vergaß ich bald diese Drei.

Nur als ich mit dir jetzt zu Hause
Beim Griechen aß, viel und fett
– da träumt ich hernach so blutig
Im Hamburger Federbett.

VON DEN MENSCHEN

krieg raus, wer du bist! und
schnüffel nicht Gott hinterher!
denn das, was die Menschheit ist
begreifst du am besten an dir.

1
Ich taumel, wie du, auf dem schmalen Grat
Bin ganz – und vom Zweifel zerrissen

Denn wo wir glänzen, da sind wir fad
Sind albern in all unserm Wissen
Und wo wir groß sind, sind wir grob:
Ein Kuß mit dem Vorschlaghammer
Ein Streicheln mit der Forke
Im Lieben blöd, im Hassen öd
Verklemmt zwischen Baum und Borke

2
Gezottelt zwischen Gejammer und Spott
Wir schwanken beim Tun wie beim Lassen
Und wissen nicht: Bin ich Tier oder Gott
– Gott oder Tier –
Ein Raubtier, das betet, ein Gott, der beißt
Was ist denn im Menschen der Mensch?
Was man wohl menschlich heißt
Das faule Fleisch, der laue Geist
Das ist im Menschen der Mensch

3
Das große wie das kleine Licht
Geborn, um zu krepieren
Erleuchtet sind sie beide nicht
Wir grübeln, um zu irren
Und auch in deiner Brust verwirrn
Sich Leidenschaft und Verstand:
Der Mensch weiß das, was er glaubt!
Er täuscht. Er wird ent-täuscht. Und was
An Täuschung er braucht, grad das
Wird ihm geraubt

4

Du auch, ich auch. So sind wir gemacht
Wir rutschen ab in den Aufstieg
Die Weisheit lächelt, die Dummheit lacht
Und wenn er auch mal was rauskriegt
– der Mensch tappt rum im Erdenrund
Ist Herr über alle Dinge hier
(und vorzüglich in der Meute)
Gewappnet gegen Gott und Tier
Nur seinesgleichen ist der Mensch
So leichte Beute

(frei nach Alexander Pope, er schrieb 1732 in seinem
Essay on man:

»Know then thyself, presume not God to scan;
The proper study of mankind is man.«)

ARBEITSLOS – SCHÖNER MAI IN DUISBURG

arbeitslos – das ist das Wahre
arbeitslos – das ist das Leben
frei sein! high sein!
einfach mal sich hinzugeben
an den Mai

Frau und Kinder, alles schläft noch
Früh zu der gewohnten Stunde
Kaffee in die Thermosflasche
Und dann los im Morgengrauen
Aber nicht zur Schicht, vonwegen!
Von der Wiege bis zur Bahre
Schnell den Tauben Futter geben
Dann Stück Auto und dann parken
Und dann schlendern durch die Vorstadt
Rüber zu den grünen Rändern
   arbeitslos – das ist das Wahre
   arbeitslos – das ist das Leben

Groß im Osten steigt die Sonne
Rot im Wald am Rand der Halde
Und die Sonne steigt sich kleiner
Gegen Mittag sticht das Licht schon
Und ich hau mich in den Schatten
Satt im satten Moos gebettet
Seh im Himmel Störche schweben
Weiß mit Rosa sind die Apfel-
Bäume, wenn die Blüten beben
Und die Kirschen blühn knallweiß
   arbeitslos – das ist das Wahre
   arbeitslos – das ist das Leben

Und der Horizont raucht Pfeife
Da! das Stahlwerk, da! die Schlote
MANNESMANN und das ist THYSSEN
Wo die andern jetzt malochen

Mit Kantinenfraß und Stechuhr
Eisen kochen, Eisen gießen
Um mich rum die Bienen nippen
An den fetten Wiesenblumen
Sachte kippt die Sonne tiefer
Mücken in den Spinnenweben
  arbeitslos – das ist das Wahre
  arbeitslos – das ist das Leben

Ja, das ist das Leben. Aber
Nur an diesem blauen Maitag
Bloß nicht an den Winter denken!
Bloß nicht denken! nicht an morgen
An die Frau nicht, an die Kinder
An mich selber – bloß nicht denken!
Aber jetzt und hier und ohne
Arbeit, Mann, das ist das wahre
Mensch! das ist das schöne Leben
  arbeitslos – das ist das Wahre
  arbeitslos – das ist das Leben
  frei sein! high sein!
  einfach mal sich hinzugeben
  an den Mai

WILLKOMMENSLIED FÜR MARIE

Wir müssen vor Hoffnung verrückt sein
Marie, du dunkle Sonne
Daß wir dich warfen in diese Welt
Schlaf ein, du Dickmadonne
Schlaf ein mit einem hellen Traum
Von Milch und nassen Küssen
Du wirst noch bald genug aus dei-
ner Wiege steigen müssen

Marie, deine Wiege ist bemalt
Mit Blumenangebindchen
In dieser Kiste lagen schon
Viel allerliebste Kindchen
Aus Tannenholz stabil gebaut
Ist deine schöne Wiegen
Es könnten nochmal hundert Jahr
Die Menschlein in ihr liegen

Um deine Wiege drumherum
Wuchern die Waffenwälder
Du liegst im Schlachtfeld mittendrin
Marie, und bist du älter
Wird keine Luft zum Atmen sein
Und nichts mehr da zum Essen
Die Erde wird uns Menschenvolk
Wohl ganz und gar vergessen

Ja von uns alln, von dir, von mir
Von all den Menschentieren
Wird keines mehr krepieren
Die Erde wird ein öder Stern
Wie andre öde Sterne
Und wenn ich daran denk, Marie
Dann leb ich nicht mehr gerne

Wir müssen vor Hoffnung verrückt sein
Marie, du dunkle Sonne
Daß wir dich warfen in diese Welt
– schlaf ein, du Dickmadonne
Schlaf ein mit einem hellen Traum
Von Milch und nassen Küssen
Du wirst noch bald genug aus dei-
ner Wiege steigen müssen

WILLKOMMENSLIED FÜR TIL

Der kleine König auf seinem Sack
Aus Tüddelüddelüt und Schabernack
Er winkt und stinkt so würdevoll
Le Roi des Rats et des Rossignols
Ratten singen in seiner Brust
Nachtigallen in seiner Hand

Sein Reich, es ist von dieser Welt
    dort, wo der Regen nach oben fällt
        da ist sein Land

Der kleine König willst du wohl sein
Mein kleiner Til mit Scheiß am Bein
Du kotzt und glotzt so ahnungsvoll
Le Roi des Rats et des Rossignols
Mit Kniff im Ohr und rote Haar
Bald bist du groß und abgebrannt
Dein Reich wird sein von dieser Welt
    dort, wo der Regen nach oben fällt
        wird sein dein Land

BEI FLUT

Bei Flut
drückt die See
den Fluß in das Land
in Altona saß ich am Elbestrand
und sah, wie die Boje nach Osten hin zeigt
das Wasser läuft auf und steigt und steigt

verdrehte Welt!
    das seh' ich gerne

der Fluß, er fließt
zurück!
Die Wassermassen
der Elbe wollen
wieder nach Dresden
zurück

Das sah ich gern, aber gelassen
und bleibe

DIE MUTTER ERDE GEHT SCHWANGER

Die Mutter Erde geht schwanger
Und sieht ja so elend aus
Das Balg, es bewegt sich gar nicht
Und kommt aus dem Bauch nicht raus
Sie hat schon ein' Haufen Kinder
Und freut sich aufs neue Kind
Und lächelt und denkt an die Väter
Die längst schon gestorben sind

Sie hat auch schon ein' Namen
Fürs neue Kindelein
Der Name für dieses neue
Soll Kommunismus sein

Sie sagt: Meine Kinder, ich lieb sie
Und doch warn sie alle so schlecht!
Jetzt endlich krieg ich ein Kindchen
Schön – lieb – klug und gerecht

Mein Bauch ist so riesig, ich glaube
Da kommt bald ein Riese raus!
Doch rührt er sich nicht und kommt nicht
Ich halt oft den Schmerz nicht mehr aus
– ach Mutter Erde, du Arme!
Hör zu, ich bin Spezialist
Für schwere Geburten und seh ja
Wie elend dein Zustand ist

Dein Kind ist längst übertragen
Und du siehst aus wie das Grab
Und unter deinem Herzen
da fault eine Hoffnung ab
Das Kind ist verdorben gestorben
Was dir unterm Herzen ruht
Das stinkt vor sich hin und vergiftet
Dir mörderisch das Blut

Es ist zum Heulen, zum Lachen
Zum Haareausraufen, zum Schrein
Du trägst unter deinem Herzen
Ein Riesenkadaverlein
Hör auf mit dem Eiapopeia!
Hör auf und finde dich ab!

Wir werden den Riesen begraben
In einem Riesengrab

Und wenn du dich erst erholt hast
Versuchst du es eben nochmal
Und Väter für neue Kinder
Die findest du allemal!
Und wird es auch kein Riese
Und wird wie die anderen sind
So wird es doch 'ne Hoffnung
Wie jedes Erdenkind.

AUS DER TRAUM

Das halt ich gut aus
  und das macht mich nicht dumm
    und das macht mich nicht krank
      und das bringt mich nicht um
Der Putsch in Polen
– nenne Du den Putsch
Nicht Putsch, sondern Patsch
Oder Quitsch oder Quatsch
Und küsse den Stiefel
Der Dich nicht tritt

Marschiere Du
im Geiste mit
nimm voll den Mund
schlag schwarzen Schaum
– verschone mich nur
Du Schweinehund
und quassel nicht:
Aus der Traum!

Verhöhne die Opfer
auf drollige Tour
den Hunger nenn' ruhig
'ne Entfettungskur
Und sag nicht »KZ«
Sag Vorbeugehaft
Und sage nicht Blut
Sag Kirschensaft
Und küsse den Stiefel
Der dich nicht tritt

Marschiere ruhig
im Geiste mit
Nimm voll den Mund
schlag roten Schaum
– verschone mich nur
Du Schweinehund
und quassel nicht:
Aus der Traum!

Dieser Traum ist ja alt
wie die Menschheit jung
und wird auch noch halten
wenn wir nicht mehr halten
Nie wird dieser Traum
je fade noch schal
schon gar nicht
in schlimmsten Nöten
Und es reicht nicht so'n
kleiner Dreck-General
um solch einen Traum
zu töten
Und wenn nach dem Chaos
das uns blüht
in Ost und West
nichts mehr übrigbleibt
Als die Herrschenden
hüben und drüben
– auch dann ist der Traum
nicht ausgeträumt
Und wie sie's auch drehn:
In ihren Kindern
wird dieser Traum
gegen sie auferstehn.

ASYL FÜR DEN TÜRKEN
(Zur Melodie des Loreleyliedes)

Die Buhundesrepublik Deutschland
Liefert frei Haus und prompt
per Luftfracht frisches Türkenfleisch
das unter die Folter kommt
so werden sie abgeschoben
die Türken in die Türkei
doch Cemal Kemal Altun
ist nimmer mehr dabei

Der stürzte sich raus ausm Fenster
im Verwaltungsgericht zu Berlin
so hat er sich selber gerettet
geselbstmordet haben sie ihn
jetzt hat er Asyl und für ewig
auf deutschem Boden und Grund
jetzt kriegt er sein Fleckchen Erde
wie jeder tote Hund

Und weil er so mutig alleine
den Weg in die Freiheit fand
darf der Kanake nun bleiben
in diesem unserem Land
– stockfinster scheint die Sonne
die Freiheiten siechen dahin
und ich weiß ja, was es bedeutet
daß ich so traurig bin

PARDON

1

Ich lebe noch
    pardon, will sag'n
        bin noch nicht tot
Hab alles was ich brauch
    pardon
        und bin in Not
Ich bin noch frisch
    pardon, will sag'n
        noch nicht verfault
Hier bin ich gern
    pardon, das heißt
        noch nicht vergrault

2

Ich fall nicht um
    pardon, will sag'n
        ich liege schon
Ich mach den Held
    pardon, will sag'n
        und bin ein Clown
Ich hab die Macht
    pardon, will sag'n
        am Leib verspürt
Hab mit Vernunft
    kein Mensch, pardon
        kein Schwein verführt

3

Die Welt ist schön
    pardon, will sag'n
        ganz schön am Rand
Ich bau auf euch!
    pardon, will sag'n
        ich bau auf Sand
Auf dem Planeten hier
    will sagen
        Feuerball
Wird Großer Friede sein
    pardon
        erst nach dem Knall

4

Ich hab euch lieb
    pardon, will sag'n
        ich halt euch aus
Mein Heim ist hier
    pardon, will sag'n
        ich hab 'n Haus
Ich sing ganz gern
    pardon, will sag'n
        sonst müßt ich schrein
Ich geh mit euch
    pardon, das heißt
        ich bleib allein

MEIN HERZ WEISS ALLES BESSER

1
Ich kann mir selbst nicht helfen
Und will die Menschheit retten
– dabei lieg ich in Ketten
Mit meinem Herzen fest –
Der Himmel hängt voll Bomben
'ne Hölle brennt auf Erden
Was soll aus uns noch werden
Wir geben uns den Rest
  Und doch, mein Freund, ich bleibe stur
    voll rabenschwarzer Zuversicht
  Mein Herz weiß alles besser
    und glaubt das Ende nicht
  Mein Herz weiß alles beser
    und glaubt die Wahrheit nicht

2
Wuchern die Waffenwälder
Blähn sich die Hungerbäuche
Wie eine Superseuche
Wüten in Ost und West
Diese verdorbnen Greise!
Winzige Welt-Verwalter
Starten am großen Schalter
Das letzte Totenfest
  Trotzalledem, ich bleibe stur …

3
Stell dir mal vor, wir könnten
Könnten die Kriegsklamotten
Endlich! und ganz verschrotten
Weg damit, aufn Schutt
– aber das ist die Wahrheit:
Weißt du, was dann noch bliebe?
Hier! dieser falsche Friede
Der macht uns auch kaputt
  Und doch, mein Freund, ich bleibe stur...

4
Tine, mein liebes Liebchen
Du, meine offne Wunde
Jetzt liebst du mich zugrunde
Mit einem andern Mann
– hoppla! das ist das Leben:
Daß wir krepieren müssen
An den verküßten Küssen
– und jetzt bin ich mal dran
  Und doch, du Stück! ich bleibe stur...

5
Ich will die Welt was ändern
Und bin nun ganz ein Dummer
– ach, zuviel Liebeskummer
Ist eine Seelenpest!
Tine, du kalte Sonne
Laß nicht mein Herz erkalten
Ich kann die Welt nicht halten

Wenn du mich fallen läßt
  Und doch, mein Lieb, ich bleibe stur
    voll rabenschwarzer Zuversicht
  Mein Herz weiß alles besser
    und glaubt das Ende nicht
  Mein Herz weiß alles besser
    und glaubt die Wahrheit –

BALLADE VOM LETZTEN WUNSCH EINES ALTEN ZIRKUSPFERDES

1
Ich bin ein altes Zirkuspferd
Und lauf schon blind im Kreis
Und meine Hohe Kunst hab ich
Bezahlt mit Pferdeschweiß
  Ich hab die ganze Welt gesehn
  Mich sah die halbe Welt
  Ich laufe, stehe, leg mich lang
  Ganz wie es euch gefällt
Ich kann auch machen wie der Mensch
Ich steige hoch, und knallt
Die Peitsche, gibts auch Zucker für
Die menschliche Gestalt
  Hoppe hoppe Reiter
    wenn er fällt, dann ...
      halt die Luft an!
        Leben geht doch weiter

2

Auf meinem Hintern ritten schon
Artisten aller Art
Die starken Jungs im Flitterkleid
Die bringen mich in Fahrt
  sie machen Salto, vor-zurück
  und hängen mir am Bauch
  bloß wenn es sechs auf einmal sind
  dann steh ich auf dem Schlauch
Ich brauch die Jungs, die brauchen mich
Ja, das ist meine Welt
Manege! und mein Himmel ist
Das hohe Zirkuszelt
  Hoppe hoppe Reiter...

3

Der Mensch, der Mensch frißt Pferdewurscht
Herrgott, bald bin ich dran
Bald komm ich in die Schlachterei
Bloß, weil ich nicht mehr kann
  erst hat das Pack sich sattgesehn
  an meiner Kunstdressur
  dann fressen sie sich satt an
  meiner Pferdefleischfigur
Da bin ich gegen! – was ich will
Wenn ich bald sterben werd:
Im Zirkus will ich sterben, als
Ein altes Zirkuspferd
  Hoppe hoppe Reiter...

4
Das ist mein letzter Wille, und
Das wär mein schönster Spaß
Den starken Zirkuslöwen will
Ich sein ein Sonntagsfraß
  im Raubtiermagen möchte ich
  so gern begraben sein
  und bringt der Wärter dann mein Fleisch
  in' Löwenkäfig rein
Dann soll er sagen: Da! für Euch!
Vom Pferd ein Souvenir
  Es war ein Pferd mit Löwenherz
    Und wollte sein wie ihr
      Hoppe hoppe Reiter
        wenn er fällt, dann ...
          halt die Luft an!
            Leben geht doch weiter

DAS MIT DEN MÄNNERN

1
Das mit den Männern und den Fraun ...
Ich kann nie nicht kein Weib anschaun
Ganz ohne den Gedanken: Ob
Ich mit der könnte, die mit mir
– daß wir uns richtig mißverstehn:

Kein Wunsch! nur Sinnen ohne Sinn
Die Augen gehn was aufn Strich
Das ist 'ne Art Radar verquer
Die Fledermaus spielt Fleischbegehr:
Mal sehn, ob sowas Liebe wär
– und dabei ist schon offenbar
e i n Exemplar zu viel für mich

  Ich kriegs nicht raus
    in diesem Leben nicht
      das: Wie-man-leben-soll
  Denn ein Weib ist zuviel
    für mich – und zwei
      sind viel zu wenig

2
Das mit den Männern und den Fraun…
Ich kann nie nicht kein Weib anschaun
Von hinten auf der Straße: geil
Schwenkt manche scharf ihr Hinterteil
– dann bin ich scharf auf ihr Gesicht!
Doch meistens passt das eine nicht
Zum andern, so nicht – oder so
Und manche Lippen sind »Hoho!«
Doch wenn das dann den Mund aufmacht
Und ißt was, redet oder lacht
Dann kriechen Kröten aus dem Hals
Und ach! der Zucker schmeckt nach Salz

Ich kriegs nicht raus
in diesem Leben nicht
das: Wie-man-leben-soll
Denn ein Weib ist zuviel
für mich – und zwei
sind viel zu wenig

3
Bis grade gestern war ich jung
Frech bin ich durch die Welt gefetzt
– jetzt gehts bergrunter. Doch das stimmt:
Fründ Amor piert em bet opt letzt!!*
Ich will mit alln! und will mit dir
Allein sein, Liebste! immerdar
Was Neues brauch ich – und ich brauch
Die Alte, wie sie immer war
Ich muß allein sein – und ich halt
Mit mir allein die Welt nie aus
Am liebsten schmeiß ich rum mit mir
– am liebsten hock ich warm zuhaus

Ich kriegs nicht hin
in diesem Leben nicht
das: Wie-man-leben-soll
Denn ein Weib ist zuviel
für mich – und zwei
sind viel zu wenig

* Plattdeutsch: Freund Amor quält ihn bis zum Schluß

4
Es gibt zu viele Fraun, die ich
Gern leiden mag – allein, ich mag
Nicht gerne leiden! ach, da kommt
Nach mancher Nacht auch mancher Tag:
Die Sonne frißt das Kerzenlicht
Der Vielfraß kriegt den Hals nie voll:
Ich! lebensgeil und lebensmüd
Seh ich den Wald vor Bäumen nicht
– und manchmal nicht den Baum vor Wald
Vor Kraft kann ich nicht stehn: Ich kann
Auch Weib sein, stark und mütterlich
– und bin am Ende doch bloß: Mann

Ich kriegs nicht raus
in diesem Leben nicht
das: Wie-man-leben-soll
Denn ein Weib ist zuviel
für mich – und zwei
sind viel zu wenig

5
Das mit den Männern und den Fraun...
Das kann ja nicht und nie hinhaun
Ich hab schon manchmal schlau gedacht:
Was soll ich mir die kurze Zeit
Auf dieser Erde selbst versaun
– das machen andre schon genug –
Schluß also mit dem Herzbetrug:
Jetzt werd ich schwul und rette mich

Aus diesem Bestiarium!
Ach, aber du, ich ahne schon
Dann läuft dasselbe Karussell
Genauso schnell – bloß andersrum:

Ich kriegs nicht raus
  in diesem Leben nicht
    das: Wie-man-leben-soll
Denn ein Mann wär zuviel
  für mich – und zwei
    sind viel zu wenig

HIMMEL HÖLLE ERDE

1
mein himmel deine pfirsichhaut
die hölle bist ja du
die erde hast du mir versaut
mein unglück ist auf dich gebaut
ich bin so blind in dich verknallt
und das macht jung
  und das macht mich alt

2
der mond macht kalten sonnenschein
die bauchuhr bleibt nie stehn
wie kommt das licht so in die fraun
ich kann dir nie in' schädel schaun

’ne träne lacht im augenspalt
und das macht jung
   und das macht mich alt

3
eins in die fresse von ’nem freund
’n kuss vom alten feind
ein schnitt ins eigne liebe fleisch
ob schmerzensschrei, ob lustgekreisch
du bleibst so hundeschnauzenkalt
und das macht jung
   und das macht mich alt

4
mein allerliebstes schmeicheltier
ich lern die menschen nie
nie lern ich dieses leben aus
wir sind knapp ausm urwald raus
und irrn nun rum auf dem asphalt
und das macht jung
   und das macht mich alt

5
ich hab dich lieb, dein liebes haar
wenn’s auf die schulter fällt
sind alle lebenslügen wahr
die finsternisse sonnenklar
FREUND HEIN kommt sowieso – und bald!
und das macht jung
   und das macht mich alt

ABER KÜSSEN

Die Mädchen auf dem Autostrich
Am Fischmarkt in Altona
Die friern sich die nackten Äpfel ab
Im eisigen Januar
Die Mädchen auf dem Autostrich
Die sparen sich Stück für Stück
Die Kohle zusammen für später
Das goldene Eheglück

Kalt knarrt das Knie, wenn der Westwind weht
Aber dafür stinkt auch der Fisch
Nich ganz so doll, wenn ein Freier winkt
Die sind ja so wählerisch!
Die wolln 'ne Prinzessin mit Jungfernhaut
Für lumpige dreißig Mark
Die stehlen dir deine kostbare Zeit
Und quasseln dir Seelen-Quark

Die schlimmsten Schweine kommen dir mit
Moral, sie keuchen: Mein Kind
Verkauf dich nicht auf dem Fischmarkt, wo
Die Schweine auf Achse sind!
Egal ob'n Türke im klapprigen FORD
Oder'n Geizkragen fett im BENZ
– sie kralln ihre Knüppel im zweiten Gang
Als wären es ihre Schwänz

Tja, ihre Notdurft verrichten sie:
Sie schlagen ihrn Samen ab
Und wer da landet, der hält sein' Schwanz
Nicht mehr für ein' Zauberstab
Die kleinen Mädchen für wenig Geld
Ob sie clean sind oder breit
Die wissen genau, was Liebe ist
Und wissen im Leben Bescheid

Sie fingern den Herren die Hosen auf
Und haben 'ne Engelsgeduld
Wenn wer ein verrücktes Extra braucht
– es ist ja nicht seine Schuld.
Sie machen für Geld die Beine auf
Doch niemals ihr Menschengesicht
Sie machen den Herren wohl dies und das
– aber Küssen
das gibt es nicht.

TANGO FÜR EVA

Das müßt ihr mir schon nachsehn
Mein Liebster ist schon achtzehn
Und ich bin erst fünfzig Jahr

Wir kommen so gut zurande
Wir sind 'ne irdische Schande
Und 'n himmlisches Liebespaar

Na und?! ich hab 'n jungen Mann
Na und, der hat 'ne alte Frau
  und wer uns sieht
    und das Maul verzieht
      der ist 'ne …
        Sauerkraut mit Schweinebacke
          hast du etwa keine Macke?
            und een beetn scheef
              – dat hett Gott leef
                und ein bißchen schief
                  das hat Gott lieb

Das müßt ihr mir schon nachsehn
Mein Liebster ist schon achtzehn
Und ich bin erst fünfzig Jahr

REGENBOGEN

1
als wir uns wieder mal ach! für immer und ewig trennten
kitschte der schönste regenbogen über der stadt
Hamburg – als ob wir uns nicht und längst alle kniffe kennten
lächelten wir. wir schwiegen dasselbe wort und flennten
hatten einander lieb – und wieder mal gründlich satt.

2
himmel war blank geregnet, wolken aus weiberwäsche
fetzten die winde das schmuddelweiß hoch durchs blau
tief hing die sonne im westen und durch 'ne tintige bresche
brachen die strahlen, und oben, in seiner goldnen kalesche
kutschte Gott Amor raufrunter den regenbogen wie'n Pfau.

3
laß ihn sich spreizen! und laß den gott sich amüsieren
auf unsere kosten, der »ewig-junge« ist abgemafft
– Meleken, meine göttin, so gehts mit uns menschentieren
wenn wir uns auch mit moral die süchtigen herzen beschmieren
– blut ist noch immer kaltheiß und geiler als himbeersaft.

4
daß wir uns fanden, war zufall und duftet nach ringelrosen
jetzt, da wir scheiden, stinkt es so nach notwendigkeit
ach, auf dem affenfelsen trägt man kleider und hosen
unter der feinen schicht jedoch all der liebes-chosen
wuchert in uns der urwald mit alter behendigkeit.

5

als wir uns wieder mal ach! für immer und ewig trennten
kitschte der schönste regenbogen über der stadt
Hamburg – als ob wir uns nicht und längst alle kniffe kennten
lächelten wir. wir schwiegen dasselbe wort und flennten
hatten einander lieb – und wieder mal gründlich satt.

DIE AUSM OSTEN

(für Eva-Maria Hagen)

So wie das Gestirn: Ohne Hast, ohne Rast
Ich hab es geschafft, und ich bin auch schon fast
Ein Westmensch wie du geworden
Ich finde das Leben im Westen bon
Und plapper schon munter im Westjargon
Und dennoch gibt es so Extras hier
die viel zu viel Seelengeld kosten
Da sag ich: Nee! Nein Danke! Kein Bedarf
Ich bin noch auf andres Leben scharf
– ich bleib immer die ausm Osten

Für mich ist die Freiheit kein Arschwischpapier
Ich komm ausm Land, da ist zweimalzweivier
ein Staatsgeheimnis, tja, leider!
Und jedes Kind, das dort die Wahrheit spricht

Das hält man schon darum für'n großes Licht
denn der Kaiser, er trägt keine Kleider.
Und die Bonzen sind scharf auf die Posten
Dort stinkt die Macht, na und – hier stinkt das Geld
Egal wo es mehr stinkt in der Welt
– ich bleib immer die ausm Osten

Ich tu und ich mach und ich leb wie du auch
Und stopf mir gern leckere Bissen in' Bauch
mein Stück aus der Wohlstandstorte
ich reiß es mir raus, und ich passe mich an
und schufte mich ab, und ich hasse mich dann
wie all diese Menschenimporte
Die bitter vom Zuckerbrot kosten
Und schimpft mich auch kein Schwein hier Türken-
schwein
Ich bin ja 'ne Deutsche und darf hier sein
– ich bleib immer die ausm Osten

Nach all den Jahrn wollt ich mal rüber gehn
paar alte Freunde, paar Straßen sehn
Im Prenzlauer Berg und in Mitte
Doch als ich nach Haus an die Mauer kam
Und als mich der Grenzer beiseite nahm
da half mir kein Lächeln, kein Bitte
Da stand ich so elend vorm Posten
Ich hab geweint wie'n Kind und habs geschnallt
denn die Lektion war ja klar und kalt
Ich bleib immer ich – auch vorm Posten:
immer die ausm Osten

RENCONTRE À PARIS
(für Jürgen Böttcher)

Die alten Freunde, die werden alt
– da drüben – und anders als ich.
Die Zeit im Osten ist andere Zeit
Die Freunde werden alt.

Und wenn wir uns doch mal wiedersehn
in dieser Welt, im Vorübergehn,
dann freun wir uns ungeheuer.

Von denen nicht mal die Asche blieb
– wir blasen in alte Feuer.

Der Freund hat den Freund gefunden,
wir hatten einander so hilflos lieb
und leckten einander die Wunden.

Ach längst getrocknete Tränen tropfen,
wir quasseln das lange Schweigen tot
und können die Löcher doch nicht stopfen.
Wir bleiben auf ewig im selben Boot
– und fahren längst auf verschiedenen Flüssen.
Was wagten wir früher! – jetzt wägen wir ab:
Ost gegen West. Staat gegen Staat.
Und jeder will wollen. Und keiner will müssen.
Wir schätzen einander. Wir! bis an das Grab:
Wir schätzen uns ab. Und wittern Verrat.

Und registriern im vertrauten Gesicht
die neuen Züge. Wir kennen uns noch
– doch doch! – und erkennen uns nicht.

Die alten Freunde, die werden alt
– da drüben – und anders als ich
Die Zeit im Osten ist andere Zeit
Wir lächeln uns an
  und schweigen dann
    mit zärtlicher Bitterkeit.

DER REGEN SAUT
(Aus dem Poem: Vom Lesen in den Innerein)

Der regen der regen der regen saut
nun ist jeder tropfen schon
'ne sanfte atombombe auf meiner haut
nun plärren die kindlein in Ost und West
nun stecken sie unter der einen decke:
es regnet! es regnet, die erde wird naß
die deutsche einheit kam wieder mal
vom himmel hoch, da kommt sie her
der regen, der regen wäscht alles rein
und wäscht in uns rein den tod.

Spiel nich in sand, komm ins haus, mein kind
sonst kriegst du was auf die pfoten
laß stehn die milch, sauf wasser, kind
die mutter hats verboten

die schwarze milch der frühe
die durfte ich damals noch trinken
der rauch von Auschwitz ist längst verweht
das ist lang her, es geht halt wie's geht:
  I'm on my way
  und komm schon von weiter her

verwelkt ist die blume vergißmein nicht
fürs ganz große morden geht kein gericht
die Deutschen haben den Juden verziehn
– und bloß den Zigeunern noch nicht

wo alles gröhlt vor lachen, da kann
ich nichts als traurige lieder singen
wo alles triefte, konnt ich ganz gut
mit faxen die leut zum lachen bringen
  I'm on my way
  und komm schon von weiter her

in seinen verwehten fußstapfen nicht –
ich lauf ja mit meines vaters füßen
und weil der kein grab hat, treibts mich hier um
und gern bin ich, wo ich grad bin: bei dir

das haben mir freunde wie feinde gemein:
ich fand, das sind alles so seßhafte leute
feinde
sind ortsschilder, auf die ist verlaß
freunde
sind wegweiser, die mich verwirrn
I'm on my way
und nicht meiner feinde beifall
noch meiner freunde haß
solln mich je kirre machen

MIR SELBER HELFEN KANN ICH NICHT

Ich leckte manchem Lump die Wunden
Und half schon manchem Mistvieh auf
Tja, wer ins Bett geht mit den Hunden
– der steht mit Flöhen wieder auf
Hab Schweinen Bären aufgebunden
Gott und die Welt – ein Spottgedicht
Ich brachte Tote schon zum Lachen
Und zerrte manchen Wurm ans Licht
Ich kann 'ner Laus wohl Stelzen machen
   – mir selber helfen kann ich nicht

Ich schmiß mein bißchen Menschenleben
In Mutlangen vor einen Truck

Der US-Army. Ich bin eben
Auch einer von dem Friedenspack
Alt sah ich aus auf dem Asphalt
Ein angstschweißnasser Knochensack
Wer halt den Kampf wagt mit den Drachen
Der kämpft nicht immer ritterlich
Ich kann 'ner Laus wohl Stelzen machen
  – mir selber helfen kann ich nicht

Ich hab schon manchem gut geraten
Und weiß ganz gut: man solls nicht tun!
Rechtzeitig roch ich manchen Braten
Ich brachte einem Suppenhuhn
Das Singen bei, so daß die Tauben
Drauf schwörn, sie hörn 'ne Nachtigall
Mit Liedern mach ich Mut den Schwachen
Auch wo es mir an Mut gebricht
Ich kann 'ner Laus wohl Stelzen machen
  – mir selber helfen kann ich nicht

Und kommt ein Freund mit Liebeskummer
Dann sag ich: let it be! laß los!
Krall dich nicht fest, du, sei kein Dummer
Die Erde ist an Wundern groß
Es gibt so wundertolle Kerle
Und wunderbare Weiber auch
Mensch! Eifersucht ist doch zum Lachen
Und lächerlich, wer dran zerbricht!
Ich kann 'ner Laus wohl Stelzen machen
  – mir selber helfen kann ich nicht

NEBBICH!

Darf ich mir den Luxus leisten
Immer mit dem Liebeskummer?
Darf ich schlagen wie ein Dummer
Alles übern Liebes-Leisten?
Und ich spreiz mich auf der Bühne
Und die Welt geht in die Brüche
Und der Wolf säugt seine Kinder
Höllenhund mit Himmelstitten
Darf ich reiten auf dem Herzen
Mitten durch die Weltgeschichte?
Darf ich reimen im Gedichte
Weltschmerz frech auf meine Schmerzen?
  Gott, was ich muß ... Mensch, was ich darf ...
    du, was darf man überhaupt ...
      Ob ihr es nicht glaubt, ob ihr es glaubt
        Menschentiere sind so toll,
          glotz nicht so bedeutungsvoll!
            Und ich mach nebbich nie, wie ich soll.

Wenn das Leben wieder gut ist
Und es steigt 'ne Liebesfeier
Und ich mach 'ne neue Platte
Und da brat ich meine Eier
Auf der schwarzen Rillenpfanne
Darf ich Roten Wein verkaufen
Und zu Hause aus der Kanne
Heimlich klares Wasser saufen

Darf ich als vergnügten Säufer
Und als Weiberheld mich schmücken
Und wenn mich 'ne Ziege zottelt
Mit der Klampfe mich verdrücken?
  Gott, was ich muß ... Mensch, was ich darf ...
    du, was darf man überhaupt ...
      Ob ihr es nicht glaubt, ob ihr es glaubt:
        wenn ich mich aufs Saufen warf
          war ich mehr auf Wasser scharf
            Und ich mach nebbich nie, wie ich darf

Liebeskümmerliche Küsse
Auf der morschen Barrikade
Die Genossen aber knurren
Kriegen Wut und kalte Füße
Und sie maulen und sie murren:
Was bist du fürn Communarde!
Biermann, früher warste besser
Du warst unser bester Barde
Hast uns Mut gemacht mit deinen
Kampfgesängen. Nicht zu fassen!
Wolf! du darfst uns grade jetzt nicht
– wo es los geht!! – hängen lassen!!!
  Gott, was ich muß ... Mensch, was ich darf ...
    du, was darf man überhaupt ...
      Ob ihr es nicht glaubt, ob ihr es glaubt:
        Unsre Toten reden still
          – und wir schweigen mit Gebrüll.
            Und ich mach nebbich, so wie ich will.

WOLKENBILDER ÜBER HAMBURG

Die Wolken wildern weiß im Blau
Der Wind schiebt Bilder durch die Himmel
Der Wind malt mir 'ne Monsterschau
Ein nazigrüner Kohlenklau*
Ein Wolf im Schafgewimmel

Ein Phönix federwölkelt zart
Schon fingert Licht durch die Kulissen
Groß bellt ein Gott mit Zickenbart
Ein Hundekopf auf blauer Fahrt
Hat mir mein Herz zerbissen

Wenn bloß kein Regen runterfällt
Kein kernkraftwerkekranker Regen
Der Tod fährt lustig um die Welt
Im Wolkenschiff am Himmelszelt
Und wirft in Hamburg Anker

Und weiß du was – auf einmal sah
Ich oben in den Wolkenfratzen
Dein liebes Bild so schrecklich klar
Da weinte ich. Ich weiß es ja:
Kein Tod kann mich noch kratzen

* Kohlenklau war in den letzten Kriegsjahren, als auch Kohlen knapp wurden, eine Negativ-Type der Nazi-Propaganda: Ein Kerl, der grade mit einem Sack Kohlen abhaun will. Die Leute waren aufgerufen, ihn zu erwischen und dem Staat zu denunzieren. Energie sollte gespart werden.

GEGEN DIE VERLEUMDER
(frei nach Villon)

1
Im grauen Sud aus Spinnenbäuchen und
Im grünen Schleim von totgebornen Katzen
Im nassen Grind von einem bunten Hund
Im gelben Schorf, den sich die Kranken kratzen
Im Aasfleisch, das zur Nacht die Igel schmatzen
Im rosa Schlamm zertretner Ochsenaugen
In ätzend scharfen Schweinsgedärmelaugen
In kleingehackten langen Spitzelohren
Im schwarzen Blut, das die Vampire saugen
– wolln wir die Zungen der Verleumder schmoren!

2
Im Saft der aus uralten Huren tropft
Im Schleim, der mählich sickert aus Geschwüren
Im Eiter, der in Liebeswunden klopft
Im Schmierfett blutbeschmierter Kerkertüren
Im Speichel, womit wir die Sieger küren
Im Samensaft, den matte Männer schwitzen
In roter Milch aus toten Rattenzitzen
Im Schnodder hoher Herrn beim Nasebohren
Im Schiß der Kerls, die in der Klemme sitzen
– wolln wir die Zungen der Verleumder schmoren

3
In einer Lache saurem Säuferkotz
Zusamm'gekocht mit zwei Pfund Käsefüßen

Gewürzt mit einem Liter Lügenrotz
Im Gift, womit die Mörder gurgeln müssen
Im Sabber von verlognen Bruderküssen
In Krokodilen ihrem Tränenwasser
Im bittren Gallensaft der feisten Prasser
Im Geifer, den ein böser Greis verloren
Im Auswurf eingefleischter Menschenhasser
– wolln wir die Zungen der Verleumder schmoren!

NACHSATZ
Das alles! oder fällt dir noch was ein?
Tun wir in einen Eisentopf und kochens gut
Dann kommt die Pampe in ein großes Sieb
Wird durchgepresst durch tausend feine Poren
Dann kippen wir zwei Eimer Angstschweiß zu
Von großen und von kleinen Diktatoren.
Dann kochen wir die Suppe nochmal gar
Na klar, wir geben uns viel Mühe
– in KIEW oder in dem Kaff KALKAR
Da sickert die verseuchte Brühe
durch Risse von kaputten Reaktoren

Weil Gott die Bösen doch nie strafen tut
Wolln wir in diesem Ekel-Sud
– die Zungen der Verleumder schmoren

BILDNIS EINER JUNGEN FRAU
(Sarabande für Meleken)

Ich weiß wo ich herkomm
Und weiß auch wo ich bin,
Doch müßt ich jetzt sterben
Dann wüßt ich nicht, wohin.
Ach Weggehn macht traurig,
Und Bleiben tut weh,
Es wachsen die Knospen
Schon unter dem Schnee

Es fängt ja der Frühling
Im Winter schon an,
Das will ich: Dein Weib sein,
Und du, du sei mein Mann!
Mir wächst unterm Herzen
Ein Menschlein von dir
– so hab ich dich sicher,
Auch wenn ich dich verlier

EX ORIENTE LUX AGAIN

gut, daß jetzt bessere Zeiten kommen
schlecht, daß sie erst jetzt kommen
weil sich der Wind mal dreht
das kommt mir grade recht, Marie
und kommt mir'n bißchen spät

gut, daß jetzt bessere Zeiten kommen
schlecht, daß sie von oben kommen
als ob ein Regen geht
die alte Wunde schmerzt, Marie
wenn sich das Wetter dreht

gut, daß jetzt bessere Zeiten kommen
als wäre es gar nicht von Menschen gekommen
das elend lange Leid
für die Welt wars nur ein Seufzer, Marie
aber all meine gute Zeit

JAN GAT UNTERM HIMMEL IN ROTTERDAM
(für Mike und Nico Haasbroek)

1
Und als der Krieg noch jung und frech
Und blitzkriegefröhlich war
Da brach die Wehrmacht in Holland ein
Das war im Vierziger Jahr
Ein Bombengeschwader hat über Nacht
Halb Rotterdam ausradiert
Das Feuer leckte die Holzhäuser weg
  – dem Hafen is nix passiert

2
Doch die tote Stadt stand nach'm Krieg
Wieder auf und ward gesund
Wo sich der alte Vater Rhein
Erbricht wie'n kranker Hund
Steht groß am Kai ein Monument
Das heißt »De verwoeste Stad«
Die Leute aber in Rotterdam
  – die nennen den Kerl »Jan Gat«

3
Jan Gat reißt die leeren Hände hoch
Als wär wieder Fliegeralarm
Grad als ich ihn traf, flog über ihn weg
Ein schreiender Möwenschwarm

Und hoch im Blau ein weißes Netz
Aus Wolkenfäden gemacht
Der Himmel wird über Rotterdam
– von Düsenjägern bewacht

4
So'n teures Spielzeug inner Luft
Kommt fünfzig Jahre zu spät
Jan Gat, du hast mal wieder nicht
Gemerkt, daß die Erde sich dreht
Und kamst du nicht gegen Bomber an
Auf'm Fiets mit'm Bajonett
So hilft dir heut nicht, was früher mal
– gegen Hitler geholfen hätt

5
Jan Gat, ich kenne die alte Furcht
Ich komm ja aus Hamburg her
Da bin ich gekrallt an meine Mama
Geflüchtet durchs Flammenmeer
In Hammerbrook durch den Kanal
So sind wir ins Freie geschwommen
Durchs Fegefeuer der Bombennacht
– so sind wir dem Tod entkommen

6
Und weil ich unter dem Gelben Stern
In Deutschland geboren bin
Drum nahmen wir die englischen Bomben
Wie Himmelsgeschenke hin

Wir hatten Schwein, du auch, Hans Loch
Wir hatten mehr Glück als Verstand
Bloß machen zwei halbe Schweine noch
  – kein ganzes Vaterland

7

Da sprach Jan Gat: Ja, ich versteh
Wir hatten wohl Glück. Jedoch
Wo einst mein großes Herz schlug, ach
Da klafft nun ein Riesenloch
– mensch Jan, drum heißte ja auch Jan Gat
Sprach ich, das geht O.K.
Sei froh! Was du verloren hast
  – das tut dir auch nie mehr weh.

Anmerkung:

Ossip Zadkine, russisch-jüdischer Bildhauer in London und Paris, schuf »Die verwüstete Stadt«. Das Denkmal wurde der Stadt Rotterdam geschenkt. Es soll an den Bombenteppich erinnern, unter den Hitlers Luftwaffe 1940 die Hafenstadt kehrte.

Weil aber der Bildhauer dem Kerl aus Bronze, der da die Hände hoch zum Himmel hoch reißt, in klagender und anklagender Gebärde, dort, wo das Herz sein soll, ein riesiges Loch in die Brust schlug, nennen Leute in Rotterdam das Monument »Jan Gat« – zu deutsch: Hans Loch.

Als die Wehrmacht Holland überfiel, hatten die Niederländer insgesamt nur einen Panzer und eine Handvoll Soldaten, die sich auf Fietsen (Fahrrädern) bewegten. Trotzdem kämpften sie 5 Tage lang tapfer gegen die Übermacht.

COR NE EDITO

Ich kau mein Herz mit gelben Hauern
Und im Gekrächz der jungen Raben
Hör ich Gelächter nicht, noch Trauer
Mein Lied, das wir gesungen haben
Mit Brecht, mit Marx- und Engelszungen
Das war ein frecher Ton aus Hunger
Nach Freiheit. Der ist ausgesungen
– ein alter Rabe ist kein junger
  Ich glaub, die Toten sind gestorben
  Das kommt, die Toten sind vergessen
    – lang wird mir meine kurze Zeit
  Mich kotzen all die coolen Fressen
  Mir geht es gut. Ich hab zu essen
    – ich kau mein Herz in Einsamkeit

Kindlein, es wird! ihr könnt frohlocken
Noch spiel ich meine kleine Geige
Und wieder macht sich auf die Socken
Mütterchen Russland. Und zur Neige
Geht dies Jahrtausend, das geschmückt ist
Mit Stalin, Hitler, Bach und Hegel
Mit Shakes- und Biermann, der verrückt ist
Und lebt drauf los mit Kind und Kegel
  Ich glaub, die Toten sind gestorben
Und was noch lebt, kannst du vergessen
  – lang wird mir...

Die Kids spieln Krieg auf dem Computer
Und trällern abgefuckte Lieder
Der Alte, was er soll, das tut er
Im Mai kommt meine Schöne nieder
Mein junges Weib trägt unterm Herzen
Die ganze Welt im Kugelbauch
Wir kennen schon den Schmarrn und scherzen:
Komm raus, du feige Sau, du auch!
  Ich glaub, die Toten sind gestorben
  Und was noch kommt, kannst du vergessen
    – lang wird mir...

Die Toten sind gar nicht jung geblieben
Es stirbt, wofür sie einst gestorben
Das, was sie trieb – und was sie trieben:
Ihr Kinderglaube ist verdorben
Kein Paradies wirds nie nicht geben
Die Hölle graut mir kunterbunt
Hier, wo die Toten nicht mehr leben
Gehn auch die Lebenden zugrund
  Ich glaub die Toten sind gestorben
  Ach, und bloß ich kann nicht vergessen
    – lang wird mir meine kurze Zeit
  Mich kotzen all die coolen Fressen
  Mir geht es gut. Ich hab zu essen
    – ich kau mein Herz in Einsamkeit

EVAS PIEP-SHOW

Reinschmeißerstrophen

Ihr sitzt im Dunkeln – ich steh im Licht
Ich krieg 'ne Gage, und ihr kriegt se nicht
Ich hab 'n Kleid an, und bin doch nackt
Ich mach hier Piepshow fürs feinere Pack
Ihr habt die Show, und ich hab den Piep
Weil ihr gekommen seid, hab ich euch lieb
Für gutes Geld, das ihr sonst blecht
Für einen Longdrink, sing ich euch Brecht
Mein Pianist ist 'ne Klasse für sich
Der spielt für Euch nicht, der spielt nur für mich
Den dürft ihr hörn ohne Extragebühr
Nur ich bin gemietet. Ihr kriegt dafür
Zigeunerromanzen aus Russland. Dazu
Aus Schweden paar Blumen. Und entre nous
Von Jaques Prevert an der Seine in Paris
Paar welke Blätter, 'ne Buddel Esprit
Von Georges Brassens eine Schelle aufs Maul
  und eins aufn Arsch kriegt der Zirkusgaul
    und Friedensgeplärre auf dem Pulverfaß
      ein Gläschen Glasnost auf den Reisepass
        nach drüben. Und Liebe Liebe Liebe. Und Haß

Jetzt Vorhang auf! die Musike jeht los
Von Hoffnung sing ich euch hoffnungslos
Zwei Königskinder im Stacheldraht
Ick, die man zweemal abjetrieben hat
Ick kenn det Ost und det West-Trara!

Die Elbe von Dresden bis Hamburg-Altona
Von Deutschland nach Deutschland, ein elender Weg
Ich singe Euch – das ist mein Privileg –
Die besten Lieder von Biermann vor
Ick sing se scheener! drum neige dein Ohr
'nem alten Weib, einem jungen Mann
Nur keinen Neid! denn: Wer kann, der kann
Der Mensch kann nur austeilen das, was er hat
Für zehn Märker Eintritt jibts Seele satt
Du siehst mich im Flitter ganz splitternackt
Du sitzt in der Piepshow fürs feinere Pack
Ich trällere, röhre und flöte und schrei
  bin Nachtigall, Kröte und Hirtenschalmei
    ich schmeiß dir mein Herz aufn Teller zum Fraß
      aus Liebe. Liebe Liebe Liebe Liebe. Und Haß

Ranschmeißerstrophe

Vorbei die Pause. Schön in der Balance
Ist unser Abend. Und vorbei ist Deine Chance
Daß du mir auskommst. Jetzt gehts noch mal los
Und auf den Tasten singt mein Liebster virtuos
So fingert Jugend ihrn Jugendstil
Der spielt mit mir hier, als wäre es nur Spiel
Ich säß auch gern mal so faul im Parkett
Und könnte zischeln: Da die Alte – ganz nett
Wie die den Biermann zersingt und zerschreit
Doch affengeil find ich ihr schlampiges Kleid
Ich könnte klatschen und pfeifen und schrein
Ich könnte auch träumen. Wie Du schlief ich ein

Das wär mir erlaubt und wär komisch dazu
Ich könnte so lümmeln und gaffen wie du!
Doch dann würds mich treiben zur Rampe ins Licht
Ich muß auf die Bühne! Ich will mein Gesicht
Dir zeigen und will mich verstecken dabei
  muß lachen, wenn ich vor Schmerzen schrei
    will sanft sein und süße und bitter und kraß
      aus Liebe Liebe Liebe und Haß

Rausschmeißerstrophe

Hört auf mit Klatschen, sonst sing ich noch mehr
Ich halte länger durch als Sie, mein junger Herr
Madame, es reicht, die Musike is h i e r !
Den ganznabendglotzensenuraufn Mannamklavier
Das Lied is aus, und jetzt bin ich froh
Nee, nich weil Schluß is, ick freu mir nur – so so
Ich fand euch nicht grad zum Kotzen, ach was
Ihr seid zum Küssen, wir hatten doch Spaß
Groß ist die Stille nach dem letzten Applaus
Ich schmink mich ab, Gott, wie seh ich bloß aus
Ganz ohne Lidschatten, Rouge und Puderschicht
Seh ich im Spiegel mein nacktes Gesicht
Am Schminktisch die Gage liegt da im Kuvert
Ich zähle nicht nach, nee, jetzt mag ich nich mehr
Die Bühne ist dunkel, ein offenes Grab
Ich schmeiß die Klamotten in' Koffer und ab!
Jetzt bin ich kaputt, bin fertig und hin
  doch wenn ich morgen woanders bin
    dann bin ganz neu, dann machts wieder Spaß
      aus Liebe Liebe Liebe und Haß

MICHAIL GORBATSCHOW

Michail Gorbatschow
Biste Fleisch oder biste Fisch
Laß dir bloß nich übern Tisch ziehn
Und zieh uns nich übern Tisch
Michail Gorbatschow
Bleibe klug und bleibe schlau
Sei ein Kind und sei ein Mann
Und sei tapfer wie 'ne Frau
Oj, oj, Kinder
Hoffnung, die ich heg
Mütterchen, mein Russland
Macht sich auf den Weg
Oj, oj, Kinder
Blast mal in die Glut!
Feuerchen, du wärmst mir
Und det macht mir Mut

Sonst gabs Kanonen statt Butter
Jetzt jibt et Freiheit statt Buttaa
Mein lieber Gorbi, det macht mir Sorgi
Nix is mit Freiheit ohne Futter
Ick will in keen Paradis rinn
De Welt soll bloß nich so mies sinn
Ick will bloß Wahrheit, Brot und Tomaten
Prost! uff de Liebe und den Sonntagsbraten

Michail Gorbatschow
Überall in Ost und West
Haste Freunde, doch auch Feinde
Und die wünschen dir die Pest
Michail Gorbatschow
Aber ick, ick wünsch dir Glück
Daß de weiter deinen Weg machst
Ohne Kugel ins Jenick
Oj, oj, Gorbi
Armer Supermann
Michail, die Macht macht dumm
Schnell wird man ein Tyrann
Oj, oj, Gorbi
Aber du kannst mehr
Bleibe immer Mensch, vastehste:
Revolutionär!

Da streiten sich die Gelehrten
Ob se auch rund ist, de Ecke
Is die Reform nun ne Revoljuuschn
Bist du 'n Verräter oder 'n Recke
– mir ist det schnuppe, ick denke
Det ick dir damit nich kränke
An Deine Taten soll man Dir messen:
Freiheit und Lieder und auch Wurscht zu Essen

Michail Gorbatschow
Weißtu, wo ich heute war?
Janz allein im Mausoleum

Jetzt is allet sonnenklar
Wladimir, sprach ich, sag:
Geht das mit dem Gorbi klar
– oder spielt der nur moderner
Wieder mal den alten Zar:
Oj, oj, Biermann
Hat Lenin gesagt
Laß mir lieber schlafn
In mein' Schneewittchensarg
Oj, oj, Gorbi
Alter, mach nich schlapp
Brauchste noch paar Kräfte
– ick jeb dir wat ab

Es gibt so viel Parasiten
Uniformierte Banditen
Putsch-Generäle und Offiziere
Ordenbehängte hohe Tiere
So viele Menschen-Verwalter
Die sehen Glasnost mit kalter
Mit kalter Wut und mit heißem Schrecken
Die mußte wieder in die Arbeit stecken

Aber nein, Gorbi nein
Steck se nich ins GULAG rein!
Auch so Schweine sind ja Menschen
Und die brauchen Sonnenschein
Aber ja! Gorbi, ja!
bleibe tapfer und gerecht
Denn wir wollen keine Lager

Keinen Herrn mehr und kein' Knecht
Oj, oj, Kinder
Eine neue Zeit
Offen alle Grenzen
Oj, Gerechtigkeit!
Oj, oj, Kinder
Klein ist unsre Welt
Und sie soll ein Garten werden
Grün und gut bestellt

ARMER TEUFEL

Eines schönen Tages kam der Teufel aus der Hölle hoch. Mal sehn, wie's geht, wie's steht – 'ne Ewigkeit war er nicht mehr oben gewesen. Nach drei schlimmen Tagen, raste er wieder runter.
Er war fix und fertig.
Aus den verschiedenen Kreisen der Hölle rief er alle seine Hilfsteufel zu einer Vollversammlung zusammen: Die Ölkesselheizer, die Daumschraubendreher, die Händeabhacker, die Armauskugeler, die Eingeweiderausreißer, die Zungeabschneider und die Ehrabschneider, die Augenausbarzeler, die Blutabzapfer und Seelenzerbrecher, die Peitschenteufel und die Herzausstecher – alle seine Folterspezialisten.
Er zitierte zur höllischen Katastrophen-Konferenz auch den florentinischen Dichter Dante Alighieri, der

seit Ewigkeiten im Patentamt der Hölle neue Erfindungen zur Menschenquälerei registriert.
Und der Teufel holte sich aus der Liedermachergruft den Jacques Brel hoch, den Belgier, und er schimpfte: Schuft! du hast mich ganz schön angeschmiert und eingelullt mit deiner Schnulze. Vonwegen Ça va – alles klaar, ça va... wundabaa... nix is ça va auffer Erde!
Und als alle versammelt waren, räusperte der Teufel sich und hielt eine Rede. Und das ist es, was er sagte:

1
Ich trieb mich da oben drei Tage rum
Es war die Hölle! Wir sind bankrott
Er zieht unsre Firma mit rein in' Konkurs
Der alte Trottel im Himmel: GOtt
Die Menschen fürchten die Hölle nicht mehr
Sie haben ihn umgedreht, den Spieß
Die haben sich alles schon selber gemacht
Sie haben schon Hölle und Paradies
  Armer Teufel, armer Teufel

2
Sie rasen zum Badengehn rund um die Welt
Sie fliegen in Blechkisten wie verrückt
Sogar eine Reise zu meiner Sonne
– will sagen: zum Mond – ist ihnen geglückt
Sie foltern sich selber mit Medizin
Mit Heroin und Elektroschock

Sie peitschen mit hunderttausend Watt
ins Ohr sich den Heavy-Metal-Rock
  Armer Teufel, armer Teufel

3
Da kommt Old Jehovahs Donner nicht mit
Der klingt wie Kinderhusten dazu
Sie schießen mit Lasern, dagegen sind
Gott Vaters Blitze nur Muschibubu
Des Allmächtigen Feuerpfeile, die sonst
Gefürchtet waren am Firmament
Sind Piepmantscher im Vergleich mit dem
Was man auf der Erde Raketen nennt
  Armer Teufel, armer Teufel

4
Die Hölle macht alles in Handarbeit
Wir köpfen mit Kunst jeden einzelnen Kopf
Ich find, das ist unfairer Wettbewerb
Die drücken nur faul auf den roten Knopf
Die Menschen zünden tief unter der Erd
Atombomben, die mich total verwirrn
Jetzt wißt ihr, warum gelegentlich
Bei uns in der Hölle die Tassen klirrn
  Armer Teufel, armer Teufel

5
Die einen fressen sich dumm und dick
Die andern würgen am Hungertuch
Die Ärmsten sind fruchtbar und mehren sich

Ihr Kindersegen ist längst ein Fluch
Der Mensch wird in Massen gekillt und geborn
Das Kreuz macht ein Pfaffe im Vatikan
Verflucht! im Vergleich mit dem Golfkrieg ist
Die Hölle 'ne alberne Geisterbahn
  Armer Teufel, armer Teufel

6
Die lachen und pfeifen den Satan aus
Ich bin blamiert vor dem Publikum
Die Hölle ist oben! Und wir sind hier
Verkommen zum Sanatorium
Ich war einst ein Engel und bin gefalln
Jetzt fall ich noch tiefer. Die sind zu stark
Die haben ein' Vorsprung im Know-How
Veraltet ist unser Maschinenpark
  Armer Teufel, armer Teufel

7
Ich habe den technischen Fortschritt verpennt
Ich war zu romantisch, zu lasch, zu lau
Nun straf ich mich selber: Ich werde ein Mensch
Nein, schlimmer noch: Ich werd eine Frau
Ich nehme es ernst mit der Selbstkritik
Kein Gott, kein Teufel soll mir verzeihn
Ich will die schlimmste Strafe: Ich will
Ein Mensch unter diesen Menschen sein
  Armer Teufel, armer Teufel

Paul Kunkel, Arbeiterdichter im VEB Chemie Leuna schrieb dieses Lied seinem Kollegen Biermann für dessen ersten Auftritt im Osten

VERKAUFT UNS NICHT!

Wir haben uns selber die Freiheit erobert
Und waren nur Menschenmaterial
Doch jetzt soll uns auch nicht der Westn schlucken
Die Brüder und Schwestern vom Großkapital
Die Haie mit harter Währung kommen
Schon angeschwommen und sind so frei
Und schnappen sich unser Oma ihr klein Häuschen
In Mecklenburg für'n Appel und Ei
  Verkauft nicht die ganze bankrotte Firma
  Wir sind das Volk! Wir bleiben hier!
  Das Einzige was an den Westen verkloppt wird
  Die Mauer in Stücke als Souvenir

Wir brauchen keinen Konkursverwalter
Hans Modrow, Du, da gehts nicht lang!
Verramsch uns nicht an Krupp und Thyssen
Mercedes-Benz und Deutsche Bank
Fleiß, Freiheit, Spaß und Menschenwürde
Sind unser stärkstes Kapital
Wir wolln endlich eigene Fehler machen
– und nicht die des Westens nocheinmal
  Verkauft nicht die ganze bankrotte Firma...

Nein! VEB Leuna geschluckt und verdaut
Von Bayer Leverkusen sogleich
Nein! EAW Treptow, die schrottreife Braut
Holt sich Herr Siemens heim ins Reich
Elektrokohle Lichtenberg
Zeiss-Jena steht im Hemde da
Und bietet den welken Busen feil
Für ein paar Westmark trallala
  Verkauft nicht die ganze bankrotte Firma...

Wir lassen uns niemals wieder schlagen
Ans Kreuz mit Stempel und Stacheldraht
Verflucht und erneuert sei die Partei
Die uns verkauft und verraten hat
Jetzt wird unser Land zum ersten mal
Ein Land in dem man leben könnt
Wir brauchen Hilfe, doch nur von dem
Der uns ein eigenes Leben gönnt
  Verkauft nicht die ganze bankrotte Firma
  Wir sind das Volk! Wir bleiben hier!
  Das Einzige was an den Westen verkloppt wird
  Die Mauer in Stücke als Souvenir

BALLADE VON DEN VERDORBENEN GREISEN

Hey Krenz, du fröhlicher kalter Krieger
Ich glaube dir nichts, kein einziges Wort
Du hast ja die Panzer in Peking bejubelt
Ich sah dein Gebiss beim Massenmord
Dein falsches Lachen, aus dir macht Fritz Cremer
Ein Monument für die Heuchelei
Du bist unsre Stasi-Metastase
Am kranken Körper der Staatspartei
  Wir wollen dich nicht ins Verderben stürzen
    du bist schon verdorben genug
  Nicht Rache, nein, Rente!
    im Wandlitzer Ghetto
      und Friede deinem letzten Atemzug

Hey Hager, Professor Tapeten-Kutte
Ich glaube dir nichts, du verdorbener Greis
Jetzt nimmst du uns flott das Wort aus dem Munde
Mit neuen Phrasen der alte Scheiß
Du bist ja selber nicht mehr zu retten
Und rettest auch nicht dieses kranke Land
Du hast deine Jugendträume verraten
Das Menetekel brennt an der Wand
  Wir wollen dich nicht ins Verderben stürzen...

Hey Mielke, du warst ein Spanienkämpfer?
Ich glaube dir nichts, du warst privilegiert
Wir wissen, du hast die Trotzkisten und andre

Genossen feig hinter der Front liquidiert
Jetzt übst du mit uns diese blutigen Spiele
Pogrome zum Vierzigsten Jahrestag
Im Prenzlauer Berg, in Leipzig und Dresden
Nichts wird dir vergessen, kein einziger Schlag
  Wir wollen dich nicht ins Verderben stürzen ...

Hey, Schnitzler, du elender Sudel-Ede
Sogar, wenn du sagst, die Erde ist rund
Dann weiß jedes Kind: Unsre Erde ist eckig
Du bist ein gekaufter verkommener Hund
Und wirst du bald in der Erde liegen
In dich gehn nicht mal die Würmer rein
Der muß jetzt im Grab noch die Würmer belügen
Wird stehen auf deinem Marmorstein
  Wir wollen dich nicht ins Verderben stürzen ...

Hey Honney, du gingst aus Gesundheitsgründen
Ich glaube dir nichts und auch nicht dies
Die schlimmste Krankheit hattest du immer:
Die stalinistische Syphilis
Ich hab dich verachtet und hab dich gefürchtet
Und trotzdem bleibt da ein Rest von Respekt
Es haben dich die verfluchten Faschisten
Elf Jahre in Brandenburg eingesteckt
  Wir wolln dich doch nicht ins Verderben stürzen
    du bist schon verdorben genug
  Nicht Rache, nein, Rente;
    im Wandlitzer Ghetto
      und Friede deinem letzten Atemzug

MELANCHOLIE
(für Emile Cioran)

1
weil ich kein land mehr seh in keinem land
auf all dem industriemist kräht kein hahn
die menschlein taumeln über jeden rand
zu arm, zu reich, zu klein im größenwahn
weil wünsche wuchern wie ein krebsgeschwür
bin ich ein nimmerfroher nimmersatt
weil todesangst sich spreizt als lebensgier
weil grenzenlose freiheit grenzen hat
und weil ich meinen feinden nie nichts verzieh
und weil ich selber seh und doch nichts schnalle
  melancholie
    melancholie im herzen
      die schwarze galle

2
weil feigheit vor dem wahren freund mich lähmt
weil kühnheit vor dem falschen feind mich foppt
weil man mit tränen kein' tyrannen zähmt
und weil kein lied die amokläufer stoppt
weil ich am ruhm vorn an der rampe roch
und leckte mich so durstig an dem salz
weil zweifel mir in die gewißheit kroch
und habe schulden schuldlos auf dem hals
weil ich widerstand und ging doch in die knie
und krieg kein seelengeld mehr auf die kralle

melancholie
   melancholie im herzen
      die schwarze galle

3
wer hoffnung predigt, tja, der lügt. doch wer
die hoffnung tötet, ist ein schweinehund
und ich mach beides und schrei: bitte sehr
nehmt was ihr braucht – zu viel ist ungesund!
weil grundlos alles hoffen ist, genau
wie auch die liebe keine gründe braucht
und weil ich träume in die pfanne hau
weil nur von ketzerei der schornstein raucht
und weil'n ketzer brennt und leuchtet hell wie nie
und herrlich aufersteht in jedem falle
melancholie
   melancholie im herzen
      die schwarze galle

4
weil ich nach meinem ebenbild mein kind
nur formen kann, wie Gott: zu dumm, zu schwach
und weil's doch eigne wege findet: blind
läuft es der herde ins verderben nach
die enkel fechtens besser aus! – wer's glaubt
hat seinen seelenfrieden und 'n knall
weil friedhofsruh mir alle ruhe raubt
weil ich so hundemüde bin von all
dieser menschheitsretterei und schlaf doch nie
weil ich 'ne dürre hab und wollte 'ne dralle

melancholie
melancholie im herzen
die schwarze galle

5

mein lieb, wenn ich mit dir bin, und es trifft
sich gut, weil wir einander meinen, wenn ich
dich zottel in die himmel, wenn das gift
wegschwemmt im fluß der seeligkeit, wenn sich
in milch und honig wandeln blut und haß
wenn uns ein freund braucht, und wir können dem
ein bett beziehn und trinken auch'n glas
und macht ein friede uns den krieg bequem
dann passiert es, daß ich ihr für kurz entflieh
ja, weil ich immer wieder steh und falle
melancholie
melancholie im herzen
die schwarze galle

JUNGER SOLDAT IN AFGHANISTAN

weit von Sibirien bin ich verbannt
und spiel Soldat in ein wildfremdes Land
und heimlich will ich nur nach Hause
– heimlich nach Hause

wie unsre Tannen schweigen im Schnee
ach und das Fischen am Eisloch im See
das kann ich nie nich vergessen
    – nie nich vergessen

hier knallt die Sonne, die Steine sind heiß
ich schaufel Schützengräben und weiß
Gräben, ja Gräben wie Gräber
    – Gräben wir Gräber

Abgang haben wir hier jeden Tag
und morgen früh geht es wieder ab
und wieder in diese Berge
    – oh, diese Berge

wer in der höllischen Hitze hier fällt
kriegt auch kein kühles Grab auf der Welt
braten muß der in der Erde
    – in fremder Erde

ich aber nich! ich komme nach Haus
ich komm am Ende hier heil wieder raus
mich kann der Tod ja nich meinen
    – mich ja nich meinen

nach einem aufgefundenen Tagebuch von
Igor Wladimirowitsch Dodukelow geb. 27. November '62
Dienstnummer AK-74 418666 Heimatadresse:
Komsomolskaja Uliza, Block 9 A, Wohnung Nr. 14,
Nowosibirsk

BERLINER LIEDCHEN

Der Westn is besser
Der Westn is bunter
Und schöner und schauer
Und reicher und frei
Und trotzalledem
Ich sag dir die Wahrheit:
Der Westn is ooch nich
  – det Gelbe von' Ei

Der Ostn is schlechter
Der Ostn is grauer
Und klein sind die Chancen
Und groß ist die Not
Und trotzalledem:
Der Traum der Commune
der schlief nur und is doch
  – noch lange nich tot

ICH HAB IM MAUL NOCH ALLE MEINE ZÄHNE
(für Eva Maria Hagen)

Ich hab im Maul noch alle meine Zähne
Mein Busen hängt noch lang nicht auf'm Bauch
Ick baumel ooch noch jerne mit de Beene
Nun werd ich alt, und sterben werd ich auch
Bis gestern war ich noch die junge Schöne
Und morgen bin ich schon ein Hutzelweib
Wenn ich erst in der nassen Erde liege
Bin ich so nackich wie im Mutterleib
  Ich spielte nie im Welttheater
  die Dame ohne Unterleib
  Ich bin noch viel zu jung und gerne
  bin ich auch ein altes Weib

Man muß sich wehren und muß leider treten
In manchen Arsch, ob knochig oder breit
Die niemals jung warn, grade die trompeten
Nur! nur die Jugendzeit sei Goldne Zeit
Die niemals schwelgten, ach, die niemals brannten
Verzehren sich und schwelen im Verzicht
Es stinkt der Neid aus so verdorrten Tanten
Die gönnen dir nicht eine Nacht voll Licht
  Manch eine spielt im Welttheater
  die Dame ohne Unterleib
  Ich aber nicht! ich bin so gerne
  jung. Und bin auch gern ein altes Weib

Mir konnte mancher in die Seele scheißen
Ein Matscho hatte mich am Gängelband
Doch die sich über mir das Maul zerreißen
Die Schweine lach ich heute an die Wand
Ich hasse flotte Nummernschieber
Jetzt hab ich einen lieben Träumer lieb
Und wenn ich weinte, weinte ich zu Ende
Bis mir nicht eine Träne übrig blieb
  Ich spielte nicht im Welttheater
  Dame ohne Unterleib
  Ich bin so jung und bin es gerne
  Und bin auch gern ein altes Weib

Ich liege gern in meinem Träume-Garten
Da spinn ich mir zurecht, was morgen war
Ich will, daß junge Weiber und auch alte
Wie Blumen blühen dürfen, rund ums Jahr
Schneeglöckchen war ich, Bauernrose
Und schwere Aster in des Herbstes Pracht
Eisblume morgens an dem kleinen Fenster
Von deinem heißen Atem in der Nacht
  Ich spiele nicht im Welttheater...

Und sind die alten abgespielt, dann ziehe
Ich neue Saiten auf, damit es klingt
Ich mag so kleine Lieder im Gebrülle
Es wird schön hell, wenn man im Finstern singt
Jetzt bin ich alt und singe groß die Liebe
Und die Gitarre zupf ich zärtlichgeil
Mag Männer, wenn sie nach mir schaun – und nicht bloß

Wie Hunde glotzen auf mein Hinterteil
 Ich spiele nicht im Welttheater ...

Jetzt bin ich alt genug und will es wagen
Ich sage Dir die Wahrheit ins Gesicht
Ach, tief im Wäscheschrank die Whiskey-Flasche
Und seine Briefe, tja, die fandst du nicht
Es tut mir weh, daß ich dich anlog
Als ich vorm Spiegel stand und lachte los
Als ich dich mit dem andern Kerl betrog
Da war mein Herz
 im engen Rippenkäfig
  viel zu groß
   Auch eine Alte muß es treiben
   Noch hab ich einen Unterleib
   Und noch im Grabe werd ich bleiben
   Das, was ich gerne bin: ein Weib

BALLADE VOM GUT KIRSCHENESSEN

Ich hatte im Halbschlaf heute früh
Einen irren schönen Traum
Mein alter Freund, als ob er lebt
Saß oben im Kirschenbaum
Im Garten Grünheide am Möllensee
Saß Robert Havemann

Saß fröhlich auf dem Ast und rief:
Komm, Dichter!
  komm dichter an mich ran

Er warf mir paar Kirschen runter ins Gras
Und spuckte die Kerne aus
Und lachte mich an: Willkommen, Wolf
Jetzt biste wieder zu Haus
Du kommst nicht als verlorener Sohn
Nicht folgsam geworden und brav
Und kommst nicht wie'n geprügelter Hund
Und auch nicht
  als schwarzes Schaf

Wolf, hol dein Wimmerholz raus! und sing
Vom irdischen Paradies
Ja, sing mir die Hölle auf Erden, ach
Und sing mir *Le Temps des Cerises*
Da packte ich meine Gitarre aus
Das Lied der Commune de Paris
Ich sang ihm deutsch und auch français
So süßsauerseelig
  ich trällerte froh wie nie

Ich sang ihm paar alte, paar neue auch
Und sang ihm die schönsten Lieder
Da wurde der Himmel plötzlich schwarz
Von tausendfachem Gefieder
Ein Schwarm flog in die kalte Nacht

Und krächzte im Nieselregen
(Vornweg das ganze Politbüro):
»Dem A – bend – rot
– ent – gegen«

Gen Westen gegen den Wind anschrien
Im Flug die verzauberten Raben
Jetzt weiß ich: Sie haben uns alles verziehn
Was sie uns angetan haben
Ich hatte im Halbschlaf heute früh
Den irrsten und schönsten Traum
Und Robert lachte, als ob er lebt
Da oben, da oben
im Kirschenbaum

SEESTÜCK, HOCHPOLITISCH

Hoch geht die See, es ruft kein Licht
Kein Roter Stern, kein Land in Sicht
Die Angst macht die Matrosen toll
Es nagen am toten Kapitän
Die Ratten und fressen die Bäuche sich voll
Der Maat kann die Hand nicht vor Augen sehn
Zwei Stasispitzel prügeln sich

Um einen verrotteten Rettungsring
die Bonzen, sie beflügeln sich
und fliegen mit den Möwen weg
Und Margot nimmt noch einen Drink
Der Deckshund winselt unter Deck
Der Steuermann krallt sich ans Schot
Am Achtersteven klafft ein Leck
der Lotse kotzt im Rettungsboot
der Sturm nimmt zu, es ragt das Riff
Die Haie tummeln sich im Trüben
Die Menschen verlassen das sinkende Schiff
und machen nach drüben, nach drüben

Nur einer zittert nicht im Sturm
das ischa der Klabautermann
mit der Gitarre, das Filou
der Poltergeist, der Tatzelwurm
er kam zurück vom Westen her
Wolf Biermann rettet die De-de-er
im Kuddelmuddel mit starkem Arm
er lenkt das Wrack dem Hafen zu
hält fröhlich Kurs auf die Commune
und zieht die Freiheitsflagge auf

Er macht den Job der ganzen Crew
der Kleine, der uns retten kann
dann rappelt er unter Deck hu hu
und schraubt die Lukendeckel zu
und singt das Lied vom Klabautermann:

Klabautermann Klabautermann
  rappeldiwupp
    zappeldiwupp
Klaboter und Klapaustermann
  schwabbeldischwupp
    sabbel und suup!
Hannemann, geh du voran!
  Klabastermann und Zastermann
    Klabatermann, Kalfatermann
      die Sterne im Himmel funkeln
Du rettest uns vorm Höllenschlund
  du machst den toten Mann gesund
    die DDR geht nie zugrund
      so singen die Kinder im Dunkeln

ICH HATTE ES AUCH SCHON HALB VERGESSEN
(für Carmen Thomas)

Ich hatte es auch schon halb vergessen
Daß sich unsre kleine Erde dreht
Ich hatte die Lüge schon halb gefressen
Daß nie mehr im Osten die Sonne aufgeht
Wir hatten uns halb schon abgefunden
Und ganz vergessen, was Zukunft war

Und haben uns mit unsern Bonzen geschunden
Wie'n altes verbiestertes Ehepaar
  Nun atmen wir wieder, wir weinen und lachen
  die faule Traurigkeit raus aus der Brust
  mensch, wir sind stärker als Ratten und Drachen
  – und hattens vergessen und immer gewußt

Das Schlimmste war nicht an unsern Tyrannen
Die rotgetünchte Tyrannei
Das Schlimmste waren dabei wir selber
All unsre Feigheit und Kriecherei
Und daß wir auch selber das Übel waren
Grad das ist die Chance und unser Glück
Ihr seht: Es geht! wir holn uns nun auch selber
Die ewigen Menschenrechte zurück
  Nun atmen wir wieder, wir weinen und lachen ...

Habt keine Angst, ihr Herrn da oben
Auch ihr dürft wieder Menschen sein
Wir drehn den Spieß nicht um und schlagen
Euch nicht die falschen Fressen ein
Laßt uns mal eigne Wege suchen
Es geht nur so und anders nicht
Wir wolln Gerechtigkeit und keine Rache
Und zerrn Euch vor kein Weltgericht
  Nun atmen wir wieder, wir weinen und lachen ...

Ihr müßt Euch nicht, ihr verdorbenen Greise
Nun Asche streuen auf das Haupt
Bloß lernt es ertragen, wenn wir noch leise

An Eurer Wende zweifeln. Es glaubt
Kein Aas, wenn ihr schöne Worte drechselt
Wir geben Euch einen alten Rat:
Die Worte sind nun genug gewechselt
Was zählt, ist nur die gute Tat
  Nun atmen wir wieder, wir weinen und lachen
  die faule Traurigkeit raus aus der Brust
  mensch, wir sind stärker als Ratten und Drachen
  – und hattens vergessen und immer gewußt

IM SCHILF AUF DIE SCHNELLE

Die gelbe Sonne ist groß dabei
  und malt ihre allerschönsten Grüns
    ins graue Deutschland hin
Wie hübsch, daß du grade am Ersten Mai
  Geburtstag hast, meine Schöne, und
    wie schade, daß ich grad diesen Tag
      nicht bei dir bin

Wir lagen mal, Meleken, weißte noch
Versteckt im Schilf auf die schnelle
Bei Schwarmstedt an dem kleinen Fluß
Ich weiß noch die Welln und jeden Kuß
Und weiß noch genau die Stelle

Ich hab groß erzählt vom Ersten Mai
Vom allerersten Kampftag
Vor hundert Jahren floß Blut wie Bier
Die Menschenrechte warn Arschpapier
– heut ist es nur noch ein Mampftag

Viel reicher, viel ärmer ist heut die Welt
Barbarischer und gerechter
Doch Oben und Unten gibt es auch jetzt!
Da sagtest du: Stimmt, sieh bloß, wie's fetzt
Im Krieg und im Spiel der Geschlechter!

Und dann kamen plötzlich so Kerle an
Die stapften zu unserem Bette
In Gummistiefeln hoch bis zum Bauch
Und riesige Ruten hatten die auch
Zum Sportangeln um die Wette

Da hast du gelächelt und sagtest: Komm
Du angelst so gut wie keiner
Die Kerle da kommen alle zu spät
Du hast hier schon alles gewonnen was geht
Jetzt fahren wir weiter, mein Kleiner

Die gelbe Sonne ist groß dabei
und malt ihre allerschönsten Grüns
ins graue Deutschland hin
Wie hübsch, daß du grade am Ersten Mai
Geburtstag hast, meine Schöne, und
wie schade, daß ich grad diesen Tag
nicht bei dir bin

MEIN BAUCH IST LEER

geschrieben beim Hungerstreik mit den 23 Besetzern im Archiv der ostberliner Stasizentrale Normannenstraße, September '90

Mein Bauch ist leer, mein Herz schön voll
Und Licht kommt in die Birne
Was willste mehr – die Zeit ist toll:
Es stürzten die alten Gestirne
Die alten Herrn verpißten sich
Und sind wieder hoch gekommen
Was uns das Bonzenpack übrig ließ
– der Wendehals hat es genommen
  Rumpsteak, Zwiebelbrot mit Salz
  Rotwein bis zum Rand
  Hungern ist nur halb so wild
  In einem reichen Land

Gerechtigkeit, ein alter Traum
Nie krieg ich in die Pfoten
'ne Stasi-Akte und auferstehen
Werden auch nie unsre Toten
Schnuur! Diestel! Eppelmann! de Maizière!
Ihr kommt aus dem gleichen Stall
Ein Schwein, das Freiheitslieder grunzt
Wird nie eine Nachtigall
  Rumpsteak, Zwiebelbrot mit Salz
  Rotwein bis zum Rand

Hungern ist nur halb so schlimm
In diesem fetten Land

Glaub ja nicht, daß ich sterben will
Den Hungerstreik mach ich nur
Weil ich zu fett bin. Halb Afrika macht
'ne schlimmere Hungerkur
Um Deutschland ist mir gar nicht bang
Wir saufen hier Wasser wie Wein
Ein Volk, das gut mit sich selber ist
Kann gut auch mit andren sein
Rumpsteak, Zwiebelbrot mit Salz
Rotwein bis zum Rand
Hungern ist nur halb so hart
In diesem schönen Land

LAMENTO

Die in Leipzig auf die Straße gingen
Jetzt fliegen sie auf die Straße
Die am Prenzl'berg sich blutige Nasen einfingen
Jetzt liegen sie auf der Nase
Und wer da schrie: Wir sind das Volk
Der ist auch Volk geblieben
Das Volkseigentum gehört wie eh
Den wendegehalsten Dieben

Ich halt's gut aus und gönne uns
All diese Luxusleiden
In Sachsen wird das Schicksal sich
Der Menschheit nicht entscheiden.
Fern im Irak mit deutschem Gas
Und Düsenbombern aus France
Hat nun der Meister aus Deutschland, der Tod
Gegen Israel seine Chance

WIR TRANKEN SCHÖN TEE

Wir tranken schön Tee und lösten dabei
Mal wieder die letzten Probleme
Der Menschheit. Und dann machten wir
Es uns vor der Glotze bequeme
Da lief der Film *Some like it hot*
mit Marilyn Zuckerschnuute
Gamasche mit der Mördervisage
Und Zahnstocher-Charly in der Garage
Röchelt in seinem Blute
  Mein Liebchen, das halten wir aus
  der röchelt in seinem Blute

Ich hab einen Fernseh-Apparat
Da baumelt ein Henkeltöpfchen
Das fängt das Blut auf, denn jedesmal

Fließt aus meiner Glotze ein Tröpfchen
Pro Mord ein Tropfen Menschenblut
Bloß als dann die Nachrichten kamen
Genossen wir die Wirklichkeit pur
Da wurde in Massen gestorben und nur
In Zahlen und nicht mehr mit Namen
  Mein Liebchen, das halten wir aus
  in Zahlen und nicht mehr mit Namen

Die Toten werden wie immer schon
In gute und schlechte geschieden
Und was der Golf-Krieg übrig läßt
Vernichtet ein falscher Frieden
Uns stieg das Rot im Zimmer hoch
Das Blut quoll aus allen Ritzen
So kriegten wir unser Teil vom Krieg
Bis uns der Saft an die Lippen hoch stieg
Blieben wir Hand in Hand sitzen
  Mein Liebchen, das halten wir aus
  da blieben wir Hand in Hand sitzen

BALLADE ÜBER RUSSISCHES FALLOBST

1
Irgendwann in den Sechziger Jahren
irgendwo im fernen Donezbecken
irgendwelche Kumpel, Bergarbeiter
irgend eine Masse Menschen ausgemergelt
irgendwie gefährlich aufgehetzt zu
irgendeiner Art verbotenem Streik auf
irgendeinem großen Platz, viel Volk war
irgendwie zusamm'gerottet und sie brüllten
irgendwelche Worte flogen wie die Spatzen
aus den Maulkorbfressen irgendwelche wilden
Wünsche nach mehr Essen
mehr Brot
mehr Milch
mehr Fleisch
mehr Freiheit
das ist passiert, was weiß ich schon
am andern Ende der Welt
das ist passiert, was weiß ich schon
ach, über russisches Fallobst

2
irgendeine Obrigkeit gab Order
irgendwo ein General in Moskau
irgendwelche Truppen für den Einsatz
irgendein Major gab den Befehl nur weiter
irgendeinem Leutnant der vor Ort stand
irgendwie die Arbeiter zu stoppen
irgendeine Salve nur zur Warnung

irgendwie kam plötzlich das Kommando Feuer!
die Soldaten schossen knapp über die Köpfe
'ne kleine Untertanung für die Untertanen
eine kleine Mahnung:
mehr Ruhe
mehr Ordnung
mehr Leistung
mehr Angst
das ist passiert, was weiß ich schon
am andern Ende der Welt
das ist passiert, was weiß ich schon
ach, über russisches Fallobst

3
irgendwo am Platz da hinten standen
irgendwelche Bäume: Eßkastanien
irgendwie fiel'n nach der Salve runter
irgendwelche sonderbaren weichen Früchte
irgendwie aus dem Geäst aufs Pflaster
irgendwelche dreizehn Kinder, die nur
irgendwie der schönen Aussicht wegen
irgendwas von oben besser sehen wollten
wie da ihre Väter Fäuste ballen für ein
kleines Paradieschen irgendwiewas brüllen
irgend nach ein bißchen
mehr Seife
mehr Wahrheit
mehr Wodka
mehr Leben
das ist passiert, was weiß ich schon
am andern Ende der Welt
das ist passiert, was weiß ich schon
ach, über russisches Fallobst

DIDELDUMM

1
Nun endlich ist mein Land wieder eins
Und blieb doch elend zerrissen
Aus Geiz und Neid. Kein Aas will im Grund
Vom andern da drüben was wissen
Der Todesstreifen, man sieht kaum noch
Wo gestern die Wachtürme standen
Wir Deutschen haben uns wieder verloren
Noch eh wir einander fanden
  dideldumm dumm dumm
    dideldumm schrumm schrumm

2
Vier Meter hoch, die Mauer hat uns
Den Himmel zerschnitten. Wir haben
Nun vier Meter tief durch die Erde ein' Riss
Ein deutschdeutscher Raubtier-Graben
Ein Graben teilt unser schönes Land
Darin ist schon mancher ersoffen
Er fiel in die Brühe aus Resignation und
In Jauche aus falschem Hoffen
  dideldumm dumm dumm
    dideldumm schrumm schrumm

3
Kein Stacheldraht, kein Minenfeld mehr
Kaputt sind die Selbstschußanlagen
Kein Hänschenklein muß nun auf dem Weg

Nach Westen sein Leben mehr wagen
Man schießt nicht mehr weiches Blei ins Fleisch
Man zahlt jetzt in harter Währung
In Leipzig wird rigoros umgestellt
Auf Westwaren alle Ernährung
  dideldumm dumm dumm
    dideldumm schrumm schrumm

4
Ob Wurst, ob Milch, ob Brot, ganz egal
Was Birnen vom Havelland kosten
Man schmeißt doch in Weimar kein Westgeld raus
Für Salzgurken aus dem Osten
Sie saufen nicht mehr ihr eignes Bier
An *Coca-Cola*-Zitzen
Da hängen sie nun. Ach die Trottel, sie sägen
Den Ast ab, auf dem sie sitzen
  dideldumm dumm dumm
    dideldumm schrumm schrumm

5
O Treuhand! Ach, das Wörtchen treu
Gehörte in Deutschland verboten
Vonwegen Hände! Bei Treuhand seh ich
Nur krumme Finger und Pfoten
Der Westen powert und boomt und jauchzt
Der Osten jammert und humpelt
Kohl hat die Proleten in Erfurt geprellt und
Jetzt schmeißt er sich ran und kumpelt
  dideldumm dumm dumm
    dideldumm schrumm schrumm

6
Provinzganoven, Graf Rotze im Benz
Die letzte verbrannte Asche
Sie fingern dem nackten Mann in Schwerin
Das druckfrische Geld aus der Tasche
Die Glücksritter, die von der schnellen Mark
Beschubsen nach Recht und Gesetze
Die Dummenfänger, sie schleppen durchs Land
Wie Hochseefischer die Netze
  dideldumm dumm dumm
    dideldumm schrumm schrumm

7
Der Schwejk im Goldenen Prag, er vergleicht
Sein Heute vergnügt mit dem Gestern
In Halle Herr Schultz ist verzweifelt, der Mann
Vergleicht immer nur mit den Schwestern
Und Brüdern im goldenen Wessiland
Die Einzigen die fröhlich klotzen
Sind Stasischweine im Manager-Rausch
– ach, ich finde den Osten zum Küssen
  dideldumm dumm dumm
    dideldumm schrumm schrumm

8
Ein Porsche für ein Bauernhaus
Paar Mark für'ne schnelle Nummer
Und wo ein dummer Schlaukopf winkt
Da wartet ein schlauer Dummer
Zurück will keiner ins alte Joch

Nach vorn sind die Wege verrammelt
Der Karren, er geht nicht mehr vor noch zurück
Die Blaublümelein-Hoffnung vergammelt
  dideldumm dumm dumm
    dideldumm schrumm schrumm

9
Der Deutsche Michel zog übers Ost-
Und Westohr sich tief seine Mütze
Er mag nichts von der Welt mehr sehn
Und hockt in der Tränenpfütze
Mir aber lacht das Herz, ich weiß
Bald heilt auch die deutsche Wunde
Nur eines ist dumm, ganz nebenbei
– die Menschheit geht grade zugrunde
  dideldumm dumm dumm
    dideldumm schrumm schrumm

NUR WER SICH ÄNDERT, BLEIBT SICH TREU

für Arno Lustiger

Ich schwamm durch Blut in das große Licht
Neugierig kam ich aus dem Bauch
Ich war ein Tier. Und ich war ein Mensch
Von Anfang an und lernte auch
Bei der Gestapo im Verhör
Soff ich am Busen ohne Scheu
Die Wahrheit mit der Muttermilch:
Nur wer sich ändert, bleibt sich treu

Von Hamburg bin ich dann abgehaun
Mit Sechzehn ins Gelobte Land
Da sind Millionen den gleichen Weg
Wie ich, bloß umgekehrt gerannt
Ich wollte von zuhause weg
Nach Haus! Die Reise ist nicht neu:
Wer jung ist, sucht ein Vaterland
Nur wer sich ändert, bleibt sich treu

So kam ich drüben an: ohne Arg
Und blindbegeistert wie ein Kind
Bald sah ich, daß rote Götter auch
Nur MenschenSchweineHunde sind
Mein Vater hat mich nicht gemacht
Damit ich Lügen wiederkäu
Drum schrie ich meine Wahrheit aus:
Nur wer sich ändert, bleibt sich treu

Heiß oder kalt, immer war da Krieg
Ich ging von West nach Ost nach West
Und hielt mich an meinen Waffen, die
Gitarre und am Bleistift fest
Ich bleibe was ich immer war
Halb Judenbalg und halb ein Goij
Eins aber weiß ich klipp und klar:
Nur wer sich ändert, bleibt sich treu

Mit Weibern habe ich nichts! als Glück
Gehabt. Ich war so grün und blind
Und wußt nur vorne im Hinterkopf
Daß auch die Weiber Menschen sind
Nun weiß ich bis ins kleinste Teil
Mit dem ich meine Frau erfreu:
Die Männerherrschaft stinkt mich an
Nur wer sich ändert, bleibt ein Mann

Ich war verzweifelt von Anfang an
Und immer hab ich neu gehofft
– so kann man leben. Bald kommt der Tod
Ich kenn Freund Hein, ich traf ihn oft
Er bleibt mein Feind, dem ich auch nicht
zum Schluß gereimte Rosen streu
Mit letzer Puste krächze ich:
Nur wer sich ändert, bleibt sich treu

TITEL- UND LIEDERANFANG-REGISTER

WOLF BIERMANN – ALLE PLATTEN

I. Wolf Biermann (Ost) zu Gast bei Wolfgang Neuss (West)
19. 4. 1965 Philipps Nr. 21 441/0

II. Vier neue Lieder
Wagenbach 1968

III. Chausseestraße 131
Erstveröffentlichung: Wagenbach 1969
Neuaufnahme: CBS 1975 Nr. 80 798

IV. Der Biermann kommt (Raubpressung)

V. Warte nicht auf beßre Zeiten
1973 CBS Nr. 6 753

VI. aah-ja!
1974 CBS Nr. 80 188

VII. Liebeslieder
1975 CBS Nr. 80 982

VIII. Es gibt ein Leben vor dem Tod
1976 CBS Nr. 81 59

IX. Das geht sein' sozialistischen Gang
Doppel-LP. Livemitschnitt des Kölner Konzertes 13. 11. 1976
1977 CBS Nr. 88 224

X. Der Friedensclown
1977 CBS Nr. 82 262

XI. Trotz alledem!
1978 CBS Nr. 82 975

XII. Hälfte des Lebens
1979 CBS Nr. 83 922

XIII. Eins in die Fresse mein Herzblatt
Doppel-LP. Livemitschnitt von 1980
CBS Nr. 88 502

XIV. Wir müssen vor Hoffnung verrückt sein
1982 EMI Nr. 1C 064-46 663

XV. Im Hamburger Federbett
1983 EMI Nr. 13 134 15 fünf 2761 A

XVI. Die Welt ist schön
1985 EMI 1C 266 Nr. 24 044 1

XVII. Seelengeld (Doppel-LP)
1986 EMI Nr. 24 0651-3

XVIII. VEBiermann
1988 EMI 1C 066-79128 1 DMM

XIX. Gut Kirschenessen
1990 EMI 1C 066-7 94272 1 DMM

XX. Nur wer sich ändert
1991 bei Wolf Biermann
Liederproduktion Altona.
Bestellungen: Postfach Hamburg 50 02 51
und im Vertrieb der EMI

NACHWORT ZUR ZWEITEN AUFLAGE

Tja, früher der wilde Osten mit seiner brutalen Stasi-Romantik – das waren finstere Zeiten, illuminiert mit Jubelfeuerwerk. Und ich ausgeknipste Leuchte mittenmang wie ein Irrlicht in der Dunkelheit. Meine staatsfeindlichen Pasquille kursierten in zerlesenen Handabschriften, ungekämmte Balladen in miserablen Kopien, all die x-mal überspielten Tonbänder mit »Soldat-Soldat« und »Du, laß dich nicht verhärten« und »Die Stasi ist mein Eckermann«. Zum Totlachen wie zum Überleben: Johann Wolfgang von Biermann. Das war DDR-Samisdat.
Gezahlt wurde von meiner Kundschaft auf diesem geistigen Schwarzmarkt in bar und in härtester Währung: mit Zittern und mit Beben. Bezahlt wurde mit der Angst vor Verhaftung, mit Sorge um die Arbeitsstelle, mit Schlottern um den Studienplatz, mit Bangen um die Westreise zum alten Vater, mit Bibbern um bescheidene Privilegien.
Ach und die Furcht machte aus meinem zuverlässigen Kumpel Manfred einen zuverlässigen Spitzel. Selbst gefangen im Fangeisen, wurde Garance zur Menschenfängerin. Weil die Musen ihn nicht küßten, knutschte der dicke Traktoristenpoet K. seine Führungsoffizierin G. Nachtigallen mit Rattenschwanz. Der genialische Dichter R. in Leipzig. Gekaschter kleiner Fisch als Köder an der Angel für größere Fische. Auch die Liebe, die Liebschaften, der Sex, die

Freundschaft – fast alles war Spielgeld im realsozialistischen Monopoli der Mielke-Bande. Meine exotische Tausendundeinenachtprinzessin, die Krim-Tatarin als operative Einsatznutte in unserem abhörverwanzten Bett. Wie es in der Bibel-Ballade heißt: Bewahre die Tür deines Mundes vor der, die in deinen Armen schläft...

Wenn einer meiner Kunden in die Stasi-Falle tappte, kam er nicht heil davon. Eine Krankenschwester in Leipzig hat für drei meiner Lieder mit zwei Jahren ihres Lebens im Frauengefängnis Hoheneck bezahlt. Ich bin froh, daß diese Zeiten politischer Teuerung mit den mielkischen Wucherpreisen passé sind. Eine zusammengereimte Wahrheit kostet nicht mehr die Welt. Die Währung, in der jetzt gezahlt wird, ist angenehm normal geworden: Geld. Dreißig Deutsch-Mark für ein paar hundert sehr deutsche Lieder.

Zwölf Jahre lang lebte ich lebendig im Schattenreich des totalen Verbots als eine Art plebejischer Orpheus der DDR, ein Orpheus in totalitärer Unterwelt. Ich tanzte mit meiner Stacheldrahtharfe saufbrüderlich zusammen mit Franz Villonk aus Paris, das bei Pontoise liegt, auf der Mauer rum. Wir foppten die Grenzsoldaten am Brandenburger Tor und tranken den Rotwein, der aus den Einschußlöchern rann.

Ja, Orpheus. Wenn der göttliche Sänger zur Leier griff, soll er damit ganze Vogelschwärme angelockt haben, und die Fische sprangen begeistert aus den blauen Fluten. Bei meinen mehr profanen Liedern sprangen die Bonzen im Karrée. Wenn ich in der

Chausseestraße in meinem Zimmer sang, dann zwitscherten die Abhörmikrophone hinter dem Kachelofen. Und trällerte ich was am offenen Fenster, dann kamen die Spatzen vom Alexanderplatz über die Spree herbeigeflogen und schwirrten durch die Friedrichstraße zur Ecke Chausseestraße-Hannoversche und lernten das neueste Spottlied, das sie dann von den Berliner Dächern pfiffen.

Im Neuen Deutschland finde ich
Tagtäglich eure Fressen
Und trotzdem seid ihr morgen schon
Verdorben und vergessen...

Man sieht, ich gehörte nicht zu solchen todesmutigen Literaten, die das Wenige, was sie endlich rausgekriegt hatten, so geschickt in lyrifizierten Vexierbildern versteckten, daß weder Feind noch Freund was verstanden. Phantasie als Tinte von Tintenfischen.
Diese tolle Nummer hatte ich auch drauf: Wie einst Orpheus ganze Wälder zum Wandern brachte, habe ich mit meinem rauchigen Gesang Bäume entwurzelt, will sagen: Schlagbäume. Ich habe Waffenwälder gerodet, und meine »Ermutigung« machte sogar die Zerberusse im Hundezwinger am Todesstreifen der Mauer handzahm. Freilich, ich weiß ja, nur im Gesang. Aber das Lied im Kopf der Unterdrückten ist ein Stück Macht – und im Kopf der Mächtigen selbst ist ein Spottlied schon ein Stück Machtverlust. Unsere Allmächtigen wußten das klarer als wir. Die Stasiverhörer in der Normannenstraße kannten die Texte auswendig. Die Bestien aus dem Politbüro röchelten in

Wandlitz im Alptraum meine Melodien, Krenz kicherte blöde über den konterrevolutionären Refrain: »Ach, Sindermann, du blinder Mann...« Und wie die Herren, so die Knechte. Mancher gelernte Untertan schluckte heimlich unter der Decke die verbotenen Lieder aus dem Kassettenrecorder und leckte süchtig am Salz der Freiheit vom Tonband.

Im November '76 war dann Schluß mit diesem verkorksten Wettkampf. Die Ausbürgerung schleuderte mich in eine andere Welt. So taumelte ich aus meiner Unterwelt hoch und kam ins Offene. Ich geriet in den blühenden Kapitalismus. Nach 23 Jahren hatte es mich aus meinem selbstgewählten Vaterland zurück in meine Vaterstadt Hamburg verschlagen. Ich wurde, drolliges Wort von Heinrich Böll, ein »In-die-Heimat-Vertriebener«.

Ja, ich tappte mit meiner Gitarre heraus aus dem Hades. Und auf diesem Wege, ein paar Schritte hinterher, folgte auch mir eine Frau: Eurydike im Blauhemd der FDJ. Es war meine gestorbene Liebe, ein bildschönes Berliner Bonzenkind mit Sand im Schuh. Man sieht: ich kann das banal Rotpreußische auch erhaben griechisch sehn.

Aber warum sollte es ausgerechnet mir, einem irdischen Schreihals, besser ergehn als dem göttlichen Sänger mit seiner göttlichen Leier. Sogar ein Orpheus, sobald er in die warenproduzierende Welt verschlagen ist, wird im Handumdrehn zum Händler. Man kümmert sich um Marketing und Vertriebssystem und wird zerrissen von der Konkurrenz.

Den Sohn des Apoll allerdings zerrissen nicht die magenkranken Kollegen, noch die Kritikerhaie, nicht die zahnlosen Löwen vom Feuilleton, noch die gerupften Friedensadler. Orpheus zog ein besseres Los: ihn zerrissen die allerschönsten Weiber. Nach seinem mißglückten Trip in die Unterwelt, nachdem Orpheus also seine geliebte Gattin nicht hatte retten können, war er ja ein Frauenfeind geworden. Er trieb es von da an nur noch mit verdorbenen Jünglingen, und das wurde sein Verderben.
Von Aischylos kennen wir die Geschichte: Eine eifersüchtige Horde hübscher thrakischer Bakchantinnen rächte sich für diese Abwendung von allem Weiblichen, sie rissen den Sänger in Stücke. Ich habe des griechischen Musensohnes Fehler strikt vermieden: Auch im libertären Westen blieb ich Spießer bei den Weibern und bin froh mit meiner Liebsten. Aber wie man es macht, macht man's falsch. Zerfetzt wurde auch ich – aber leider von ein paar potthäßlichen Furien der Frauenbewegung, die an der Frau in mir sich selber hassen.
Die erste Auflage von »Alle Lieder« ist nun erschienen. Mit banger Freude hielt ich das erste Exemplar in den Händen. Wenn sie das handliche Wortebündel umfassen, schmeichelt die dunkelgrüne Fliespappe meinen Fingern. Kinderfreude des Autors: Ach wie schön! oh, wie gelungen! wie toll! wie nobel! wie raffiniert bescheiden! das werden diese verfluchten Geizhälse kaufen! Die Buchhändler werden die Güte haben und stelln es in ihre Auslage neben die Bestsel-

ler. Wie gediegen und dabei: wie billig. Der Ganze Biermann!
Voilà – ich spekuliere auf Kundschaft wie jeder andre Fischhändler. In den neuen Bundesländern rechne ich auf die geschrumpfte Schar wirklicher Oppositioneller, die sich nun für das neue Geld endlich das kaufen, wofür sie schlimme Jahre lang mit Seelengeld hatten bezahlen müssen. Aber auch im Westen gibt es Nachfrage. Bei Ehescheidungen krallt sich immer einer von beiden die Biermann-Platten und Gedichtbände aus der Konkursmasse einer ewigen Liebe. Der andere muß dann günstig nachkaufen. Und dieses Liederbuch ist für solche halben Kinder gemacht, die jetzt in meinen Konzerten die allerneuesten Lieder hören und vielleicht neugierig auf Zeug geworden sind, das ich schrieb, als ich ein Schwärmer und Rotzlicht war wie sie.
Und die Musik? Es gibt keine Noten in diesem Buch. Mit Noten wäre das Bündel doppelt so dick und – doppelt so teuer geworden. Wer soll soviel Geld rausschmeißen, wer soll all das Papier mit rumschleppen. Sie sind ja da. Wer Noten kann und sie haben will, der kriegt sie schon.
Für mich selbst war dies Buch eine Reise in die Vergangenheit. Ich mußte ja die Korrekturfahnen lesen. Bei etlichen fast vergessenen Liedern jauchzte mein Herz vor Selbstbewunderung. Wie frech! wie schön! Das müßte ich mal wieder im Konzert singen! Aber manchmal hätte ich am liebsten schnell weitergeblättert oder verschlechtbessert, oder noch lieber: ganz ausradiert.

Stalin ließ seinen berüchtigten Katechismus »Kurzer Lehrgang der Geschichte der KPdSU (Bolschewiki)« alle paar Jahre umschreiben, damit er auf dem neuesten Stand der Geschichtslüge blieb. Die alten Ausgaben wurden dann jedesmal eingezogen und eingestampft, und die alten Autoren verschwanden mit ihren unbrauchbar gewordenen Halblügen und Halbwahrheiten ganz und für immer im Orkus des GULAG. Ich bin froh, daß mein Buch »Alle Lieder« diese geschichtsklitternde Schwindsucht nicht hat.
Der Leser wird und soll zwei kranke Lieder finden. Das erste beginnt so: »Mein Junge, du fragst mich, ob du zu den Soldaten gehen sollst...« Dieses Lied arbeitet mit einem dummraffinierten Rattenfängertrick: vier scheinbar pazifistische Strophen, aber dann kriegt der edle Sänger die Kurve zu einem stumpfsinnigen Werbelied für die NVA, die »Nationale Volksarmee der DDR«.
Das zweite Lied schrieb ich im ersten Schreck nach meiner Ausbürgerung. Ich war damals schwer durchn Wind. Ich wußte weder wo ich war, noch wer ich nun war. Und ich wußte schon gar nicht wer ich bleiben und wer ich werden sollte. Es war die Zeit, als die selbstgemordeten RAFler in Stammheim starben. Über die Staatserroristen in der DDR wollte ich damals nichts mehr schreiben, also schrieb ich über diese terroristischen Bürgerkinder. Gefährlich flott dichtete ich:

Ach das, was grad gestern noch Jud war
– das wird hier der Sympathisant

Diese Hysterie war grad aus meinem Munde doppelt unerträglich. Einer wie ich hätte den feinen Unterschied zwischen dem Verbrechen an den Juden und der albernen Sympathisantenhatz in der Bundesrepublik des Jahres 1977 kennen müssen.
Keiner kommt den Dummheiten seiner Zeit ganz davon. Ich hab mich geirrt wie andre auch und gelegentlich korrigiert (wie andre nicht). Vor vier Jahren machte ich mir einen Jux daraus und begann die Konzerte meiner Tournee mit diesem fatalen NVA-Lied. Ich sang: »Geh zu unseren Soldaten« – Schrumm schrumm! Ein Drittel des zahlenden Publikums klatschte konsumhöflich. Dermaßen peinlich stieg ich dann ein in eine Serie sich verschärfender Friedenshetzlieder. Nun aber der Golfkrieg mit meiner Kriegshetze.
Auf diese Art kam ich voran: Gerannt, geschritten, gehumpelt, gehüpft und gekrochen auf allen Vieren. Aber jedes Lied war ein Schritt auf meinem Weg heraus aus der eingetrimmten Unmündigkeit zu mehr Wahrheit und mehr Freiheit.
Dieses Buch ist eine Zwischenbilanz. Ich habe, wie auch jeder mißgünstige Plattkopf sieht, gute Gründe, mich nicht nur zu »beknirschn«, wie die Juden sagen, sondern auch, mich zu »beriehmen«. Gemessen an manchem schreibenden Weggenossen, an diesen und jenen lyrischen Verkrümmungskünstlern und Virtuosen der Sklavensprache, stehe ich nach den finsteren Jahren in einem Licht, das mich wärmt. Aber keine falsche Sorge: es blendet mich ganz – pardon – ganz und gar nicht.

In diesem Jahr stampfe ich als Preisochse über die großdeutsche Literatenweide, unsymmetrisch geschmückt mit einem riesigen Georg-Büchner-Horn und einem Eduard-Mörike-Hörnchen. Das soll mich gewiß nicht größenwahnsinnig machen. Ich glaubte nie an ihn, aber ich weiß ganz gut, wo Gott wohnt.

Altona, September '91 Wolf Biermann